やり込んだ乙女ゲームの
悪役モブですが、
断罪は嫌なので
真っ当に生きます
6
MIZUNA present
illustration by Ruki
著 MIZUNA
ill. Ruki
TOブックス

Contents

illustration ◆ Ruki　design ◆ アオキテツヤ(musicagographics)

CHARACTERS

< 登場人物紹介 >

バルディア

クリス

バルディア領で『クリスティ商会』代表を
務めるエルフの女性。

サンドラ

リッドの魔法教師。
リッドと協力して、
『魔力回復薬』の開発に成功。

シャドウクーガー

レナルーテの魔の森に住む魔物。

スライム

レナルーテの魔の森に住む
最弱の魔物。

ナナリー

ライナーの妻であり、主人公の母親。
不治の病である『魔力枯渇症』を患っており、
リッドとライナーの活躍により
一命を取り留め、現在闘病生活中。
本来はお転婆、活発、
悪戯好きな女性らしい。

ライナー

立場上色々と厳しい事を言うが、
主人公の一番の理解者であり、
彼を導く良き父親。
ただし、気苦労は絶えない。
リッドを含め、家族をとても
大切にしている。

ダナエ

バルディア家のメイド。

リッド

本作の主人公。
ある日、前世の記憶を取り戻して自身が
断罪される運命と知り絶望する。
だが、生まれ持った才能と
前世の記憶を活かして、
自身と家族を断罪から守るために奮闘する。
たまに空回りをして、
周りを振り回すことも……。

メルディ

主人公の妹でリッドとナナリーからは
愛称で『メル』と呼ばれている。
とても可愛らしく、寂しがり屋。
誰に似たのか、
活発、お転婆、悪戯好きな女の子。

アレックス

リッドにスカウトされたドワーフ。
エレンの双子の弟。

エレン

リッドにスカウトされたドワーフ。
アレックスの双子の姉。

ルーベンス

バルディア騎士団の一般騎士。

レナルーテ

エルティア

エリアスの側室で、ファラの母。

ファラ・
レナルーテ

レナルーテ王国の第一王女。
リッドとの婚約を果たす。

エリアス・
レナルーテ

ダークエルフが治める
レナルーテ王国の王であり、
ファラとレイシスの父親。

アスナ・
ランマーク

ファラの専属護衛。

レイシス・
レナルーテ

レナルーテ王国の第一王子。

ディアナ

元・バルディア騎士団の一般騎士。
現在はリッドの従者。

ダイナス

バルディア騎士団団長。

クロス

バルディア騎士団副団長。

相関図

当主 ライナー・バルディア
妻 ナナリー・バルディア

協力

クリスティ商会

代表 クリスティ・サフロン（エルフ）
護衛兼使用人 エマ（猫人族）

サフロン商会

代表（男爵） マルティン・サフロン（エルフ）
他多数

リッドの依頼で奴隷購入

バルディア家関係者

執事 ガルン・サナトス
執事見習 カペラ・ディドール
魔法教師 サンドラ・アーネスト
料理長 アーリィ・サザンナッツ
メイド長 マリエッタ　副メイド長 フラウ
メイド ダナエ　メイド ニーナ
メイド マーシオ　メイド レオナ
医師 ビジーカ・ブックデン
工房長 エレン・ヴァルター
工房副長 アレックス・ヴァルター

所属不明

ローブ（？）

ナナリーとメルディを狙う？

協力？

兎人族

アルマ
オヴェリア
ラムル
ディリック
他多数

鳥人族

アリア
エリア
シリア
他多数

猿人族

トーマ
トーナ
エルビア
スキャラ
エンドラ
他多数

馬人族

アリス
マリス
ディオ
ゲディング
他多数

熊人族

カルア
アレッド
他多数

牛人族

ベルカラン
トルーバ
他多数

獣人国ズベーラ 狐人族

部族長 ガレス・グランドーク
長男（第一子） エルバ・グランドーク
次男（第三子） マルバス・グランドーク
三男（第四子） アモン・グランドーク
長女（第二子） ラファ・グランドーク
次女（第五子） シトリー・グランドーク
一般兵士 リック

奴隷販売

マグノリア帝国（人族：帝国人）

皇帝 アーウィン・マグノリア

皇后 マチルダ・マグノリア

第一皇子（第一子） デイビッド・マグノリア

第二皇子（第二子） キール・マグノリア

他

マグノリア帝国貴族（人族：帝国人）

伯爵 ローラン・ガリアーノ

他多数

帝国貴族

同盟

※密約
表向きは同盟だが、
レナルーテ王国は
帝国の属国

政略結婚【リッドとファラ】

レナルーテ王国（ダークエルフ）

国王 エリアス・レナルーテ

王妃 リーゼル・レナルーテ

側室 エルティア・リバートン

第一王子（第一子） レイシス・レナルーテ

第一王女（第二子） ファラ・レナルーテ

レナルーテ王国華族（ダークエルフ）

公爵 ザック・リバートン

侯爵 ノリス・タムースカ

男爵 マレイン・コンドロイ

他多数

レナルーテ王国暗部（ダークエルフ）

頭 ザック・リバートン

影 カペラ・ディドール

他多数

バルディア家（人族：帝国人）

長男（第一子） リッド・バルディア

魔法人格 メモリー

長女（第二子） メルディ・バルディア

魔物（ペット？）

クッキー
ビスケット

バルディア騎士団

騎士団長 ダイナス

副団長 クロス

一般騎士 ルーベンス

一般騎士 ディアナ

一般騎士 ネルス

他多数

バルディア家 ―獣人族一覧―

狐人族

ノワール
ラガード
トナージ
ケスラ
他多数

鼠人族

サルビア
シルビア
セルビア
他多数

猫人族

ミア
ロール
レディ
エルム
他多数

狼人族

シェリル
ラスト
ベルジア
アネット
他多数

狸人族

ダン　ザブ　ロウ

他多数

鳥人族
馬人族
バルスト
（人族）
狐人族
狸人族
バルディア
レナルーテ
（ダークエルフ）
魔の森

猿人族
兎人族
狼人族
王都
ズベーラ
（獣人族）
猫人族
教国トーガ
（人族）
鼠人族
熊人族
牛人族
帝都
アストリア
（エルフ）
マグノリア帝国
（人族）
森林地帯
ガルドランド
（ドワーフ）

歯車が回り始める、リッドの事業計画

「うん。皆、大分良い感じになってきているね」

「そうですね。獣人の子供達も予想以上に頑張っております」

執務室の机に座り、成長報告書を見ながら呟くとディアナが嬉しそうに頷いた。

事は順調に進んでいる。このまま事業計画書の内容を実現できれば、物流改革を起こすことができるだろう。そして、結果的に産業革命の走りにもなるかもしれないなぁ。

獣人の子供達を受け入れてから約二カ月が経過した。当初はここでの生活に加えて、毎日行われる礼儀作法、言葉遣い、勉学、魔法、武術訓練等々。多岐にわたる授業に子供達は四苦八苦していたけれど、必死に取り組んでくれた。その結果は、目覚ましい勢いで彼らの成長に現れている。中でも魔法がある程度使えるようになってくれたのは大きい。

皆に施した『魔力変換強制自覚』による効果に加え、サンドラ達と作り上げた『魔法教育課程』の賜物《たまもの》だろう。

獣人の高い身体能力を活かす武術も著《いちじる》しい成長を見せており、僕の一対多の稽古相手を時折お願いすることがあるぐらいだ。

その際の相手は、兎人族のオヴェリア、アルマ、狼人族のシェリル、熊人族のカルア、猫人族のミア、レディ、馬人族のアリスやディオという面々が多い。

彼らはバルディア騎士団の副団長であるクロスが訓練を受け持つ、身体能力が特に高いと判断されている子達の一角だ。教師役のクロスも「彼らの将来が、非常に楽しみです」と太鼓判を押している。

子供達の魔法と武術における現状の練度を考えるに、バルディア第二騎士団設立の時期も前倒しできるかもしれない。期待は高まるばかりだ。

それと獣人族の子供達は、僕や屋敷の皆に対する態度が鉢巻戦以降で明らかに変わっている。おそらく、兎人族のオヴェリアが以前語っていた『獣人族を導く存在』として、彼等が僕の事を認めてくれたということだろう。

父上からお灸《きゅう》を据《す》えられ、様々な意見や指摘をもらったけれど、鉢巻戦は開催して本当に良かった。手元にある子供達の成長報告書を眺めながら、改めてそう思う。あの時、彼等の挑戦を受けなければここまで順調に事は進まなかったはずだ。

ふと視線を机の上に移すと、そこにはまた別の報告書が置いてある。それは、先日エレンから届いたものだ。その報告書を手に取ると期待で胸が躍り、つい口元が緩んでしまう。

「それにしても、エレンから届いた木炭車が完成しそうという報告。あと、アレックスにお願いしていたものも同時期に試作品が完成するなんて思わなかったよ。無茶ぶりだと思ったけれど、案外そうでもなかったみたいだね」

その言葉に、傍に控えていたディアナが首を傾《かし》げた。

「リッド様、木炭車は以前から伺っておりましたが、アレックスさんにお願いしていたものとはなんなのでしょうか？」

「それはね……」

答えようとしたその時、ドアがノックされ、低い声と可愛らしい声が響く。僕が返事をすると、カペラ、メルディ、ダナエが入室する。

「リッド様、メルディ様とダナエ様がお見えになりましたので、お連れしました」

カペラとダナエは一礼するが、メルは僕を見るなり頬《ほほ》を膨《ふく》らませた。そして、彼女の足元にいる子猫姿のクッキーとビスケットを引き連れ、小走りでこちらにやってきた。

「にいさま。そろそろ、あかちゃんみにいこうよ」

「あ、そうだね。じゃあ、そろそろ会いに行こうか。カペラ、悪いけど後の事務処理はお願いね」

「畏《かしこ》まりました」と彼は会釈《えしゃく》しながら呟いた。

その後、机の上の書類を片付けると、メル、ディアナ、ダナエと共に目的地に向かって出発するのであった。

◇

「……にいさま、あかちゃんみにいくんじゃないの？」

「そうだよ。でも、先にここにどうしても寄りたくてね」

「えぇ〜……」

メルは呆れ顔で口を尖らせているが、その姿も中々に可愛らしい。ふと視線を彼女の足元に向けると、クッキーとビスケットが慰《なぐさ》めるように頭をスリスリしている。

立ち寄った場所は、エレンとアレックスが研究開発部として動いてくれている工房だ。目的はエレンの報告書にあった木炭車の確認と、アレックスにお願いしていた『物』を見せてもらうためである。ちなみに、この場にいるのは僕とメル、加えてメイドのダナエとディアナだ。

工房のドアをゆっくり開けると、耳をピンとさせた狐人族の子供達がせわしなく動き回っていた。咳払いすると、優しく彼らに声を掛ける。

「忙しい所にごめんね。申し訳ないけど、エレンとアレックスはいるかな？」

「はい、いらっしゃ……あ、リッド様⁉　畏まりました。すぐにお呼びして参ります」

狐人族の男の子だろうか？　彼はペコリと一礼すると、すぐに工房の奥に入っていく。その後ろ姿をみて、ディアナが笑みを浮かべる。

「メイド長のマリエッタ様、副メイド長のフラウ様の礼儀作法教育の賜物ですね。以前より子供達の言葉遣いや動作がとても丁寧になっております」

「そうだね。皆ここ最近で凄く綺麗になったと思うよ」

彼女に答えつつ、狐人族の子供達の動きを改めて見つめる。彼等がここに来た二カ月前は、礼儀作法など知らないし言葉遣いもかなり荒かったのだ。

とはいえ、安易に予想できたことでもある。だから、元々礼儀作法や言葉遣いの授業を行う予定はあった。だけど、何よりも大至急で改善すべきだとマリエッタやフラウ、ディアナ達が厳しい指導を行ったのだ。

　短期間にここまで改善が成されたのは、ディアナが率先して動いたことも大きいだろう。彼女は獣人族の子供達の武術訓練にも参加しているせいか、武に重きを置いている子達にとってその指導と言葉はより重く感じるらしい。

　そんなディアナがメイド長のマリエッタ、副メイド長のフラウに敬意を持って接している姿も、子供達には『敬う理由は武だけではない』という良い手本となっているようだ。その時、ダナエも心当たりがあったのか「そういえば……」と呟いた。

「確かに当初より皆丸くなりました。それに、マリエッタ様やフラウ様の指導は厳しいですからね。私もかなり鍛えられましたから……あ、そういえばディアナさんもマリエッタ様に侍女教育を受けたと聞きましたけど、やっぱり大変でした？」

「勿論《もちろん》、大変でしたよ。私もマリエッタ様に教わるまで、侍女教育を受けたことはありませんでしたから。ただ、騎士団でもある程度の礼儀作法と言葉遣いは求められたので、多少は何とかなりましたね」

　ディアナは肩を竦《すく》めると、遠い目をして答えた。

「へぇ、皆、マリエッタにはお世話になっているんだね」

　二人のやり取りに反応すると、メルが不思議そうに首を傾げる。

「……にいさま、わたしもマリエッタにおそわっているのって、ひょっとしてしらない？」

「え、そうなの？」

メルもとは知らず、思わず少し驚いた。メイド長のマリエッタって何者なんだろう？　その時、工房の奥から、明るい声とバタバタとした足音が響いてきた。

「リッド様、お待たせしました」

「やぁ、エレン、アレックス。突然ごめんね」

「いえいえ、俺も姉さんも今日ぐらいに来るんじゃないかって、丁度話していましたよ」

奥からやってきた二人は、明るく白い歯を見せた。工房の雰囲気がとても明るいのはこの二人によるところも大きいだろう。

二人は僕の無茶ぶりに阿鼻叫喚《あびきょうかん》しながら、最後は楽しみながら笑って引き受けてくれる。そんな前向きな彼等の下で働いているからこそ、ここにいる皆から笑みが溢れているのだろう。エレンはこちらを見回すと、突然不敵に笑い始めた。

「さて、ボク達の傑作である木炭車と、アレックスと猿人族のトーマ達が死に物狂いで作った例の時計。どっちから見ますか？」

「そうだな……じゃあ、例の時計からお願いしようかな」

そう言ってアレックスに視線を向けると、彼はニコリと頷いた。

「承知しました。姉さん、来賓室《らいひん》にリッド様達の案内をお願い。俺は時計の準備と、トーマ達を呼んでくるよ」

「わかった。では、リッド様、こちらへ……」

その後、僕達はエレンに先導されて来賓室に入り、僕とメルはソファーに腰かけた。すると、ディアナが不思議そうに呟いた。

「リッド様が、アレックスさんにお願いしていたのは時計だったんですか？」

「そそ、でもディアナ達が知っている時計とは少し違うと思うよ」

「……？」

ディアナは言葉の意図がわからず、きょとんとしている。

この世界にも時計はあるけれど、壁掛けで大きいものしか見たことがない。バルディア領は父上の計らいで各町に時計台を設置してある。だから、庶民で時計を持っている者はあまりいないだろう。平民で必要となるのは、貴族と取引をする商売人ぐらいのはずだ。通常は、時計台の文字盤で事足りるからね。

だけど、今後進めていく事業計画に時計の小型化は地味ながら重要だ。それに、時計の小型化が成功すれば騎士団をより効率良く動かせるようになるだろう。

それから程なくして、来賓室のドアがノックされた。僕が返事をすると、アレックスと猿人族の兄妹である『トーマ』と『トーナ』が、「し、失礼します……！」と入室する。

二人は緊張しているらしく、強張《こわば》った面持ちで恐る恐るこちらにやって来る。そして、小さな木箱を僕の前にある机の上に置いた。次に、アレックスがその木箱の蓋《ふた》を丁寧に開けてから咳払いした。

「えー……では、こちらがリッド様からむ……ではなくご依頼頂きました手巻き式時計。懐《ふところ》の中にしまえる時計……称して『懐中時計』です」

そこには、前世の記憶にあるものより少し大きいが、懐に問題なく入れられる手のひらサイズの時計。まさに『懐中時計』があった。

「おぉ……」と感嘆しながらその懐中時計を手に取ると、調べるように細部を見ていく。懐中時計は銀色で丸く、少しの重みを感じさせる。表面には蓋がされているようで、そのままでは時刻を見ることは出来ない。すると、アレックスがとある箇所を指差した。

「その出っ張りの部分、『竜頭《りゅうず》』の上にあるボタンを押してみてください」

「こう……？」

彼が教えてくれた場所を押すと、蓋がカパッと開き文字盤と長針、短針。そして、文字盤の六時の部分には秒針もある。それはまさしく、前世の記憶にある懐中時計だ。想像以上の完成度に、思わず歓喜に震えた。

「凄い……凄いよ、アレックス。ありがとう、これでまた色んなことが前に進んでいくよ」

「いえ、俺よりも頑張ったのはここにいる、トーマとトーナを筆頭にした猿人族の子供達ですよ。彼らが嬉々として取り組んでくれて、色んな意見も出してくれたんです」

その言葉を聞き、トーマとトーナに視線を移すとニコリと微笑みかけた。

「二人共、本当にありがとう」

「い、いえ、俺はこういう作るのが元々好きなんで……」

「は、はい。私もリッド様のお力になれて嬉しい……です」

二人はそれぞれ嬉しそうに、はにかんでいる。トーマは照れ隠しするように頭を掻いているけれど、トーナは照れすぎて少し顔が赤い気がするけど大丈夫だろうか？　二人にお礼を伝えると、アレックスに視線を戻した。

「アレックス、早速だけどこの『懐中時計』はいま何個あるかな？」

「ええっと、リッド様に言われた分と……予備を含めて五個ありますね」

「五個か……」と口元に手を当てて少し俯《うつむ》くと、すぐに顔を上げた。

「じゃあ悪いけど、四個を今日もらっていいかな。あと、使い方を書き記した紙も四枚欲しいけど大丈夫？」

「承知しました。すぐに準備します」

「うん。それと……」

「……？　それと、なんでしょうか？」

もったいぶるような言い方に怪訝《けげん》な面持ちを浮かべるアレックス達だが、意に介さず僕はニコリと目を細めた。

「早速、これの量産をお願い。最低でも今月中に五十個は欲しいな。それから、貴族向けに超高級志向のアイデアも出してほしい」

彼等は一様にきょとんとした後、目を丸くする。

「え……えぇぇえええ!?」

「こ、今月中に最低五十個ですか!?　そ、それはいくら何でも……」

アレックスとトーマは悲痛な声を出して叫び、トーナはサーっと青ざめている。そんな彼等に対して、表情を変えず優しく語り掛けた。

「大丈夫。僕は君達ならきっとできるって信じているからね。それに、できない理由があれば教えてくれればすぐに改善するから大丈夫だよ」

三人は呆れ顔を浮かべてから俯いてどんよりすると、諦め顔で「せ、精一杯頑張ります……」とどんより呟いた。

ふむ……さすがに無茶ぶりしすぎたかな？　そう思っていると、隣にいたメルが僕の服を軽く引っ張った。

「ねぇ、にいさま、わたしもさわっていい？」

「あ、うん。はい、壊れないように丁寧に扱ってね」

「はーい、うわぁ……ありがとう、にいさま」

懐中時計を丁寧に渡すと、メルは目を輝かせながら興味深そうに懐中時計を手に取った。すると、彼女の隣に立っていたダナエが不思議そうに視線をこちらに向ける。

「リッド様、時計の小型化はすごいと思いますが、どうしてそんなに急いで個数が必要なのでしょうか？」

「まぁ、至急必要というわけではないんだけどね。でも、バルディア騎士団と関係者の皆にはできる限り早く渡してあげたいんだ。その意味は、ディアナはすぐにわかると思うけどね」

そう言って視線をディアナに移すと、ダナエはきょとんとしたまま視線を彼女に移した。ディアナは向けられた視線の意図を察したらしく「ふぅ……」と息を吐く。

「時間が各個人……というより、騎士団のような組織で言えば分隊単位もしくは班単位でわかるようになれば、組織力はより一層高まります。全く、リッド様が考えることは末恐ろしいものばかりです」

「はぁ……つまり、どういうことなんでしょうか？」

ダナエはよくわからない様子で首を傾げている。

「あはは、わかりやすく言うとダナエも屋敷の掃除をすると思う。その時、他のメイドと何時までに終わらせようと事前に話し合ったりするでしょ？　それは屋敷の中に時計があるからできるのさ。そもそも時計がなければ、『時間を決めて同時に動く』ことはできないんだよ」

仕事に例えて補足すると、彼女はハッとした。

「あ……そっか。つまり、どんな場所でも事前の打ち合わせをして『懐中時計』を持っていれば、離れていても行動する時間を合せられる……ということですね？」

ダナエの言葉に微笑みながら頷いた。

「そそ。この『懐中時計』は色んな仕事をする人達の助けになるからね。バルディア家で責任を持つ立場の人達に、できる限り早く渡したいんだ。あと、絶対領外に出せないから父上の許可が取れ次第、バルディア家の紋章も刻印する予定だよ」

彼女は感心した様子で目を丸くしているが、ディアナは呆れ顔を浮かべていた。屋敷内に時計があることが当たり前で忘れがちだけど、『時間をいつでも確認できる』ということは実は凄いことだったりする。

特に騎士団のような班や、分隊単位で動く組織であれば尚更、時間が確認出来ることは重要な部分だ。『懐中時計』が騎士団の隊をまとめる隊長、副隊長達の手に届けばバルディア騎士団の組織力はさらに強化されるだろう。おそらく帝国一の組織力になるのではないだろうか？　それぐらいの可能性を『懐中時計』は秘めている。

いずれは腕時計も考えていきたいけれど、それはまた追々という感じかな。ダナエ達と話していると、俯いていたアレックスが重々しく顔を上げた。

「そのお話も伺っておりましたので、衝撃にも出来る限り強くしたつもりです。でも、さすがに五十個は厳しいかもしれません。正直、仕組みと設計図は完成していますが、部品がまだ手作りですから……最短でも一個に二〜三日かかりますよ」

「なるほどね……それなら、大量生産用。つまり量産型というのかな。生産ラインを作れるような感じでどうだろう？　貴族向けの超高級志向なやつは手作りと言うか精密に作ってほしいけど、バルディア騎士団向けとかの配布用は簡素な感じで衝撃に強ければいいからさ」

アレックスは腕を組み、眉間に皺《しわ》を寄せている。実際、騎士団用と貴族向けは同じにする必要性は全くない。あくまで騎士団やバルディア家の皆に配布する懐中時計は衝撃に強くて、時間がわかれば良いのだ。その時、猿人族のトーナが恐る恐る呟いた。

「あの……リッド様にお渡しした懐中時計はかなり細かく精巧に作りました。ですが、量産用ということであれば、多少の質を落として部品の型取りなどをすれば、できないことはないと思います。その、仕組み自体は完成していますから……」

すると、続くようにトーマも視線をこちらに向ける。

「俺も、量産型専用の部品や作り方を研究すれば……色々と工夫の余地はまだまだあると思います」

その言葉でこの場に注目が集まり、二人はハッとすると照れくさそうに顔を赤くしてしまう。アレックスは、「うーん」とひとしきり唸《うな》った後に口を開いた。

「一応、まだ月初めだし、なんとかなるかなぁ……」

「まぁ、五十個はあくまで『目標』だからね。とりあえず、できる限り沢山作ってくれればそれで大丈夫だよ。それに、高すぎる目標を達成できないことより、低すぎる目標を達成してしまうとそこで満足して止まっちゃうから、皆には目標を高く持ってほしいかな」

アレックスは言わんとしていることを理解してくれたらしく、苦笑しながら頷いた。

「あはは……承知しました。今月中に五十個を目標に色々とできる方法を考えてみます。それに、できない理由を探すより、できる方法を考えるほうが楽しいですからね」

「ありがとう。でも、無理はしないでね。人数もいるから交代制とかでちゃんと休んでよ？　ここにいる君たち含めて、とても大切な存在なんだからね」

「はい。健康管理も仕事ですからね。その辺は調整して取り組んでいきます」

こうして、アレックスと猿人族の皆で新たに『懐中時計』の量産型モデルの作成に取り組んでくれることになった。そして、彼等との会話が一段落すると、エレンがわざとらしく咳払いをして皆の注目を集める。

「リッド様、アレックスとの打ち合わせはもうありませんか？」

「うん……そうだね。また何かあれば、その都度相談するよ」

そう言って頷くと、エレンはニンマリと笑った。

「じゃあ、いよいよボク達の作品。木炭車のお披露目をする時が来ましたね。では、外の専用倉庫にご案内いたします」

「わかった。じゃあ、メルも行こうか」

「はーい！」

元気の良いメルの返事を聞いて来賓室を後にする。そして、エレンの案内に従って一同は『倉庫』に向かった。

◇

「皆さん、あそこです」

「おぉ……。何だか、倉庫というより車庫っていう感じだね」

僕は感嘆の声を漏らした。

エレンが指差す先にある倉庫は思いのほか大きくて、出入口は木で造られた両開きの大きな扉で閉められている。その大きな扉をよく見ると、小さな扉も設置されていた。どうやら人の出入りはあそこからするようだ。

なお、アレックスと猿人族のトーマとトーナはここにはいない。僕が持っていくと伝えた懐中時計の準備をする為だ。

足を進めていると、倉庫の前に狐人族の子が立っていた。その子はこちらに気付くと、近寄ってきて丁寧に一礼する。

「お待ちしておりました。エレンさん、リッド様」

「ごめんね、トナージ君。少し待たせたかな」

「……エレン、その子は?」

彼女が『トナージ君』と言った狐人族の子は、どうやら男の子らしい。ピンとした耳と水色の瞳。そして、黄色く少し長い髪をしている。だけど、一番目を引くのは彼が頭に掛けているゴーグルだろう。エレンは咳払いをすると、自信ありげに胸を張った。

「彼はですね。狐人族の子供達の中でも特に覚えが早くて、木炭車の開発にもすぐに力になってくれたんですよ」

「へぇ、そうなんだ。じゃあ、僕からもお礼を言わないとね。改めて、木炭車の開発を手伝ってくれてありがとう。トナージ」

そう言って一歩前に出て右手を差し出すと彼は目を瞬《またた》かせるが、すぐにハッとして僕の手を力強く握った。

「ありがとうございます……! でも、僕だけの力じゃありません。狐人族の皆と、何よりエレンさん達の教え方が上手だったからです」

彼は照れた面持ちで答えながらも、エレンに視線を向けて謙虚な姿勢を見せた。とても好感が持てる言動に、つい口元が緩む。

「ふふ。君は素直な良い子だね。エレン達の一番弟子というところかな」

「そうですね。おそらく筋は一番良いと思います。これからも楽しみな子ですよ」

そう答えたエレンは、トナージに振り向きウインクをする。その仕草に対して、彼は照れた様子で少し顔を赤らめて俯いてしまう。初々しい感じもする子だ。だけど、どうしてもあることが気になったので問い掛けた。

「……ちなみに、頭のそれは防塵《ぼうじん》ゴーグルか何かなのかな？」

「あ、はい。実は、ここに来てから知ったんですけど、僕少し目が見えづらいみたいなんです。それで、エレンさんとアレックスさんがこれを用意してくださいまして……」

彼がゴーグルを触りながらエレンに視線を向けると、彼女は少し照れ笑いを浮かべた。

「まぁ、ボク達に掛かればその程度のものはすぐに作れますし、作業にはゴーグルは結構必要になりますからね。眼鏡兼防塵ゴーグルですよ」

「なるほど……ね」

『眼鏡兼防塵ゴーグル』とはまた面白いものを作るなぁ。言動から察するに、トナージはゴーグルをとても大切にしているみたい。ここに来てから、目の見え方が他人と違うことに気付いたらしいから、今まで結構大変な生活を送っていたのかもしれないな。その時、メルが僕の前に出てきてニコリと微笑んだ。

「おはなしちゅうにごめんなさい。リッド・バルディアのいもうと、メルディ・バルディアです。いご、おみしりおきを」

「へ……!? あ、はい……よ、よろしくお願いします」

突然の挨拶《あいさつ》に彼は顔を真っ赤にしてしまう。だが、口上を述べたメルはこちらに振り返ると頬を膨らませた。

「にいさま。おはなしながいよ。はやく、もくたんしゃをみようよ」

「そ、そうだね」と頷き、エレン達に振り向いた。

「エレン、トナージ、お願いしてもいいかな」

「承知しました。じゃあ、ボクがこっちを開けるから、トナージは反対側をお願い」

「はい」

彼女達は声を掛け合うと、すぐ倉庫の扉を二人で開け始める。扉が開くと、そこには前世の記憶にある車とよく似た『四輪の木炭車』がお目見えした。

「これは……」

感嘆しながら木炭車に近寄ると、傍で造りを確認する。木炭車全体としては、角ばった四角い感じの造りだ。見た目は、前世の記憶にある車種で言えばオフロード車の『ジープ』のような感じだろうか。ただ、知っている常用車よりもでかい感じもする。

高さはそうでもないけれど、長さは2tトラックぐらいだろうか？　でも、見ていくと何よりの特徴は、車の後部に付いているでっかい円柱の筒だろう。触ってみるが、特に熱さはない。僕はドヤ顔をしているエレンに尋ねた。

「思った以上に凄い完成度だね。ちなみに、この円柱状の筒は？」

「それこそ、この木炭車の心臓部となる『木炭ガス発生装置』ですよ。まぁ、詳しい説明は省きますけど、その筒の中で木炭を燃やして、『木炭ガス』を発生させるんです。そして、発生したガスを使って内燃《ないねん》機関を動かすわけですね。いやぁ、開発は四苦八苦しましたよ。爆発も何度かしましたからね」

彼女の説明を聞くと、ディアナは眉をピクリとさせ心配顔を浮かべた。

「ば、爆発ですか……。リッド様、これは本当に安全なものなのでしょうか……？」

「そうだね。動かすのに専門知識は必要になるだろうけど、エレン達が開発したんだから問題はないと思うよ。エレン、良ければ早速試乗できるかな？」

彼女は胸を叩き不敵に笑った。

「そのお言葉をお待ちしておりました。では、早速動かしましょう」

その後、エレンとトナージが木炭車を手押しで倉庫の外に移動させ始める。ちなみに、僕達も手伝ったのは言うまでもない。

木炭車をいよいよ始動させる段階になると、メルが今か今かと目を輝かせている。だけど、ダナエとディアナは『爆発』という言葉が残っているのか、訝《いぶか》しい視線を木炭車に向けているようだ。

しかし、中々に木炭車が稼働しない。エレン達は、木炭車の後ろにある円柱近くで何やら作業をしているみたいだけど……少し時間がかかり過ぎではないだろうか？　思わず二人の元に駆け寄る。

「エレン、どんな感じ？」

「あ、リッド様、すみません。木炭に火を付ける作業に少し手間取っておりまして……」

二人の作業をよく見てみると、木炭を木炭ガス発生装置の中に入れながら『火起こし』をしているようだ。トナージが補足してくれる。

「……木炭車を稼働させる為には、それなりに木炭を燃やして『ガス』を発生させないといけません。その為、始動にはどうしても少し時間がかかるんです」

「ふむ……なるほど」僕は相槌《あいづち》を打つと、その場で腕を組み思案するように俯いた。

メモリーを通じて木炭車の情報を前世の記憶から引っ張り出した時、確かにそんなことも記載されていたような気がするな。でも、要は木炭がしっかり燃えれば、それだけ始動を速くすることができるということだろう。その時、ある閃《ひらめ》きが生まれて顔を上げた。

「つまり、木炭が勢いよく燃えればいいんだよね？」

「ま、まぁ、言ってみればそんなものではあります」

エレンが頷いたのを確認すると、木炭が集められた場所に右手を差し出した。

「二人共、少し離れてもらってもいいかな？」

「え？　あ、はい。わかりました」

声を掛けると、エレンとトナージは不思議そうに僕の背後に移動する。周囲の安全を確認すると、おもむろに「……火槍」と詠唱した。

その瞬間、エレンが先程まで作業していた木炭に魔法の『火槍』が降りかかる。そして、勢いよく……いや、勢いよ過ぎるぐらいに赤く燃え上がった。

程なくして魔法を止めると、黒かった木炭は一瞬で熾火《おきび》となっている。木炭の状態を確認すると、エレン達に振り返って白い歯を見せた。

「これでどうかな。少しは速く動かせる？」

二人は目を丸くして唖然《あぜん》としている。そして、トナージがハッとして大声で叫んだ。

「あぁあああああああ⁉　そうですよ、魔法で木炭を燃やしてすぐに燃焼させればいいんです。その構造に改造すれば、始動時間を大幅に削減できるはず……なんで気付かなかったんでしょう……」

「た、確かに……火の属性魔法が使える人が多いバルディア領と相性も良いですし、狐人族の皆はリッド様の教育でほぼ火の魔法を扱えるようになっているから……あぁ、ボクとしたことがこんなことを見落としていたなんて……」

何やらエレンとトナージは、目から鱗《うろこ》が落ちたように喜んでいるような、衝撃を受けたようなとても複雑な表情を浮かべている。どうやら、木炭を燃焼させる方法に魔法を使用するという選択肢が頭から抜け落ちていたようだ。彼等の様子に苦笑しながら優しく声を掛けた。

「まぁ、今気付いたんならまた改善すればいいだけさ。それよりも、木炭車の稼働はできそうかな？」

「あ、はい。ちょっと待ってくださいね。あと、ガスの濃度もあるので……」

そう答えたエレンは、慌てて木炭ガス発生装置を触り始める。そして、何やら火の色を確認してから頷いた。

「うん、ガスの濃度も問題なさそうです。じゃあ、始動させますね。トナージ、内燃機関と後ろ見てて」

「はい、承知しました」

確認が終わったらしく、彼女はそのまま運転席に乗り込む。トナージは頭のゴーグルを下ろすと、指示に従い内燃機関……いわゆるエンジンの様子を注視している。そして、エレンが運転席で何かを右手で動かす仕草をした瞬間、エンジンが回り出すけたたましい重低音が辺りに鳴り響いた。

前世の記憶で馴染みがあるから、僕はそんなに怖い印象を受けない。だけど、近くにいたディアナやダナエはびっくりして、ダナエはすかさずメルを守るように抱きしめる。ディアナは勢いよく僕の前に出ると、鬼気迫る怖い顔で木炭車を睨《にら》みつけた。あまりに必死な様子の彼女に、諭《さと》すように優しく話しかける。

「ありがとう、ディアナ。でも大丈夫だから、そんなに怖い顔しなくて大丈夫だよ」

「そうは参りません。エレンさんが爆発したこともあると仰った以上、私はリッド様を何があってもお守りせねばなりません」

「そ、そう……」

エンジンの仕組みを知らずに爆発する可能性があると言われれば、ディアナやダナエの態度が普通なのかもしれない。

それから程なくすると、木炭車のエンジンから鳴り響く重低音が一定のリズムで落ち着いた。エンジンの動きが安定したのだろう。すると、エレンが運転席の窓から顔を出した。

「リッド様。始動したので動かします」

「うん、わかった。安全運転でお願いね」

「……あんぜんうんてん？」

エレンに返した言葉に、ディアナがきょとんとしてこちらに振り返る。しかしその時、エンジン音に再び変化が現れて、ディアナがまた鬼気迫る面持ちでパッと視線を木炭車に戻した。だが次の瞬間、彼女は動き出す木炭車を目の当たりにして目を丸くする。

「そ、そんな……馬もなく、人の手も借りずに鉄の箱が動き出すなんて……」

「そう、あれが『木炭車』さ。エレン達のおかげで、色んなことが大きくこれから動き始めるよ」

この場にいるディアナとダナエは、信じられないといった様子で驚愕している。そんな中、僕はこれからのことを思案して、つい口元がニヤリと緩んでしまう。ちなみに、メルは最初から最後まで目を輝かせていたようだ。

◇

やがて試運転を終えたエレンは、木炭車を僕達の前でゆっくりと止めた。そして、運転席から降りてくると彼女は満面の笑みでドヤ顔を浮かべる。

「……さて、どうでしたかリッド様。木炭車の出来栄えは」

「うん、思った以上に素晴らしかったよ」と答えると、傍に控えていたディアナが驚きを隠せない様子で呟いた。

「本当に信じられません。こんな鉄の箱がまさか人を乗せて動くなんて……」

「仕組みは理解できると案外簡単なんだけどね。まぁ、ディアナも使う火の属性魔法で起こす爆発があるじゃない。あの爆発を魔法じゃなく、別の方法で人為的に起こしているんだよ。そして、その力を使って内燃機関という装置を動かしているのさ。車体の後部に付いている筒もその為の装置の一部だね」

「はぁ……よくわかりませんが、とにかく凄いということはわかります」

ダナエとディアナは、僕の説明が理解できなかったらしく肩を竦めている。まぁ、しょうがない。これに関してはすぐに理解しろという方が酷だ。

それにエレン達や狐人族のトナージなど、木炭車作製に関わった子達が理解できている以上、内燃機関の仕組みや知識を一般的にするのは追々で良いだろう。その時、目を輝かせたメルがこちらに熱い眼差しを向けた。

「ねぇ、にいさま。わたしもあれにのりたいんだけど……だめ？」

「あ、そうだね。一応、まずは僕が乗ってからでもいいかな？」

「うん、えへへ」

メルが嬉しそうに笑みを溢して頷くと、エレンに振り向いた。

「じゃあ、エレン。早速、運転の仕方を教えてもらってもいいかな？」

「はい、承知しました。では、運転席にどうぞ」

木炭車の傍に駆け寄ると、エレンからハンドル操作、アクセル、ブレーキなどの説明を受けていく。そして、説明があらかた終わると彼女が咳払いをした。

「……以上ですね。あとはボクが念のために隣の助手席に乗りますね」

「うん、わかった。じゃあ、僕も運転席に上がるね」

「……リッド様、ご無理はされないでください」

ディアナはそう言うと、心配そうに運転席に乗り込む僕の姿を見つめていた。運転席に腰を下ろすと、安心させるように彼女に微笑み掛ける。

「はは、大丈夫だよ。エレンも隣にいるしね。じゃあ、シートベルトをして……」

そう言うと、車内に設置されている三点シートベルトも着けた。ちなみに、このシートベルト機構はエレンに必ず作るよう依頼していたものだ。勿論、安全の為である。

やがて準備も整い、深呼吸をするとおもむろに僕はハンドルを握った。そして、クラッチペダルを踏もうとしたその時、あることに気付きハッとする……足が届かない。

「あれ……これ……ひょっとして……」

「うん？　どうしました、リッド様」

異変に気付いたのか、助手席に座っていたエレンがこちらを覗き込みながら尋ねてきた。

「あ、いやその……足がね……」

「足……？　ああ⁉」

言葉の意図に気付いたらしく、彼女が驚きの声を上げると運転席側の外にいたディアナがすぐにドアを開けた。

「リッド様、『足』がどうされたのですか⁉」

心配顔の彼女だったが、運転席に座る僕の姿を見てハッとする。なんと運転席でシートベルトをすると、どんなに頑張っても僕の『足』がアクセルやブレーキに届かない。その姿が明らかになると、この場にいる皆は、『足がね』と言った意味が伝わったようだ。

自分で言うのもなんだけど、今の姿は傍から見るとかなり滑稽《こっけい》な絵だと思う。そのせいか、彼女達はスッと背中を向け、途端に肩を震わせ始める。メルだけがジーっとこちらを見つめた後に呟いた。

「……にいさま、たりないの？」

「そうだね……身長がまだ足りなかったみたいだよ」

そう答えた後、ガックリと項垂れて止む無く運転席から降りることになった。だけど、いまだに肩を震わせている彼女達を睨みつつ、頬を膨らませたことは言うまでもない。

その後の話し合いの結果、まずディアナが運転をエレンから習う。彼女が運転に少し慣れた時点で、僕とメルが後部座席に乗ることになった。

ディアナは顔を強張らせて運転席に乗り込むと、助手席に座っていたエレンがスッと黒眼鏡を差し出す。

「ディアナさん、運転する時はこれを着けてみてください。光を抑えてくれるので、運転しやすくなりますよ」

「不思議な黒眼鏡ですね。これで良いのでしょうか？」

黒眼鏡を掛けたディアナの姿は、かなり良い感じの凄みがあった。彼女の今の雰囲気を何かに例えるなら、前世の記憶にある有名ＳＦ映画の二部作目に出てきた、サイボーグと戦う決意をしたお母さんみたいな感じかな。メルもディアナの姿に感動したらしく、目を瞬いた。

「うわぁ、かっこいい。にあっているよ、ディアナ」

「うん。凄く似合っている」

「そ、そうですか？　ありがとうございます。リッド様、メルディ様」

少し照れた様子で会釈したディアナは、エレンから木炭車の運転を学び始める。それから程なくすると、彼女は運転方法を理解して木炭車を自由に動かせるようになった。流石《さすが》ディアナと言うべきだろう。

彼女が運転に慣れたところで後部座席に僕、メル、ダナエが乗り込んだ。そして、ディアナの運転する木炭車は倉庫の周りを回り始める。僕、メル、エレンは終始楽しんでいたけれど、ダナエは真っ青になりながら初めて乗る木炭車という乗り物に驚愕して目を回していたようだ。

暫《しば》らくして試乗が終わり降車すると、皆はまるで遊園地のアトラクションを楽しんだような、そんな思い思いの表情を浮かべている。その中で一番、満面の笑みを見せたのはメルだった。

「はぁ、たのしかったぁ～。またみんなでのろうね」

「ふふ、そうだね」

「うぅ……うっぷ。申し訳ございません、メルディ様。わ、私は当分遠慮します……」

しかし、彼女の傍に控えるダナエは口元を押さえながら青ざめていた。まぁ、木炭車を初めて見て乗った人の反応としては、彼女が正しい気もするけどね。エレンとディアナはそんな様子を見て微笑んでいた。

それからエレン、トナージ達と今後について少しだけ立ち話をして、木炭車のお披露目日兼試乗会は終了となる。ディアナは思いのほか運転が楽しかったのか、ニコリと微笑んだ。

「それにしても、リッド様は運転ができずに残念でしたね」

「……そんな悲しい事実を思い出す事は言わなくてもいいよ」

先程の滑稽な自身の姿を思い出し、その場でガクッと項垂れる。そして、小声で呟いた。

「はぁ……車の運転は、将来の楽しみにとっておくかな……」

木炭車の試乗が無事（？）に終わると、皆で工房の来賓室に移動する。そこでは、アレックスと猿人族のトーマとトーナが待っていた。僕達がソファーに腰かけると、アレックスが畏まる。

「リッド様、ご指示頂いていたとおりに懐中時計を用意しておきました」

アレックスが差し出した『懐中時計』は、装飾が施された木箱に入っていた。

「皆、用意してくれてありがとう。じゃあこれは持っていくね」

木箱を受け取ると、傍に控えていたディアナが「私がお持ち致します」と手を差し出した。彼女にその木箱を渡すと、アレックス達に微笑み掛ける。

「アレックス、トーマ、トーナ、本当にありがとう。改めて、これからもよろしくね」

「はい。ありがとうございます」

アレックスが三人を代表するように一歩前に出て会釈すると、トーマとトーナも同様に頭を下げた。やがて彼等が頭を上げると、僕はエレンとトナージに視線を移した。

「それに、エレンとトナージも木炭車の件もすぐに父上に報告するよ」

「いえいえ、できることをしただけです。それに、まだまだボク達も色々と挑戦したいですからね」

エレンが自信満々な様子で答えると、自身の胸をトンと手で叩いた。

「頼もしいね。じゃあ、皆。今日はこれで失礼するね」

そう言ってソファーから立ち上がると、アレックスが恐る恐る声を発した。

「あ、あの、リッド様」

「うん？　どうしたの」

急に呼び止められて振り返ると、彼は照れた様子で『髪留め』を差し出した。それは中々に綺麗な細工がしてあり、とても女性が喜びそうだ。しかし、これを僕に見せる意図はなんだろう？　と首を傾げた。

「とても綺麗で可愛いと思うけど……これは？」

「あ、その、試作で何個か作りまして良ければメイドの皆さんにも、ご意見を聞かせていただければと思っております」

その言葉でハッとする。以前、アレックスがバルディアの屋敷に勤めるメイドに意中の女性がいることを漏らしていたことを思い出したのだ。なるほど、そういうことかと合点がいき、コクリと頷いた。

「わかった。個数にも限度があると思うけれど、誰の意見を聞きたいんだい？」

「あ、それは……ここにいるお二人と、メルディ様。あと、ニーナさん達でしょうか」

ここにいるとは、ダナエとディアナのことだ。それにしても、アレックスはニーナ達とも面識があったのか。ニヤリと笑いつつ、『髪飾り』を受け取った。

「わかった。じゃあ、屋敷に戻ったら渡すと約束するよ」

「はい、ありがとうございます」

その時、やり取りを横で見ていたメルが上目遣いでこちらを見つめた。

「ね、にいさま。わたしはもうえらんでもいい？」

「あ、それはまだやめておこう。屋敷に戻ってからにしないと、壊れちゃうかもしれないからね」

「えぇ……でも、わかった」

メルは少し頬を膨らませたが、すぐに頷いてくれた。その後、エレン達に別れを告げると工房の外に待たせていた馬車に乗り込む。そして、次の目的に向けて出発するのであった。

◇

来賓が帰った後の工房では、エレン達が来賓室の片付けをしていた。なお、片付けに参加をしているのは、エレン達と猿人族のトーマ達だ。狐人族のトナージは、すでに現場に戻っている。片付けが一段落すると、ソファーに腰を下ろしたエレンがアレックスに視線を向けて呟いた。

「ふぅ、リッド様達が帰って少し静かになったね、アレックス」

「そうだね。でも、木炭車と懐中時計がお気に召していただけて良かったよ……まぁ、新たな難題もきたけどね」

二人が楽しげに談笑していると、不思議そうにトーマが問い掛けた。

「お二人は……リッド様の言う『無理難題』について楽しんでいる感じなんですか？」

「ん？　そうだねぇ……ボクは結構楽しんでいるよ。何せ、リッド様が持ってくる話はどれも、聞いたことの無い考え方の話ばかりだからね。ドワーフとして、これ以上の面白いことはないかも」

「確かに、姉さんの言う通りだ。あと、俺達もリッド様のおかげで今があるから、恩返しの意味もあるけどな」

そのやり取りを横で聞いていたトーナも、不思議そうに質問する。

「エレンさん達も、リッド様のおかげで今があるってどういうことなんですか？」

「あれ、言ったことなかったかな？」

エレンはそう言うと、トーマ達にバルディア領に来ることになった経緯を楽しそうに話して聞かせた。トーマ達は、目を丸くしたあと笑みを溢す。すると、感嘆した様子でトーナが呟いた。

「へぇ、リッド様は以前からあんな感じだったんですね」

「そうだよ。無茶ぶりも前からだから、ボクとアレックスは鍛えられて防御力が上がったかもね」

「あはは、確かに、それはあるかも」

皆で談笑している中、ハッとしたエレンがニヤリと笑う。

「ところで、アレックス。誰が意中のメイドなの？　ボクが思うにダナエさんかニーナさんかな？」

「な、なんだよ姉さん、藪《やぶ》から棒に……。大体、そんなつもりじゃないし、それにそんなのどうだっていいだろう⁉」

「もう、意地になるところが怪しいんだって。ほれ、お姉さんに言ってごらん」

エレンがアレックスをからかうやりとりが暫く続くと、トーマが呆れ顔を浮かべた。

「はぁ……いつまで、やっているんだか……」

「ふふ、でも、お兄ちゃんもたまには、エルビアさんにプレゼントでもしたら？」

「な……!? なんで、アイツの名前が出てくるんだよ！」

トーマは思わず顔を赤らめた。ちなみに、エルビアというのはトーマ達同様、バルディア領にやってきた猿人族の少女である。トーナはムッとした顔で答えた。

「だって、エルビアはいつもお兄ちゃんのことを気にかけてくれているのに……お兄ちゃんはそれをないがしろにしているでしょ？ ちゃんとエルビアさんに、たまにはお礼をしてよね」

「べ、別に、俺とアイツはそんな関係じゃないぞ！」

「はぁ……エルビアさんが可哀相……」

トーナは、トーマの返事にため息を吐きながら俯いた。来賓室の片付け中に行われた、淡い四方《よも》山話《やまばなし》の一幕……。

次の目的地

工房を出発して暫くすると、目的地がある街に到着した。

バルディア家の紋章が入った馬車とそのままの身なりでは目立ってしまう。その為、まずは街にあるバルディア家の別邸に移動すると、皆の身なりと馬車を少し質素なものに変える。そして、再び移動してようやく目的地の家の前に辿り着いた。

「よし、ここだね」

馬車を降りた目の前にある建物は、街の中でも比較的立派な家だ。ドアの前に進むと、ノックをしてから「リッドです」と名乗る。間もなく、家の中から返事の声が聞こえた後、ドアが開かれて見知った人物が顔を覗かせた。

「リッド様。ようこそ、いらっしゃいました」

「やぁ、クロス。今日はお邪魔してごめんね」

実はこの家、バルディア騎士団の副団長クロスの自宅である。以前から彼の奥さんが近々出産予定であることは、騎士団含め有名な話だったのだが……僕の場合、話はそれだけでは終わらなかった。子供が無事に生まれた後、訓練の時にクロスから散々惚気《のろけ》を聞かされることになったのだ。

母子ともに安産であり、新しい命の誕生は実にめでたいことだけど、クロスに訓練の度に聞かされるのは大変だったと言う他ない。なお、彼が受け持つ獣人族の子達も同様だったらしく、時折クロスの自慢話を呆然と聞く姿を何度か見ている。そのことを笑い話として母上に伝えた時、その場にいたメルが身を乗り出した。

「にいさま、わたしもあかちゃんみたい」

母上と一緒にメルを止めたけど、どうしても見に行きたいと聞かなかった。後日、訓練前のクロスに止む無く相談したところ、彼は断るどころかむしろ大喜びしたのだ。

「リッド様とメルディ様が……うちの息子を見に来られるのですか⁉　それは、なんという光栄なことでしょうか。是非、見に来てください。いや、それよりも私達がリッド様のお屋敷に出向かせていただきます」

「いやいや……子供も生まれたばかりでしょ？　それに、お母さんも産後はしっかり休まないと後に響いてくるらしいから、僕達がいくよ」

予想外の喜びように後ずさりしながら答えると、彼は怪訝な顔となり首を捻った。

「そ、そうですか。それは、ありがたいですが……。しかし、何故リッド様が産後のことについてご存じなのですか？」

「え⁉　えーと、それは……そう、書斎にあった本に書いてあったんだよ。あはは……」

苦笑しながら誤魔化すと、クロスは納得した様子で頷いた。

「なるほど。畏まりました。では、お言葉に甘えて、我が家で可能な限りのおもてなしをさせていただきます」

「いや、それも気にしないで大丈夫だよ。奥さんが大変だろうからね」

こうして、クロスの家を訪れることになったのである。今までのことを思い返していると、「リッド様、どうかされましたか？」とクロスから声を掛けられた。

「ああ、ごめん。少し考え事をね。それじゃあ、失礼するね」

そう言ってクロスに会釈すると、家に上がらせてもらった。彼の自宅は二階建てで、町の中でも豪華な部類だと思う。普段、僕が過ごしている屋敷とは、内装の造りも大分違うから、結構面白い。

僕に続きメルが家に上がると、スカートの両端を上げた。

「メルディ・バルディアです。きょうは、むりなおねがいをきいていただき、ありがとうございます」

「メルディ様、ご丁寧にありがとうございます。ですが、私はバルディア騎士団に所属しております。それ故、畏まる必要はありません。何より、我が息子に会いに来ていただけるなんて光栄の極みでございます」

「……『こうえいのきわみ』かぁ、えへへ」

メルは、くすぐったそうにしながらも嬉しそうだ。あまり深く考えてはいなかったけれど、領主の子供達が自身の生まれた子供に会いに来てくれるというのは、かなり異例なのかもしれない。

なお、今回の件は当然父上にも事前に報告してある。その際、父上は「誰でも許可するというわけにはいかんが……まぁ、クロスの子供なら良いだろう」と言って許可してくれた経緯もあった。

つまり、こうして訪問を実現できたのは、クロス自身が今までバルディア騎士団に貢献してくれた実績と信頼もあるのだろう。その時、クロスが嬉しそうに僕達を見回した。

「では、妻と息子がいる部屋にご案内いたします」

「うん。忙しいところごめんね」

そして、家の二階にある部屋の前に移動すると、クロスは立ち止まりドアをノックした。

「ティンク、入るぞ」

「はい、どうぞ」

女性の返事が聞こえると、クロスは部屋のドアを開けて入室した。彼に続いて部屋の中に足を踏み入れると、ベッドで寝ていた女性が起き上がろうとしていた。慌てて前に出ると、彼女を制止する。

「そんな、起き上がらずにベッドで横になっていてください」

「いいえ、ライナー様とナナリー様のご子息様に、そのような失礼をするわけには参りません……！」

彼女の瞳には、何やらとても強い意志が宿っている。それは、ディアナやアスナと似ている感じもした。この手の人には何を言っても無駄だから、言い方を変えないと駄目だと急いで考えを巡らせる。

「えー……。それなら、この場だけは、ベッドで休んでいただかないと僕は『失礼』と受けとります。だから、どうか無理されないでください」

「それは……」彼女は困惑した様子だけど、こちらも引く気はない。やがて、観念したらしく彼女はベッドの上で一礼した。

「承知しました。お心遣い、感謝致します」

「いえいえ、こちらが急に押しかけたので申し訳ないです」

そう答えると彼女はニコリと微笑み、ベッドの上でスッと姿勢を正した。

「改めて、クロスの妻、ティンクでございます。折角、来ていただいたのにこのような姿でのご挨拶で申し訳ありません」

クロスの妻であるティンクは、とても丁寧な所作で凛《りん》とした自己紹介をしてくれた。ティンクは、くせ毛が強めの茶髪の長髪。瞳は青くて、目はちょっと鋭くて大きい。何だか、頼れるお姉さんという感じがする女性だ。僕は彼女の言葉に、ニコリと微笑み掛ける。

「とんでもないことです。改めて僕は、リッド・バルディアです」

言葉を交わしていると、メルが僕の隣にやってきてティンクに声を掛けた。

「わたしは、メルディ・バルディアです。よろしくおねがいします」

ティンクは僕とメルの顔を見ると、嬉しそうに目を細めた。しかし、何やらハッとした彼女はベッドの後ろに振り返る。

「ティス、あなたもお二人の前に出てご挨拶しなさい」

「は、はい」

すると、ティンクが声を掛けた場所からメルと同じぐらいの少女が恐る恐る出てきた。少女はティンクと同じ青い瞳をしており、強めのくせ毛は小さなポニーテールにしてまとめている。少女は僕達の前に出てくると姿勢を正した。

「えと、パパとママの娘でティスと申します、六歳です。よろしくお願いします」

挨拶が終わると、ティスはその場でペコリと頭を下げる。そっか、彼女が……と思わず口元が緩んだ。

「ふふ、君の事はクロスからよく聞いているよ。こちらこそ、よろしくね」

「え……えぇ!?　パパ、私のこともリッド様にも話しているの!?」

予想外だったのか、ティスは目を丸くしてクロスに振り返った。しかし、彼は問いかけに満面の笑みを浮かべ、さも当たり前のように答える。

「当然じゃないか。ティスの魅力と可愛さは、もう騎士団どころかバルディア家にも轟《とどろ》いているさ。

そうですよね、リッド様」

「あぁー……、それはそうかもしれないね。ティス、君のことは、僕の父上と母上の耳にも聞こえていると思うよ」

「えぇえええええ!?」

バルディア家全体に自身のことが知られているとは思っていなかったらしく、彼女は驚愕の表情を浮かべている。

まぁ、クロスはああ見えてもバルディア騎士団の副団長だ。そんな役職に就いている彼が、あちこちであれだけ娘の自慢話をすればティスのことを知らぬ者は屋敷には居ないだろう。事態を察したティスは「うぅ……パパの馬鹿……」と呟いてガックリと項垂れる。でも、そんな彼女にメルが駆け寄ると嬉しそうに手を取った。

「あなたがティスね！　わたしもずっと、にいさまからおはなしをきいていたの。だからあえるのをとてもたのしみにしていたんだ」

「あ、あわわ、メルディ様にそんな風に言っていただけるなんて……きょ、恐縮です」

つい先ほどまで落ち込んでいたティスは、メルに声を掛けられると、今度は嬉し恥ずかしそうにしている。彼女達のやり取りを見ていたティンクは、ニコリと笑みを溢す。

「ふふ、本当にリッド様とメル様は立派になられましたね。小さい時のお姿を拝見していた身としては、本当に嬉しい限りです」

「あれ？　ティンクは僕の小さい時を知っているの？」

クロスから家族自慢はよく聞くけれど、そういえば奥さんとの馴れ初めとか結婚に至るまでの話は聞いたことがなかったな。そう思いつつ聞き返すと、彼女は頷きながら話を続けた。

「はい。私はクロスと結婚して、ティスを授かるまで騎士団に所属しておりました。確か、ナナリー様のお二人目、メルディ様の懐妊《かいにん》がわかる前ぐらいに退団しております。その為、リッド様の小さなお姿は何度か拝見させていただいておりますよ」

「あ、そうなんですね。それは知りませんでした。すみません、覚えていなくて……」

「いえいえ、リッド様は今より小さかったのですから覚えていなくて当然です。それと、メルディ様も生まれて間もない頃、何度かお顔を拝見したことがあります。今と変わらず、とても可愛らしい顔立ちでした」

「へぇ。メルはそんな頃から可愛かったんですね」

ティンクと話していると、いつの間にか仲良くなった様子のメルとティスが近くにやって来る。

そして、メルが僕の手を掴んだ。

「ねぇねぇ、にいさま。はやく、あかちゃんをみせてもらおうよ」

「あぁ、そうだね。それじゃあ、見させていただいてもよろしいですか？」

「はい。クロス、お二人に『クロード』を見せてあげて」

そう言って彼女が声を掛けると、彼は頷いた。

「わかった。では、リッド様、メルディ様こちらです」

「うん、ありがとう」

クロスに案内され、ティンクが寝ているベッドの後ろに通される。先程まで、ティスがいた場所だ。そこにはベビーベッドが置いてあり、小さな赤ん坊がスヤスヤと寝息を立てていた。メルはその寝顔を見てパァっと顔が綻《ほころ》んだ。

「うわぁ～、かわいい。ねぇねぇ、すこしだけさわってもだいじょうぶ？」

「はい。寝ているので優しく触ってあげてくださいね」

メルはコクリと頷く。そして、赤ちゃんの手の平を優しくつつくと、赤ちゃんが反射的にその指を掴んだ。

「かわいい！」

メルがメロメロになっていると、隣にいるティスが「ふふ、ほっぺもフニフニなんですよ」と呟き、二人は赤ちゃんを堪能している。僕もその可愛さに見とれていたが、先程ティンクが呟いたこの子の名前がふと気になった。

「クロス、この子の名前は確か『クロード』だったよね」

尋ねた意図が伝わったのか、クロスが苦笑する。

「あはは、そうなんです。僭越《せんえつ》ながら『リッド』様のお名前から一文字頂きました。少しでも、リッド様のような才能に恵まれればと思いまして……」

「そ、そうなんだ。そう言ってもらえるのは嬉しいけど、ちょっと照れくさいね」

自分の名前から一文字使われるとか全く思っていなかったから、僕は気恥ずかしげに頬を掻いていた。

◇

その後、赤ちゃんのクロードを堪能しながら、ティンクが屋敷に勤めていた時の話を聞かせてもらった。驚いたことに、ディアナに暗器術や格闘術などを叩き込んだのはティンクだったらしい。

「当時のディアナは『強さへの渇望《かつぼう》』が凄かったんです。そこで、私が教えられることを可能な限り伝え、厳しく訓練したんです。ねぇ、ディアナ」

「そうですね。とても厳しいものでしたが、今となっては良い思い出かもしれません」

ティンクの言葉に、ディアナが遠い目をしながら答えている。どれだけ、厳しい訓練だったのだろうか。彼女はそれ以外にも、母上が元気だった頃の話も聞かせてくれた。

「ナナリー様はとても悪戯《いたずら》好きな方でしてね。ある日、ライナー様が執事のガルン様に紅茶をお願いしたのです。そしたら、ナナリー様が『たまには私がいれましょう。ライナー、レモンティーでも良いかしら』と確認したら、ライナー様が頷いたんです」

「へぇ……でも、それのどこが悪戯だったんですか？」と聞き返すと、ティンクはその時のことを思い出したらしく、笑みを溢した。

「実はですね。ナナリー様が持ってきた『レモンティー』をライナー様が口にすると、途端に咳込んだんです。それから、眉間に皺を寄せて何とも言えない顔を浮かべると、ナナリー様がニッコリと笑みを浮かべて仰ったんです」

「そ、それは……母上は何と言ったのですか？」

何となく落ちが想像できるけれど、彼女に問い掛けた。

「それが……『どうしたのですか？　ちゃんと、あなたの言う通りレモンたっぷり、レモンティーにしましたよ』と言って微笑んでいらっしゃいました。その時のライナー様の顔は今でも忘れられません」

「あはは……母上も中々にすごいことをしていますね」

予想通りではあったけれど、実際に聞くと思わず笑ってしまった。レモンティーだから、レモンをたっぷり効かしたお茶を出すとは……考えても中々やらない。それをやってのけるあたり、母上は本当に悪戯好きだったのだろう。その時、ティスとメルがやってきた。

「ねぇねぇ、にいさま。ティスがね、にいさまにおねがいがあるんだって。きいてくれる？」

「うん？　それはいいけど。ティス、僕にお願いってなんだい？」

ティスは少し顔を強張らせて俯いているが、意を決した様子で顔をパッと上げた。

「あ、あの……リッド様は、私と近い年代の子供達に訓練を施されていると聞きました。それで、その……私は将来、バルディア騎士団に入りたいんです。だから、差し出がましいことは承知なのですが、私にも武術や魔法の訓練をしていただけないでしょうか……⁉」

「へ……？」

思いがけないティスのお願いに呆気に取られてしまう。そして、その言葉の意味を逸早く理解したクロスが悲痛な叫びを上げた。

「ティス⁉　そんな話、パパは聞いてないぞ」

「だって……そんな反応するのがわかっていたんだもん。でも、ママには相談して了承もらっているからね」

ティスはクロスの言葉をさらっと受け流し、顔をプイっとしてそっぽを向いた。メルはそのやり取りを見て、楽しそうに笑っている。いまいち状況が飲み込めず、困惑しながらティンクに視線を向けた。

「えーと。申し訳ないけれど、説明をしてもらってもいいかな？　ティスは君の了承を受けたといっているけど、どういうこと」

「ふふ、混乱させて申し訳ありませんでした。では、僭越ながらご説明させていただきます」

ティンクはそう言うと、詳しく話を聞かせてくれた。ティスは母親が過去に騎士団で勤めていたこと。加えて、父親のクロスが騎士団の副団長であることをとても誇りに思っているらしい。

その影響か、ティスも「絶対に将来は騎士になる！」と日頃から言っているそうだ。しかし、騎士になる為の修練や経験は想像以上に厳しく、簡単になれるものではない。騎士団に父親が所属しているティスは、そのことをよく理解していた。

そんな時、僕が獣人族の子供達を訓練している話をクロスから小耳にはさんだらしい。ティスは「私もその訓練を受けて、騎士を目指したい！」と母親のティンクに相談。そして、時期を同じくして僕達が赤ちゃんを見に来ることを知り、二人は僕に直談判するのが早いと考えたらしい。ちなみに、クロスに言わなかったのは止められるのが嫌だったそうだ。

なるほどなぁ、と僕は俯いて思案する。実は獣人族の子供達で『教育課程』の成果が出始めているから、領民の子供達にも試験的に近々導入してみても良いかもしれない……という考えはあるにはあった。

だけど、懸念《けねん》もあった。一般的な領民の親や子供達では、まだ魔法訓練の意義や意味を理解できるものは少ない。その上、訓練自体が過酷なので相当な決意というか、自分から挑戦していく気概がないとおそらく訓練自体についてこられないだろう。

そもそも魔法の有用性については、教育を施した獣人族の子供達を通して領民に見聞させるつもりだった。そして、領民達自身に『自分も魔法が使えるようになりたい』と思ってもらったところで、一般募集を考えていたわけだが、ティスの言葉であることを閃いた。

騎士団員を両親のどちらかに持つ子供であれば、両親の仕事に対しての意識もあるはずだ。その上、騎士達の多くは鉢巻戦を観戦しており、『魔法の可能性』は周知できているだろう。

そうなると両親と子供の意識もある程度強いだろうから、訓練内容が多少過酷でもついてこられるかもしれない。もしくは、人数制限をして受験のような募集をしても良いかもしれないな。その際には訓練体験も行い、子供達に気概があるかも見れば……うん、いけるかもしれない。ある程度の考えをまとめ終えると、ゆっくり顔を上げた。

「ティス、君が訓練を受けていずれ騎士になりたいと言う気持ちは嬉しいよ、ありがとう。でも、訓練を受けられるかどうかは僕の一存では決められないんだ。ごめんね」

「そう……ですか。あ、いえ、ご無理を言ったのはこちらですから……申し訳ありませんでした」

ティスは残念そうに俯いてしまうが、クロスは胸を撫で下ろしているようだ。

「でもね、ティス。君のおかげで良い考えが浮かんだよ。父上と話してみないとわからないけど、もし良い方向に進めば、ティスも訓練を受けられるかもしれないよ」

彼女は顔をバッと上げ、表情がパァっと明るくなった。

「え⁉　ほ、本当ですか」

「うん。約束はできないけどね。でも、ティスにはヒントをもらえたお礼に、この場で伝えられることはあるよ」

「それは……なんでしょうか？」

含みのある言い方に、ティスは少し不安気にゴクリと息を呑んだ。

「簡単なことだよ。厳しい訓練に耐えられる気持ちを今から作っておくこと。それから体力作りと、可能ならクロスに少しでも剣術訓練を受けておくといいかもね」

「……畏まりました。私、頑張ります。パパ、明日から早速、剣術教えてね。じゃないと嫌いになるもん」

話を聞くなり、彼女はクロスに振り向き決意の眼差しを送る。

「あらあら、大変。でも良かったわね、ティス。あなた、責任重大ね」

ティンクはそんな娘の背中を押すように問いかけるが、クロスは家族の思わぬ発言に「な……⁉」と目を丸くした。

「ティス、それはないだろう。それに、ティンクまで……」

「あはは。ごめんよ、クロス。でも、ティスのおかげで父上に良い相談ができそうだよ。ありがとう」

彼らのやり取りに苦笑しつつ、お礼を伝えた。

ティスの一言がなければ、『騎士の子供達に訓練の参加募集をかける』という考えに至るのはもう少し先だったかもしれない。この気付きは、大きな結果に繋がる可能性は十分にある。クロスは、困惑した様子で首を傾げているけど。

「は、はぁ……？　まぁ、リッド様のお役に立てたのであれば光栄ではありますが……でも、ティスに剣術の訓練かぁ。どちらかといえば、ナナリー様のようにおしとやかになってほしかったんだけどなぁ……」

『母上のようにおしとやか』という言葉を聞くと素直に嬉しいけど、ティンクの話を聞いた限りだと、どうも『おしとやか』だけでは絶対にない気がする。その時、ティスが反応して可愛らしく声を荒げた。

「私は、『おしとやかな騎士』になるからいいの。それなら、パパも文句ないでしょ」

「そうか、そうだな。わかった、じゃあ明日から少しずつやっていくか」

「ふふ、これは大変ね」

クロスは気持ちを切り替えたらしくニコリと笑った。二人のやり取りを見守っていたティンクも嬉しそうに微笑んでいる。本当に仲の良い家族なのだろう。

彼等の会話にほっこりしていると、傍に控えていたディアナがボソッと呟いた。

「はぁ……ルーベンスは、少しクロス副団長を見習……」

「え、ディアナなんか言った？」

「いえ、何でもありません」

良く聞こえなかったので聞き返すが、彼女は『やれやれ』と首を横に振るだけだ。すると、ディアナの隣にいるダナエが「はぁ……」と息を吐いた。

「でも、クロス様達を見ていると結婚もいいなぁと思いますよね。まぁ、私の場合はまず相手を探すところからですけどね」

そうか……ダナエには相手が今いないのか。その時、ふとあることが気になって彼女に問い掛けた。

「そういえば、ダナエは気になる人とかいないの？」

「私ですか？　そうですねぇ……今のところ、いませんね」

彼女がそう答えると、近くに居たメルが反応して駆け寄って来た。

「ダナエ、けっこんしちゃうの？　そしたら、わたしのところからいなくなっちゃうの……？」

結婚すると傍から彼女が居なくなってしまう……そう感じたらしいメルが、シュンと俯き悲しそうな顔を見せる。ダナエはメルの視線になるようその場にしゃがみ込むと、首を軽く横に振った。

「いえいえ、メルディ様。私は今のところ結婚する予定はありませんから、ご安心ください。でも、そうですね。今の私はいつもメルディ様のことを考えていますから、今の私の大切な人はきっとメルディ様ですよ」

「ほんとう⁉　わたしもダナエだーいすき」

メルは嬉しそうに頬を緩めると、目の前にいるダナエに抱きついた。とても微笑ましい光景ではあるけれど……。アレックス、もし、君の好きな人がダナエなら、恋敵はメルになりそうだよ。

ちなみにこの時、メルに付いて来たクッキーとビスケットは、終始赤ん坊の『クロード』を興味深げに見つめていたようだ。

それから暫くの間、クロス達と談笑していた。だけど、さすがに良い時間になってきたからそろそろお暇《いとま》することにした。

「クロス、ティンク。クロードの誕生、本当におめでとう。そして、この場に来させてくれて本当にありがとう」

「いいえ、とんでもないことでございます。むしろ光栄なことですから、お気になさらないでください」

「クロスの言う通りでございます。本当にご足労頂き、ありがとうございました」

そう答えると二人は丁寧に一礼する。それから間もなく、彼等に顔を上げてもらうとディアナから『木箱』を受け取りスッと差し出した。

「これは、誰にでも渡せるものじゃないんだ。だけど、クロスにはいつもお世話になっているし、立場もバルディア騎士団の副団長だからね。良ければ、お祝いの品として受け取ってほしい」

二人は顔を見合わせた後、クロスが不思議そうにおずおずと木箱を受け取った。

「ありがとうございます。失礼ですが、この場で開けてもよろしいでしょうか？」

「うん。開けてみて」

微笑み掛けると、彼は丁寧に木箱を開けた。そこには『懐中時計』が入っており、アレックスから受け取った『懐中時計』の内の一つだ。

実は、クロスの家を訪れる前に工房に寄ったのはこの為でもあった。しかし、『懐中時計』を見たことの無いクロス達は戸惑った表情を浮かべている。

「あの……リッド様、失礼ですがこれは……何でしょうか？」

「ふふ、それを手に取ってみて。その出っ張り『竜頭』って言うんだけど、その上にボタンがあるから押してみてごらん」

「……こうですか？」

クロスが怪訝な面持ちで竜頭にあるボタンを押すと、『カチッ』という金属音が鳴る。そして、カバーが開き文字盤がお目見えした。その瞬間、懐中時計が『携帯できる時計』ということを理解した彼は目を丸くする。

「こ、これは、『時計』ではありませんか⁉」

「そう、『懐中時計』と言ってね。エレン達や猿人族、狐人族の皆に協力してもらって開発したんだ。おそらく、世界にまだそれを含めても五台しかないんじゃないかな？　まぁ、『クロード』の誕生祝いってことで持ってきたんだよ」

クロス達は唖然としてしまい、こんな貴重なものは受け取れないと言われてしまう。しかし、いずれはバルディア家や騎士団の主要な面々に渡す予定であること。また、使った感想も聞かせてほしい……ということで何とか納得してもらった。

「まぁ、そんなに気負わないでよ。それに、生まれた子供と一緒に時を刻み始める時計なんてロマンチックで良いじゃない」

「承知しました。謹《つつし》んで、『懐中時計』を頂戴致します。リッド様、本当にありがとうございます」

軽いお祝いの品で渡したつもりだけど、クロス達はとても厳かな雰囲気で懐中時計を受け取っている。そんな様子に僕は苦笑しながら決まりの悪い顔を浮かべるのであった。

程なくして、良い時間にもなってきたからそろそろお暇することにした。ティンクも見送りに来ようとしたけれど、ベッドで休んでおくようにお願いする。そして、別れの挨拶も済まして馬車に乗り込もうとした時、クロスから声を掛けられた。

「リッド様、私は騎士団に所属する前はしがない冒険者です。それが、ここまで大事な存在として扱っていただけるとは、本当に光栄の極みです。この命、改めてバルディア家に捧げる所存です」

普段の軽い感じとは違い、今の彼は決意に満ちた雰囲気を纏《まと》っている。少し気圧されつつも、素直な気持ちで答えた。

「う、うん。ありがとう、クロス。でも、君がバルディア家に尽くしてくれるから、僕もそれに応えただけさ。だから、そんなに重々しく考えなくて大丈夫だよ。それと、これからもよろしくね」

「承知しました。本当に、本日はご足労頂きありがとうございました」

こうして、クロスの自宅を後にするのであった。

◇

屋敷に帰る馬車の中、ディアナがこちらに視線を向けておもむろに呟いた。

「それにしても、リッド様。『子供の誕生と共に時を刻み始める時計』というお言葉は確かに素敵ですが……一体どこからそのようなお言葉を思いつくのですか？」

「え⁉　さ、さぁ……何となくかなぁ」

誤魔化すように頬を掻き視線を泳がせたその時、彼女の質問とは別のことに意識が逸れてハッとした。考えてみればディアナとルーベンスは恋人同士だから、将来的に結婚。やがて、子供が生まれることもあるだろう。それならこれは名案かも、と話を続けた。

「あ、そうだ。良ければディアナとルーベンスの間に子供が生まれた時にも『懐中時計』を贈ろうか？」

「な……⁉　べ、別に『子供』が欲しいとか、そういう意味で言ったわけではありません！」

「へ……？」

彼女の声が馬車の中に響くと、少し気恥ずかしい雰囲気が流れ始める。唖然とする僕達の表情に、彼女の顔が珍しく真っ赤に染まっていた。

ディアナが自爆してから程なくすると、メルが寂しそうに「はぁ……」とため息を吐く。

「はぁ……ティスともっとあそびたかったなぁ。ねぇ、にいさま、ティスはどうしてくんれんをうけられないの？」

ティスに屋敷に来てほしかったらしく、メルはしょんぼりしている。

「ごめんね、メル。その件は僕だけでは決められないんだよ。父上に相談しないといけないことだからね。でも、良い方向に進めば、きっとティスは訓練を受けられると思うよ」

「ほんとう⁉　なら、わたしもくんれんをして、ティスのあいてができるようになるね」

メルの思わぬ発言に、皆で目を丸くした。ダナエやディアナと一緒に慌てて止めるが、メルは聞く耳を持たない。

「だって、ディアナもつよいし、わたしもにいさまみたいにつよくなるもん。ぜったいだもん！」

「いや、それは……」

皆の困惑をよそにメルは何やら決意したらしく、父上に直接話すと言って聞かなくなってしまうのであった。

リッドの報告

街から屋敷に戻ってくると、ディアナと共に執務室を訪ねた。木炭車完成に伴う試乗と懐中時計の件を父上へ事前に伝えていた為か、僕達の帰りを待っていたようですぐ通してくれた。

執務室に入室すると、いつものように父上と机を挟んでソファーに腰を下ろす。ディアナは立ったまま僕の傍に控えている。程なくすると、ガルンが紅茶を机の上に置いてくれた。

「ガルン、いつもありがとう」

「とんでもないことでございます」

彼はニコリと微笑むと、会話の邪魔にならないように控える。場が落ち着くと、父上が視線を向け、おもむろに呟いた。

「さて、聞かせてもらおうか。『木炭車』の完成度はどうだった？」

「はい、予想以上の完成度です。後は、道の整備、燃料の補給場所を確保すれば圧倒的な物流改革を起こせると思います。道の整備についても、土の属性魔法を使えば当分は何とかなるでしょう。すでに、獣人族の子供達で使えるように訓練もしております」

そう答えると、不敵に笑う。木炭車を開発した理由は、母上の治療薬の原料である『ルーテ草』の安定確保が一番の目的だけど、当然それだけじゃない。木炭車の可能性は、少し知恵があるものであればすぐにわかることだ。それこそ、国相手に交渉できる材料にもなるだろう。

物流改革と魔法……この二つを組み合わせることで可能性は計り知れない。まぁ、木炭車を開発した理由は他にもまだあるんだけどね。父上は答えを聞き、ニヤリと口元を緩めた。

「ふむ、いよいよ投資を回収する時期になってきたということだな。リッド、ちなみに木炭車とやらを『運転』したのだろう？」

その問い掛けに、ハッとしてバツの悪い顔を浮かべる。

「あぁー……実は、僕は運転できなくて、試乗はディアナにしてもらったんです」

「……？　何故だ、あれだけ楽しみにしていたではないか」

実は木炭車が完成したことを父上に伝えた時、「木炭車を見事運転して、乗り心地までしっかりとご報告いたします！」と大見得を切っていたのだ。それから間もなく、父上の訝しい視線に耐え切れなくなりボソッと呟く。

「実は……なくて……」

「ん？　なんだ、はっきり言わんか」

聞き返してくる父上にムッとしながらやけくそ気味に答えた。

「で、ですから、身長が足りなくて運転できなかったんです！」

「なに、身長……だと？」

眉間に皺を寄せた父上は、ゆっくりと僕の姿を凝視する。そして、ハッとすると目元を手で覆い隠し俯いた。そのまま肩を震わせていたが、やがて耐え切れずに今度は上を向くと大声で笑い始めた。

「あははは、そうか、身長がまだ足りなかったか。クックククク、さぞかしその姿は滑稽だったであろうな。いやぁ、私もその場にいたかったぞ」

「……父上、笑い過ぎです。少し失礼ではありませんか」

そこまで笑わなくて良いじゃないか。僕が頬を膨らませてそっぽを向くと、父上は苦笑しながら話を続ける。

「いやぁ、すまん、すまん。しかし、お前の子供らしい話題は久しぶりだったからな。大いに笑ってしまったのだ、許せ。それより、ディアナ。木炭車を試乗して感じたことを聞かせてくれ」

平謝りすると、父上は視線をディアナに向けた。彼女は僕を一瞥した後、丁寧な所作で会釈する。

「人や馬の力を使わず、『木炭』を『力』として動く木炭車の可能性は素晴らしいと存じます。ですが……」

彼女は話の途中でこちらを一瞥する。その様子に父上も気付いたらしく、問い掛けた。

「ですが……どうした？」

「僕の事は気にしなくていいから感じたことを素直に言っていいよ」

どうやら、僕のことを気にかけてくれたらしい。でも、僕の事より彼女が感じたことを言ってもらった方が説得力があるだろう。ニコリと頷くと、ディアナは話を再開する。

「では、僭越ながら申し上げます。動かすまでに必要な時間、初動、加速などを考えると、迅速な活動には不向きでしょう。活動内容によっては、馬にまだ分があるかと。しかし、木炭車の操作方法は比較的簡単でした。馬とは違い誰でも短期間で扱える利点も考えれば、今後の可能性は目を見張るものがありましょう。以上の内容から現状では、使い方は限定されるかと存じます」

彼女の話を聞いた父上は、険しい表情で視線をこちらに向けた。

「なるほど……リッド、お前はディアナの意見をどうとる？」

「そうですね。鋭い指摘と観察眼は流石だと思います。僕も概《おおむ》ね、彼女の意見と同じですね。木炭車の性質上、迅速な対応が必要となるような『軍事行動』には不向きです。最初にお伝えした通り、道を整備して物流用と割り切って使うべきでしょう。後は……交渉の材料でしょうね」

『交渉の材料』という言葉に父上の目が光った。その点は父上の方がよくわかっているのだろう。

僕は怪しく目を細めながら話を続けていく。

「この『木炭車』を見せれば、聡《さと》い者はすぐにその可能性に気付くでしょう。そして、『木炭車』の利用に伴う道の整備、燃料補給場所の設営を受注して請け負えば、莫大な利益をバルディア領にもたらします」

「ふむ。中々に良い案だ。それで、お前が考える最初の交渉相手はどこだ」

あえて父上は聞いてきているのだろう。僕は間髪入れずに答える。

「決まっているではありませんか。母上の治療薬の原料の産出国である『レナルーテ』一択です。あの国とバルディア領は僕とファラによって婚姻《こんいん》の繋がりもあり、友好的な交渉をしやすいでしょう。実績を作った後に、帝都と帝国内で友好的な領地に声をかければよろしいかと存じます」

「ふふ、そうだな。その方向で問題ないだろう。では、早速レナルーテのエリアス陛下に書状を送るとしよう。これから、忙しくなりそうだ」

そう言うと、父上は楽しそうに笑った。だけど、この件については僕だと対処できないことがある。

「しかし……気掛かりなこともあります」と呟くと、父上が眉をピクリとさせた。

「なんだ、言ってみろ」

「はい。レナルーテとバルディア領が独自に動くことにより、帝国内で我が領地の立場がどうなるのか。この点については、僕ではわかりにくい部分です。父上はどうお考えでしょうか」

帝国内におけるバルディア領の立場。これについては、帝都に行けない僕では正直見えにくい部分であり、懸念材料でもある。言ってみれば、父上の政治的手腕に期待するしかない。すると父上はニヤリと笑い、ソファーの背もたれに身を預けた。

「案ずるな。私も、今まで何もしていなかったわけではない。根回しはすでに終わっている。それに、バルディア領は辺境だ。国境が隣接している国に対しては、独自の裁量権を認められている部分がある。今回は、その範囲内の活動とする予定だ。まぁ、ものは言いようというやつだな」

「承知しました。流石ですね、父上」

そう答えてニコリと頷いた。しかし、根回しまで終わっているとは思わなかった。ここ最近、父上がよく帝都に行っていたのはその交渉の為だったのかもしれないな。

「リッド、それと……例の時計はどうなのだ？　試作品が完成したのだろう」

父上の目つきが少し変わった。

「はい。お持ちしております」と懐に手を入れると、『懐中時計』を取り出して机の上にゆっくりと置いた。

「これが、『懐中時計』です」

「ほう……確かに、これであれば携帯することが可能だな。では、使い方を説明してもらおうか」

「畏まりました」

その後、懐中時計の使い方と注意点について話していく。やがて説明が終わると、父上は量産体制についても尋ねてきた。

「量産体制はまだ整っていません。ですが、指示はしております。もうしばらくお待ちください。それより、両陛下にお渡しする分を作成して献上したいと考えておりますが、いかがでしょうか」

「勿論、それもすぐに開始しろ。両陛下もお喜びになるだろう。それに……両陛下がお持ちになった新しい時計。それも携帯できる物を、中央の貴族が欲しがらないわけがないからな。ふふ」

父上がニヤリと威圧感たっぷりに怪しく口元を緩めた。僕もそれに合わせるように怪しく目を細める。

「ふふ、父上も悪いですねぇ」

「馬鹿者……誤解を招く言い方はするな。我々は『商品に見合った価格』で貴族に販売するだけだぞ。それと、お前のことだ。クリスに渡す分も用意してあるのだろう？　ならば、すぐにでも打ち合わせをして動け。私もすぐに動き出す」

今の僕と父上は、前世の記憶にある時代劇に登場する、さながら悪代官と越後屋のような黒い雰囲気を纏っている。そして、その後も父上との打ち合わせを淡々と続けるのであった。

◇

「父上。道の整備を公共事業として獣人族の子達にさせるのであれば、予定より早いですが第二騎士団の設立を許可していただけないでしょうか？」

様々な打ち合わせを行っていく中、今後の活動の主軸となる第二騎士団の設立を提案すると、父上は「ふむ……」と相槌を打ち口元に手を当てた。

僕の名前を使って活動する方法もあるけれど、『バルディア第二騎士団』という名が知れ渡るほうが存在感や影響力は大きくなる。それに活動する際に必要となる権限。それに獣人族の皆の立場も考えれば、第二騎士団として設立するほうが将来的にも動きやすくなるはずだ。

「領内に留まらず、いずれは帝国内の公共事業を請け負うことを考えれば設立するべきだろうな。しかし、騎士団となれば領地や国の有事になれば必ず動かねばならん。その点をしっかりと認識しておけ」

領地や国の有事という言葉を使った父上は、眼の鋭さが増して思わず『ドキリ』とする。バルディア領は辺境であり、帝都よりも有事に関わる可能性も高い。父上なりに心配してくれているのだろう。深呼吸してからゆっくりと頷いた。

「はい、覚悟しております」

「そうか……ならばよかろう。第二騎士団の設立を許可しよう。それから、ダイナス……は忙しいか。副団長のクロスに相談して編成の原案を作って提出しろ」

「承知しました。今後のこともありますから、第二騎士団の編成を急ぎます」

そう答えつつも、設立許可が出たことに胸を撫で下ろしていた。

獣人族の子達を、属性素質や得意分野などに分けて編成を行い活動開始……第二騎士団設立というのは途中から加わった要素だけど、概ね計画は今のところ順調と言えるだろう。机の上にある紅茶を一口飲むと、話題を転じる。

「父上、今後のことについてですが、魔法と武術の教育課程を領民の子供達にも施す計画で、ご相談があります」

「ほう……予定より大分早いな。その件についてはもう少し先だと思っていたぞ」

少し驚いた様子を見せる父上だが、表情は厳格なままである。

「私もそう考えておりました。ですが……今日、クロスの家を訪問したことで妙案が浮かんだ次第です」

「なるほど。では、聞かせてみろ」

鋭い眼を光らせる父上に、案を語った。

一般的な領民の子供達に魔法や武術の教育課程を施す前段階として、バルディア騎士団に所属している騎士達の子供を三十名ほど募集。応募人数が多い場合には試験を行い、その過程で訓練を体験させて耐えられるかを確認。試験に落ちた子については、次回の募集に備えてもらうという考えだ。募集人数も教育課程を改善していけば、いずれはもっと多くすることもできるだろう。

子の親である騎士達は、魔法や武術の有用性はすでに認識しているはずだし、鉢巻戦で活躍した僕の姿を見ている者も多い。何より、領主が主催している教育課程だ。応募人数も多くなるだろうという予測も立つ。

「父上、どうでしょうか？　実際、クロスの子供である『ティス』は、両親のような騎士に将来なりたいと言っていました。他の騎士の子供達にも高い志を持つ子がいるでしょう。その子達を、育て、成長させることがバルディア領の発展にも繋がると存じます」

説明を聞き終えると、父上は思案してからゆっくりと口を開いた。

「バルディア騎士団に所属する騎士の子供達か……言われてみれば、確かに一般的な領民の子供よりは、両親の協力も得やすいだろうな。よかろう、その方向で原案を作り提出しろ」

「承知しました。すぐに取り掛かります」

打ち合わせがほとんど終わると、ふと木炭車の運転を父上に勧めてみた。父上に黒眼鏡は似合うだろうし、母上が快復したら家族皆で領内を木炭車で移動したら楽しそうだ。父上も満更ではない様子だ。

「ふむ、ならば私も今度運転してみるか」

「ふふ、楽しいと思いますよ。試乗するからには感想も聞かせてくださいね」

笑顔で答えるが、メルのことを思い出してハッとする。僕の表情の変化に気付いたらしく、父上は首を傾げた。

「リッド、どうした……何か、伝え忘れでもあったのか？」

「あぁ……そうですね。実はメルのことなんですけど……」

歯切れ悪くそう言うと、ティスと仲良くなったメルが唐突に『武術を習いたい』と発言し、僕、ディアナ、ダナエの三人で必死に止めたが納得してもらえず、メルが父上に直談判すると言い始めたことを説明。父上は額に手を添えて俯き、呆れ顔でため息を吐いた。

「……メルが魔法を習いたいと言い始めた時から、悪い予感はしていたのだ。これも、お前の影響か？」

「いやいや、メルにも何か考えがあると思いますよ。本人に直接聞いてみてはいかがですか？」

父上はゆっくりと顔を上げた。

「そうだな、そうするか」

「では、僕の話はあらかた終わりましたから、メルに伝えてきますね」

「う、うむ……」

机の上にある紅茶を飲み干すと、僕は執務室を後にしてメルの部屋を訪ねた。

「メル。父上が呼んでいるよ」

「わかった！　じゃあいってくる」

メルは決意に満ちた目を輝かせ、喜び勇んで執務室に向かった。ちなみに、二人がどんな話をしたのか僕は知らない。

それから数日間。メルは執務室を毎日訪ねていたらしく、最終的に父上が根負けしたようだ。後日、メルはそのことを満面の笑顔で教えてくれた。

「にいさま！　ちちうえがね、わかったっていってくれたの」

武術を習うことを認めてもらえたのがよっぽど嬉しかったのだろう。その日のうちに、メルは母上にも僕がいる目の前で伝えた。母上はその話を聞きニコリと頷くと、目を細めたままゆっくりとこちらに視線を向ける。

「ふふ、リッド。悪いけど、メルと二人でライナーを呼んできてくれない。少し……話したいことがあるの」

「は、はい……」

母上に表情は穏やかだけれど、何故か途轍《とてつ》もない凄みを感じて背筋に戦慄《せんりつ》が走ったのは言うまでもない。その後、メルと二人で母上が呼んでいることを伝えに執務室を訪れる。その話を聞いた父上は、額に手を添えて俯くと、珍しくどんよりとした雰囲気を纏っていた。

リッドと打ち合わせ

木炭車と懐中時計の完成後、僕と父上は様々な方向に動き始めた。父上は、早々にレナルーテに書簡を送り国境付近での会議を打診。帝国の皇帝に確認と根回しを行う為、すぐに帝都に出発。

バルディア領に残った僕は、第二騎士団の設立に向けてクロス、カペラ、ディアナ達と部隊編成の打ち合わせを行っている。獣人族は種族によって属性素質や得意分野が異なる為、戦闘特化や公共事業専門など調整することは多い。

中でも第二騎士団内に組織する予定の諜報部隊は、調整が難航している。何故なら、諜報員となると必要なのは武術や魔法だけでない。冷静沈着な判断能力、交渉力も必要な要素になるから人員選別に苦慮しているというわけだ。

なお、第二騎士団内における諜報機関の名称は『バルディア辺境特務機関』の予定になっている。

そんな調整を行いながら、今日の僕は応接室で来客を待っていた。懐から懐中時計を取り出して時間を確認する。

「そろそろかな」そう呟くと応接室のドアがノックされ、執事のガルンから来客が告げられる。すぐに通すように返事をすると、間もなく『彼女』が入室してきた。

「リッド様、お待たせして申し訳ありません」

「やぁ、クリス。待っていたよ」

彼女は綺麗な金髪の髪を靡《なび》かせ、凛々しい面持ちを浮かべている。クリスにソファーに座るよう促すと、彼女は腰かけつつニコリと微笑んだ。

「リッド様。今日はどんな商品のご相談でしょうか」

「はは、話が早くて助かるよ。まずは、これさ」

持っていた懐中時計を丁寧に机の上に置いた。これを見るのが初めてのクリスは、怪訝な顔をする。

「これは……なんでしょうか」

「それを手に取って、出っ張りの部分にあるボタンを押してみてごらん。カバーが開くからさ。落とさないように気を付けてね」

「なるほど。肖像画を入れたりするアクセサリーのロケットみたいな感じですね……」

クリスは懐中時計を恐る恐る手に取ると、言われた通りにボタンを押した。するとカバーが開き、文字盤が露わになる。彼女は一瞬きょとんとするが、すぐに時計であることに気付いて勢いよく立ち上がった。

「リッド様！　これは携帯できる時計ですか⁉」

「そうさ、懐の中に入れて携帯できる時計。『懐中時計』だね。どうだい、すごいでしょ？」

「す、すごいも何もないですよ。こんなもの、大陸中の国と貴族が欲しがります。私も欲しいぐらいですし……」

その答えを聞いて安堵すると、後ろに控えていたディアナに声を掛ける。

「ディアナ、準備していたものを机に置いてくれるかな」

「承知しました」

彼女はクリスの前にある机の上に装飾が施された『木箱』を置くと、会釈して再び後ろに控える。

そして、僕はその木箱を目の前に座っているクリスにそのまま、スッと差し出した。

「クリスにずっと渡そうと思っていたんだ。開けてみて」

「私に……ですか？　では、僭越ながら改めさせていただきます」

畏まった様子でソファーに座り直した彼女は、木箱を丁寧に開けて目を丸くする。そこには、バルディア家の紋章が入った『懐中時計』が用意されていたからだ。

実は懐中時計の開発に着手する時から、最初の完成品を渡す相手はほぼ決めていた。その内の一人が、目の前にいるクリスというわけだ。すると、彼女は眉を八の字にしてこちらを見つめた。

「リッド様、いくら何でもこんな貴重なものは受け取れません。あ、いえ、もし頂けるのであれば適切な金額をお支払い致します」

ただでは受け取れないが、購入できるなら欲しいというのがクリスらしい。

彼女が運営しているクリスティ商会は、僕と出会った時と比べてかなり規模が大きくなっている。それこそ、『時は金なり』と言わんばかりの忙しさだろう。手軽に時間を確認できる『懐中時計』は、クリスにとって間違いなく魅力的な商品のはずだ。程なくして、彼女の申し出には首を横に振った。

「いやいや、その『懐中時計』をクリスに使ってほしいんだ。勿論、理由はいくつかある。一つは広告塔として、一つは改善点を教えてほしい。最後は……その時計をもう暫くしたら帝都の貴族に売りたいんだよ。それこそ、適切な……いや、適切過ぎる値段でね」

そう言って目を細めると、クリスは言葉の意図にすぐに気付いて口元をニヤリと緩めた。

「そういうことですか……ふふ、リッド様も中々に商魂たくましいですねぇ」

「ありがとう、褒め言葉として受け取るよ」

こうして、クリスとの打ち合わせが始まった。

まず彼女に伝えたのは懐中時計の開発経緯と注意点。次に伝えたのが、一番重要であるクリスティ商会に『懐中時計』を販売委託する件だ。

バルディア領が『懐中時計』を直接販売することも可能ではあるけれど、それだと余計な時間と経費がかかってしまう。しかし、クリスティ商会に販売を委託すれば、バルディア領は生産することだけに集中できる。その場合、売上の一部は当然クリスにも渡さないといけないけど、それでも時間と経費削減でお釣りがくるはずだ。その為、今後における『動き』について丁寧に説明する。

「……というわけで、父上が両陛下にいずれ特別な懐中時計を献上する予定なんだ」

「なるほど。その時、『懐中時計』の価値は一気に知れ渡るということですね?」

真剣な表情のクリスは、両陛下に献上する意図に目聡《めざと》く目を光らせた。父上が帝都で両陛下に献上する理由はいくつかある。

一つ目は、『懐中時計』をバルディア家が開発したことを帝国内に知らしめ、事実上の権利を取得すること。二つ目は、『懐中時計』の価値をさらに高めることであり、ブランド戦略を仕掛けることだ。懐中時計の価値だけでも、ある程度高い金額で販売する事はできるだろう。

だが、それだけでは勿体ない。帝国の両陛下も認めた『懐中時計』となれば、その付加価値によって価値を吊り上げ、上手くいけば貴族内においての『流行』まで持っていける可能性もある。他にも細かい理由はあるが、主な理由はこの二つになるだろう。彼女の言葉に頷くと、次いで考えている販売方法を伝えていく。

「うん。その後は、金額に応じて見かけや少し機能を変えたりするつもりだよ。他にも、追加料金で名前や貴族紋章を彫刻したりとかね」

「ふむ、追加注文事項というやつですか。懐中時計の本体価格は、貴族なら誰でも手が出せる価格。しかし、両陛下の懐中時計と同じ仕様に近付ければ、近づけるほど高額になるのですね？」

説明の意図に気付いたクリスは、商売人の笑みを浮かべている。彼女に説明している販売方法は、前世の記憶で言うなら『車の新車販売』に近いだろう。

例えば新車購入する場合、販売側は本体価格をまず提示する。その後、販売側が説明する色の選択、欲しい機能のほとんどにおいて項目ごとに追加料金が発生するのが基本だ。

高い買い物をする以上、出来る限り納得できる物を欲してしまうのが人の性でもある。もし、お金に多少の余裕を持っていれば尚更だろう。その結果、追加料金が重なり、当初の予算より購入金額が超えてしまうことはよくある事だ。

今回の『懐中時計』の販売方法はまさにそれだ。貴族達は、ある程度の金額を必ず懐にしまい込んでいる。少し高めの本体価格を設定する予定だけど、帝国貴族に出せない金額ではないだろう。そこに追加項目という罠を『販売側』となるこちらが仕掛けるわけだ。不敵に笑いながら問い掛けに答えた。

「流石、クリスだ。話が早くて助かるよ。懐中時計は、貴族なら誰でも手が出せる絶妙な価格設定にする。後は、両陛下の懐中時計にどこまで近づけるかという点で、お金を出してもらうのさ……」

彼女は口元を手で隠すように覆いながら少し思案すると、おもむろに呟いた。

「……体面を気にする貴族達は、両陛下に献上された『懐中時計』を間違いなく欲しがるでしょうから、お金に糸目は付けないでしょう。わかって言っていますよね」

「さて、どうかな。帝都にいる貴族達の体面なんて、子供の僕には与《あずか》り知らぬことさ。ただ、こうしたら皆が買いやすくなるかなと思っているだけだよ……ふふ」

その答えを聞いたクリスは、やれやれと肩を竦めるとおどけてから微笑んだ。

「皆が買いやすくなる方法を考え、それを私の『クリスティ商会』に一任。そうすれば、バルディア家に対する貴族達の意識は多少逸れる。販売する私達は貴族達から何か言われても、生産しているのは『バルディア家』ということで逃げることができる……か。いいですね、『化粧水』や『リンス』以上の商機になりそうです。帝都で地味に燻《くすぶ》っているローラン伯爵お抱えの腐れ商会達の息の根を、完全に潰す良い機会にもなるでしょうねぇ」

彼女はそう言うと、怪しく目を細めた。ローラン伯爵は、彼女が帝都に『化粧水』を売り込みに行った時、茶々を入れてきたという貴族だ。当時の彼は、マグノリア帝国内の商会を牛耳り、他国の商会を締め出していたらしい。

強引なやり方で商会を牛耳ったローラン伯爵は、そこで得た利権により私腹を肥やしていたそうだ。そして彼は、意外なことに裏工作が得意であり、誰も尻尾を掴めずにいた為、嫌われ者だったらしい。ある意味で有能なローラン伯爵だったが、クリスティ商会と化粧水に目を付けた結果、クリスに逆襲されて失脚。彼お抱えの商会も、この時の事がきっかけで結構潰れたそうだ。

だけど、帝都内にはローラン伯爵の息のかかった商会はまだ多数あるらしく、サフロン商会、クリスティ商会を目の敵にしてやたらと茶々を入れてくるらしい。打ち合わせする時、必ずクリスが溢している愚痴でもある。そういえば、父上もローラン伯爵の愚痴をよく溢していた気がするな。

まぁ、何にしてもクリスとクリスティ商会に敵対する相手は、僕にとっても好ましい相手ではない。同意するように頷いた。

「潰せる良い機会だなんて……クリスも悪だねぇ……」

「ふふ……その機会を与えてくださるリッド様には及びませんよ」

僕とクリスは不敵な面持ちを浮かべつつ、お互いに笑い合うのであった。

そのやり取りを見ていたディアナが、呆れ顔でため息を吐いたような気がしたけれど、多分気のせいだろう。それから少し休憩を挟み、打ち合わせを再開する。

「……それから、夫婦割引とかで結婚している貴族であれば、奥さんの分ということで二台目は少し安くするのもいいかもね。クリスはどう思う？」

「良いと思います。奥さんの分とセット購入割引は喜ばれるでしょう。あと、販売台数はどうしますか？」

「当分は、完全受注生産のみでいくつもりだよ。あと、一人に付き一台しか注文は受け付けないようにして、二人目以降は、使う人の本人確認もしてほしい。懐中時計は使う人間次第では悪用もできるからね」

少し聡い者なら懐中時計の様々な使い道にすぐ気付くはずだ。販売すれば、いずれ類似品を作られる可能性もある。一応、構造が少しでも解り難い工夫は色々するつもりだけどね。

受注生産というのは、大量生産ができないということもあるけれど、少しでも付加価値を付ける工夫だ。時代や場所を問わず、人は『限定品』に弱い。それに、懐中時計は僕達しかまだ世に出せないから、無意味に安売りする必要もないだろう。クリスは、コクリと頷いた。

「わかりました。あと……」

彼女との打ち合わせはその後も続き、懐中時計の販売方法についての原案をある程度まとめることができた。この原案で問題ないかの再確認と細かい部分の修正を行い、父上に提出して了承をもらえれば完成だ。

打ち合わせが一段落して一息入れた後、クリスに「今日は、他にも見せたいものがあるんだ」と伝え、屋敷の応接室から別の場所に移動する。勿論、彼女を案内した場所とは工房だ。そして、クリスにも木炭車をお披露目する。

彼女も人や馬の力を無しに動く『木炭車』を目の当たりにすると驚愕していた。それから木炭車を開発、稼働してくれたエレン達に対してクリスが質問を行う場を設ける。その後は、彼女にも実際に木炭車を運転してもらった。

突然の試乗にクリスは戸惑ってはいたけれど、運転方法をすぐに理解して工房周辺を周回してみせる。試乗が終わり、木炭車を降りてくると、彼女は満面の笑みを浮かべていた。

「リッド様、木炭車は素晴らしいですね。動く原理は何となく理解しましたけど、その程度の知識でもちゃんと走らせることはできる。馬のように体調管理や乗馬技術は勿論、餌代も必要ありません。これが量産された際には、物流革命が起きるでしょうね」

「楽しんでくれたようで良かったよ。それこそが目的の一つではあるんだけどね。でも、まだまだ問題は山積みさ。とりあえず目先の問題点は燃料となる『木炭の補給所』だよ。これの建設と木炭供給網をクリスにお願いしたいんだ」

「なるほど。補給所ですか……」

彼女は難しい顔をすると、口元に手を当て思案するように俯いた。

馬車に使う馬だって休ませたり、餌を与える必要があるし、長距離や急ぎの場合の移動となると途中で馬だけを替えることもある。そういう意味では、馬車にも『補給場所』は必要であり、どんな乗り物でも補給所が無ければ意味がない。

開発されたばかりである木炭車の問題点は、燃料である木炭の補給所が現状どこにもないことだ。木炭車に多少は積む予定ではあるけれどさすがに限界がある。

それに、木炭車の先も見据えているからね。木炭の補給所を作っておいても後々、別のことに流用することもできるだろう。

燃料となる木炭や他の貨物の輸送方法は、馬車の荷台を改造して木炭車で牽引する仕様を予定している。やがて、彼女は顔を上げてニコリと微笑んだ。

「畏まりました。補給所の建設とその補給所に木炭を運ぶ輸送網の構築。クリスティ商会もお手伝いさせて頂きます。それと、将来を見据えて補給所周辺にクリスティ商会からお店を出させていただきたいですね」

「わかった、その辺りはまた改めて打ち合わせしようか」

おそらく彼女が考えているのは、前世の記憶でいうところの高速道路にある『サービスエリア』のようなものだろう。

するとその時、兎人族のオヴェリアがこの場にやってきた。最近あるお願いをした関係で、彼女は工房をよく出入りしている。少し不満そうにしつつ、彼女は水の入ったコップを差し出した。

「リッド様、ご依頼されていたお飲み物をご用意して持って参りました」

オヴェリアはディアナの視線に少しドキッとした様子を見せるが、この場の言動に問題はない。

ちなみに、この二カ月で獣人族の子供達の言葉遣いは、オヴェリアに限らずかなり矯正されている。訓練中とか礼儀が必要ない場所、プライベートな時間は今まで通りの言葉遣いをしているから、宿舎内における皆の会話は相変わらず賑やかだけどね。

「ありがとう、オヴェリア。クリス、これ飲んでみて」

彼女から受け取ったコップを確認すると、そのままクリスに差し出した。普通の水だけど、この世界においてはとても『珍しい水』でもある。クリスは意図を測りかね、戸惑いながらも受け取ってくれた。

「ありがとうございます。でも、これは……？」

「大丈夫、ただの水だよ。でも、飲んだら驚くと思うよ」

「は、はぁ、では、頂きますね」

クリスは少し構えた様子でコップに入った水に恐る恐る口を付ける。すると、すぐにハッとして目を瞬いた。

「リッド様、こ、この水……!?」

「ふふ、『冷たい水』は美味しいでしょ」

驚きの表情を浮かべているクリスに、『冷たい水』の秘密を説明する。

しかし、秘密というほどのことはない。兎人族はオヴェリアを含み、全員が『水』『氷』『光』の属性素質を持っていた。これは、兎人族における基本属性素質というべきかもしれない。

兎人族の子供達に『氷、水、光の属性素質』を持っていることを説明しても、最初はよくわかっていない様子だったけどね。彼等に魔法のイメージを掴んでもらうのには結構苦労したけれど、その分の見返りとしては十分だろう。

獣人族で氷の属性素質を持っていたのは『兎人族』『猫人族』『熊人族』の三種族。他にも各個人で少しだけ持っている子がいたかな。

少し話が逸れたけど、訓練で魔法が使えるようになったオヴェリアが、事前に氷の属性魔法を発動。そして、コップの中にある水を冷やしてくれたというわけだ。

この世界で冷たい飲み物は、氷の属性魔法を使える貴族。もしくは、お抱えの魔法使いを傍に控えさせている皇族ぐらいだろう。僕は冷たい飲み物が欲しい時だけ、以前から密かに使っていたんだけどね。

クリスは驚きのあまりに目を丸くして唖然としている。そんな彼女からオヴェリアに視線を移す。

「オヴェリア、悪いけど折角だから氷生成の実演をしてくれるかな」

「……あたしの魔法は見世物じゃねぇっての」

何やら小声で呟いたようだがよく聞こえず、首を傾げた。

「何か言った？」

「いえ、何でもありません！　すぐにお見せ致します」

彼女は姿勢を正してそう言うと、右の掌の上で四角い水の塊を作り出した。そして、左手を近づけると四角い水の塊は、すぐに凍り付き『四角い氷の塊』となったのである。一部始終を見ていたクリスは、何やら呆れ顔になっていた。

「あ、あはは……まさか、こんなにも早く獣人族の子供で魔法を使いこなせる子が出てくるなんて、思いもしませんでしたよ……凄い才能を持った子ですね」

「クリス、何か勘違いしてない？　オヴェリアが特別じゃないからね。獣人族の子供達は、属性素質こそ違うけど、皆それぞれにこの程度の魔法はもう問題なくできるようになっているよ」

「え……」と彼女は言葉を失い唖然としてしまった。

その後、エレンが作製した『かき氷機』を持ってきてくれたから、オヴェリアが作った氷をこの世界では貴重なかき氷にして皆で楽しんだ。もっともシロップがないから、果物を摺り下ろしたものを掛けるしかできないけどね。それでも、未知の食感だから皆は美味しそうに、かき氷を食べていた。

クリスは「これも絶対、商品化しましょう！」と息巻いていたから、シロップの材料に使う為のある食材探しを新たにお願いすると、彼女は意気揚々と引き受けてくれた。そして、かき氷を食べながら打ち合わせを再開する。たまにはこんな和気あいあいとする打ち合わせもありかもしれない。

なお、クリスはかき氷にかなり感動したらしく、シャクシャクと勢いよく食べていた。すると案の定、彼女は頭が『キーン』となる『アイスクリーム頭痛』に襲われたらしく、「……!? つぅうううう!?」と打ち合わせ中にその場で悶絶する。

それから間もなく、僕以外のこの場にいる全員が『アイスクリーム頭痛』に次々と襲われ悶絶したのは言うまでもない。……まぁ、まだこの世界にはアイスクリームはないんだけどね。

リッドと特務機関

その日、僕は宿舎の横に併設された室内訓練場で、カペラが呼びに行った獣人族の子供達をディアナと一緒に待っていた。室内訓練場とは、学校にある体育館を少し大きくしたような建物であり、雨天など天候の悪い日に訓練を行う為の施設だ。

程なくすると、室内訓練場と外を繋ぐ両開きの扉がゆっくりと開きカペラが姿を現した。彼は、その場で会釈する。

「リッド様、狸人族の三兄弟と兎人族のラムルとディリック。馬人族のアリスとディオを連れて参りました」

「ありがとう、カペラ。皆も、突然呼び出してごめんね」

カペラに答えつつ、集まってもらった獣人族の子供達を見回した。この場に集められた皆は、あまり接点のない子達のはずだ。

兎人族と馬人族の子達からは何故呼ばれたのだろう、と不思議がっているのが表情から読み取れる。一方、狸人族の兄弟である三つ子君達はニコニコと楽しそうだ。

彼等は三人とも同じ顔と背丈をした美少年であり、髪形も『おかっぱボブ?』で統一されている。ただ、前髪の長さだけが違っていて、両目が見えている子が『ダン』、右目だけ見せている子が『ザブ』、左目だけ見せている子が『ロウ』、という感じだ。僕は咳払いをして皆の注目を集めると、口火を切った。

「まだ内密だけど、ここにいる君達には『バルディア第二騎士団所属辺境特務機関』……略して『辺境特務機関』に入団してもらいたいんだ。今後は、カペラの訓練を中心に受けてもらうからそのつもりでいてほしい」

狸人族の三人は目を細めているけれど、他の子はきょとんとしている。やがて、兎人族のラムルが思案顔で手を上げた。

「……質問してもよろしいでしょうか?」

「うん、どうぞ」

「リッド様が仰った『辺境特務機関』とはどのような存在になるのでしょうか?」

「その疑問は当然だね。じゃあ、今から説明するよ」

そう言うと、この場にいる子供達に『辺境特務機関』の内容を丁寧に説明していく。特務機関は『情報漏洩対策』『情報収集』『要人警護』など、通常とは異なる特殊任務が主となる組織だ。特に、情報関係の任務が多くなるだろう。

最近開発された『木炭車』、『懐中時計』、『魔力回復薬』は言うに及ばず。それ以外にもバルディアでは今後も様々な開発や魔法研究を行っていく予定だ。だけど、バルディア領が豊かになればなるほど、近隣諸国だけでなく帝国内からもその技術や情報を探りに来る輩が増えるだろう。

しかし、現状のバルディア領でそれに対応できるかと言われれば、『可能だが弱い』と言わざるを得ない。情報収集は騎士団が行う任務の一部となっているけれど、当然専門分野ではないから集められる情報には限界がある。そうなれば、外敵に対する情報戦や取り締まりが後手になる可能性が高い。そこで、新しく設立される第二騎士団内に『諜報専門組織』を設置することを考えたわけだ。

絶対に反対すると思っていた父上も、この点については以前から思うところがあったらしく、第二騎士団設立の際『特務機関』を組織することは了承してくれている。

なお、『特務機関』の設立にあたり、一番頑張ってくれたのは実はカペラだ。彼は元々レナルーテの諜報機関である『忍衆』に所属していた人物でもある。そこで学んでいた技術、経験、知識を惜しみなく提供してくれたのだ。

カペラから手に入れた『忍衆の仕組み』と『バルディア騎士団の仕組み』、以上の要素を掛け合わせ、良いとこ取りをした組織が正式名称『バルディア第二騎士団所属辺境特務機関』ということになる。今後のバルディア領を守る為に、ある意味では一番重要な機関となるだろう。

「……というわけさ。つまり、ある意味では君達が今後のバルディア領の要にもなるわけだね」

説明が終わると、狸人族以外の子達は何とも言えない表情を浮かべている。すると、おずおずと馬人族のアリスが手を上げた。

「リッド様、特務機関の必要性は何となくわかりました。ただ、僭越ながら私達が選ばれた理由はなんでしょうか？」

「そうだね、じゃあ次の説明に移ろうか」

そう言って頷くと、この場に集まってもらった皆を選別した理由を告げていく。

「特務機関で『情報収集』を行う役目は、狸人族の子達。そして、ここにはいないけれど『鼠人族』の皆にお願いする予定なんだ。だけど、兎人族のラムルとディリック。馬人族のアリスとディオ。君達には、戦闘力と冷静な判断能力をより磨いてもらう。そして、『情報収集』に応じて活動する『実行部隊』を率いてほしい」

「実行部隊……ですか」

ラムルが怪訝な顔を浮かべ、名前を呼ばれた他の子達は顔を見合せている。

「ふふ、そんなに難しい話じゃないさ。言葉通りだよ。狸人族を中心に情報を集めてもらって、鼠人族が精査、確認作業を行う。そして、実行部隊がその情報を基に活動する。ただ、『実行部隊』は戦闘力だけじゃない。冷静な判断力とか色々と必要になるからね。訓練を行う中で、君達が選別されたというわけさ」

特務機関は『情報収集』『情報精査』『実行』という三つの基本方針を基に動いてもらう。だけど、三つの項目を「一人」で行うのは流石に難しい。そこで、各部族から専門的に特化できる子達を選別、それぞれに仕事を割り振ることにしたのだ。

「戦闘力以上に、判断力などの総合力が問われた結果、僕達が集められたということですね。しかし、そうなると『狸人族』の彼らがここに呼ばれた理由はなんでしょうか」

ラムルはそう言うと、訝し気に首を捻った。

「まぁ、それは顔合わせというところかな。実行部隊となる君達と情報収集を行う狸人族の子達は、良く顔を合わせると思うんだ。それに、必要に応じて一緒に動くこともあるだろうからね」

そう答えつつ、僕は狸人族のダンに視線を向けた。

「あと、狸人族の子達が使う『種族魔法』もこの機に知っておいてほしい。ダン、お願いしてもいいかな」

彼はニコリと微笑んでから、「承知しました」と言って頭を下げる。そして、この場にいる皆が見やすい位置に移動すると不敵に笑った。

「それでは……狸人族の種族魔法、とくとご覧あれ」

すると、彼の体が黒い霧のような魔力に包まれていく。僕、カペラ、ディアナはすでに何度か見ているから驚きはしない。だけど、その異様な光景を初めて見るラムル達は目を見張っている。

全身黒い霧に覆われてダンの姿が見えなくなるが、それは一瞬であり、すぐに黒い霧は晴れていく。完全に霧が晴れると、ダンの姿にラムル達は唖然とした。何故なら、現れたのは『ダン』ではなく『ディアナ』だったからだ。

皆が驚くのも無理はない。最初に見せられた時は、僕達も驚愕せざるを得なかった。それから程なくして、馬人族のアリスが言葉を絞り出す。

「な……なんですか。その姿……」

「あはは。どう驚いた⁉　狸人族のダン……改め、『ダン・ディアナ』です。よろしくねぇ」

実は狸人族の種族魔法である『化術』を使い、ダンは自身の姿を『ディアナ』そっくりに変化させたのだ。そして、ディアナの姿で可愛らしいポーズを取っている。もっとも、ディアナ本人は良い顔をしていないけどね。

僕は咳払いをすると、この場にいる皆に狸人族のダンが見せた『化術』について説明を始めた。狸人族の彼等が、こんな種族魔法を持っていることを知ったのは鉢巻戦の後になる。ダン達が、カペラを通じて「見せたい『種族魔法』がある」と話を持ってきたのだ。

当然、『種族魔法』と聞いた僕が放っておくはずはなく、すぐに見せてもらうことになった。それが、『化術』だったというわけだ。驚きつつも、「何故、鉢巻戦で使わなかったのか？」と尋ねると、彼らは楽し気に笑った。

「ふふ、この『化術』は安易に人に見せるものではありません。それに、狸人族は謀《はかりごと》、陰謀、秘密、騙し合いが大好きな性分なんです。きっと、リッド様はそんな世界を僕達に提供してくれる存在だと、すぐに感じました。だからこそ、あの場ではなく今お見せしたんです」

「……なるほどね。わかった。君達の望み通り、陰謀渦巻く世界を僕が提供しよう」

この時、ディアナが『化術』を危険視して、特務機関に狸人族を所属させることを反対する。だけど、『情報収集』における優位性と様々な利点を考えた結果、カペラが管理と教育を徹底することで最終的に彼女も渋々ながら納得してくれた。

事の次第を父上に伝えた時は、「スライムのビスケットだけでも、緘口令《かんこうれい》を敷く内容だと言うのに……まさか、狸人族がそのような『種族魔法』を持っているとはな。狸人族に対して評価を改めねばならん……」と頭を抱えていたなぁ。

ダン達曰く『化術』も万能ではないらしく、彼等並みに扱えるようになるには相当の鍛錬が必要になるそうだ。他にも化ける相手と体格が違えば、その分魔力で体を覆う必要性が出てくる。

結果、精密な変化が難しく、長時間での利用も難しくなるらしい。『種族魔法』の『化術』は狐人族も使えるそうだが、狸人族ほど上手くは扱えない上に最近は廃れているそうだ。

「……というわけさ。大体わかったかな」

説明があらかた終わると、馬人族のアリスが何とも言えない表情で頷いた。

「はぁ……なるほど。しかし、魔力で体を覆ったと言っても何かの拍子にバレたりしないんですか？」

彼女はそう言うと、ディアナの姿に化けているダンを訝しむように見据えた。すると、ダンはディアナの顔でムッとして、アリスに近寄ると目の前にサッと腕を差し出す。

「この腕を触ってみろ、馬娘のアリス。僕の『化術』がいかに素晴らしいものかわかるから」

「な、なんですか。藪から棒に……」

困惑するアリスだったが、恐る恐るディアナに化けているダンの腕を触ると目を瞬いた。

「触れるし、柔らかい……本当に人の腕みたい」

アリスの言葉に勝ち誇ったように笑うと、ダンはもう一度僕達全員が見えやすい場所に移動する。

「ふふ、そうだろう。狸人族でも、僕達は札付きの化け狸と恐れられた兄弟なんだ。この程度の化術は、序の口さ。もっと凄いものを見せてあげよう……僕達の日々の研究成果をね！」

彼は悦に入ったらしく、ディアナ姿のまま口元を緩めると両手でメイド服の上を開けた。その瞬間、服の下から『胸』がさらけ出される。思いもよらない出来事に、僕を含んだ男性陣は目が点になった後「ゴホゴホ⁉︎」と咳込んだ。

しかし、瞬時にディアナ本人が彼を取り押さえ、流れるように床にうつ伏せに組み伏す。彼女は、そのまま途轍もなく冷酷に言葉を吐き捨てた。

「貴様……私の姿のまま、何を不埒《ふらち》な事をしてくれている。どうやら、死にたいようですね」

「あ、あはは……い、嫌だな。ディアナさん、冗談ですよ、冗談。狸人族のお遊びです」

僕達の目の前では、ディアナがディアナ姿のダンを取り押さえているという、実に不思議な光景になっている。ふと先程の言葉で一つ気になることを思い出して、ダンに問い掛けた。

「ちなみに、ダン。さっき言っていた『日々の研究成果』ってどういうこと」

「ああ、それはですね。宿舎には温泉があるじゃないですか。だから、女の子に化けて色んな子達の体の造りを調べて『化術』の為に研究しているんですよ。だから、ディアナさんの胸もね。そっくりぃいいいいいいい⁉︎」

楽しげに語っていた彼だが、途中でディアナが締め上げた。

「ほう……随分と聞き捨てならないことを口走りましたね。アリス、ラムル。ザブとロウも取り押さえなさい！」

その言葉にハッとしたアリスとラムルは、即座にダンの弟であるザブとロウを取り押さえる。二人は驚きの表情を浮かべると、激しく首を横に振った。

「ぼ、僕達は知らないよ。ダン兄さんが勝手にしているだけだよ」

「なんだと、ザブ……お前、裏切るのか⁉」

ザブの言葉に、ダンがディアナ姿のままで声を荒らげる。声もディアナそっくりなので何ともいえない光景だ。続けてロウも声を張り上げた。

「ザブ兄さんの言う通りだよ。僕達は関係ない」

「ロォォゥウウウウウウ⁉　お前もかぁあああ！」

しかし、三人のやり取りに全く表情を変えないディアナは、真っ黒なオーラを発しながら凄んだ。

「貴様達の茶番劇なぞ……この場に信じる者がいるわけがないでしょう。さぁ、ゆっくりとお話を聞かせていただきますよ。リッド様、特務機関発足における顔合わせ、説明はもうよろしいでしょうか」

「あぁー……うん、そうだね。今日はこの辺で、後はまた今度にしようか」

彼女は笑顔を見せているが、雰囲気は怒りに染まり真っ黒だ。それに、ザブを取り押さえている馬人族のアリスも怒りの表情を浮かべている。ロウを押さえている兎人族のラムルは呆れ顔だ。

「畏まりました。では、私はこの不届き者達を『教育』して参ります。カペラさん、貴方にも監督責任がありますから、付いてきていただきますよ」

「え……私もですか？　わかりました。では、お供いたします」

こうして、狸人族のダン、ザブ、ロウの三つ子はディアナ達に連れられ、室内訓練場の奥にある部屋に連行される。その間、ダンはディアナに許しを乞うよう叫んでいた。

「そ、そんな……胸なんてただの脂肪、言ってしまえばただの飾りじゃないですか。見られても何もかわりませんって、それに僕は『化術』で好きな顔になれて、胸の大きさも変幻自在なんですよ？　だから、女性の裸に対して何にも思っていません。研究対象として見ていただけです！　あ、なんならディアナさんの姿で胸だけさらに大きくしてみましょうか？」

「いい加減に黙れ、小童！」

堪忍袋の緒が切れたらしいディアナは、そう吐き捨てると彼の鳩尾《みぞおち》に拳をめり込ませた。その瞬間「ごばぁあああ⁉」とダンは断末魔を上げる。

一連の出来事を目の当たりにしていた僕は苦笑しつつも、「特務機関……本当に大丈夫かな」と、少し先行きが不安になっていた。

鳥人族とメルディ

「あはは！　にいさま、みてみて～」

「メル、手を離したらダメだよー」

鳥人族のアリア達に協力してもらい、メルは楽し気に空を散歩しながら地上にいる僕に向かって手を振っている。メルが空を散歩している方法は至って簡単。少し大きめで頑丈な板に、エレン達に作ってもらった丈夫な紐を左右に四本ずつ付けて、アリア達姉妹に持ちあげてもらっているだけだ。

鳥人族の人数が必要になるけど、現状だと一番簡単に空を飛ぶ方法になると思う。そして、メルの飛ぶ方向に夕焼けがあり、カラスの鳴き声が合わされば、とある妖怪が事件を解決して去っていくような風景を彷彿《ほうふつ》させる……かもしれない。その時、隣にいるダナエが空から手を振っているメルに驚愕して青ざめた。

「メルディ様、そんな片手を紐から離してまで手を振らないで、しっかりと両手で紐を掴んでくださぁああい！」

しかし、メルは相変わらず楽し気に手を振っている。そんな二人のやり取りに、傍に控えていたディアナが心配顔でこちらに振り向いた。

「リッド様、メルディ様に早く地上に下りてくるようにお伝えください。私もダナエ同様に心配で堪りません」

「あはは……気持ちはわかるけど、アリア達がしっかり見ているから大丈夫だよ」

そう答えると、僕は空を楽しんでいるメルに微笑みながら小さく手を振り返す。

メルは、鳥人族の子達が空を飛び回る姿を見てからというもの、空をお散歩したいと言っていた。流石にそれは無理かなぁ……と思っていたんだけど、ふと前世の記憶が蘇ったのだ。

「……そういえば、前世の記憶でカラスを使って空中ブランコみたいに空を飛んでいる映像があった気がする。カラスは流石に無理でも、アリア達に協力をお願いすればいける……かも？」

思い立ったが吉日で、すぐにエレンとアリア達に相談。

「また、変なことを考えますねぇ……」

「あはは、なにそれ面白そう。やってみようよ！」

エレンは呆れ顔。アリア達はノリノリだった。それから間もなく、空中ブランコが開発されたわけだ。一応、発案者として僕が最初に試したけれど、慣れると楽しい。言うなれば、遊園地の遊具のようでもあった。ただ、アリア達が悪ノリして、途中からは絶叫遊具みたいになったけどね……。

なお、鳥人族のアリア達とは新しい武具の件で、この後は一緒に工房に行く予定だ。

メルが宿舎に来たのは、本人が希望した武術訓練の為だから空中ブランコが終わり次第別行動になる。最近、メルはよく宿舎に出入りするようになったから、獣人族の子供達にも僕の妹と覚えられているけど、その中で特に仲が良いのがアリア達だ。

彼女達は外部者が居ないところや公的な場所以外では、僕のことを「お兄ちゃん」と呼んで慕ってくれている。そのことがきっかけで、メルはアリア達と仲良くなったらしい。

「わたしが『おにいちゃん』のいちばんめの、いもうとだからね！」

メルが彼女達の前で胸を張り宣言すると、アリア達は「はーい。メルディお姉ちゃん」と頷いていた。その時、メルが「えへへ」とご満悦だったことは言うまでもない。アリア達の方が年齢的にはメルより年上なんだけどね……。

さてと、そろそろ良い時間だ。空の散歩を楽しんでいるメルに聞こえるよう、大声を発した。

「メルと皆！　そろそろ、移動するから下りておいで」

「はーい。にいさま！」

「はーい。お兄ちゃん！」

メルとアリア達は、声に反応すると空から手を振った。その姿に、ダナエとディアナが心配のあまり絶叫に近い悲鳴を上げたのは言うまでもない。メルとアリア達を良く見ると、皆で笑みを浮かべて何か話しているみたいだ。まぁ、離れすぎていて会話の内容は聞こえないけどね。

それから程なくすると、彼女達は無事に地上に降り立った。ダナエは、メルに駆け寄ると心配そうに抱きしめる。

「メルディ様、手が痛いとか、お体は大丈夫ですか」

「うん、だいじょうぶだよ」

ダナエを安心させるよう、メルはニコリと微笑みかけていた。

メル達と別れた僕達はエレンが待つ工房にアリア達と一緒に馬車で向かい始める。その途中、馬車の中でディアナが額に手を添えながら呟いた。

「はぁ……メルディ様もある意味では、どんどんリッド様に似てきているような気が致します」

「そうかな。まぁ、でも兄妹だからね。あ、そうだ。今度、良ければディアナも『空中ブランコ』に乗ってみる？」

問い掛けにハッとした彼女は目に好奇心を宿した。だけど、すぐに何かを考え込むと力なく首を横に振った。

「興味がないと言えば嘘になりますが……このメイド服で乗ると大変なことになりそうなので、丁重にお断りさせていただきます」

「あ……そうだね」

確かにメイド服のようなロングスカートでアリア達の『空中ブランコ』に乗ったら大変そうだ。

そして、ディアナと談笑をしている間に馬車は工房に到着するのであった。

◇

工房に到着すると、早速エレン達に開発を依頼していた『飛行武具一式』の試着を開始する。当初はアリア達姉妹に全員来てもらうことも考えたが、さすがに人数が多すぎるとディアナから指摘を受けた。その為、この場にいる鳥人族はアリア、エリア、シリアの三人だけである。

なお、『飛行武具一式』とは、長時間空を飛び回る彼女達の為に軽量かつ保温性を重視した防具だ。ゴーグル付きフード帽、長袖、長ズボンが基本の飛行服になっており、その上から胸当てや小手など、出来る限り軽くて硬い素材で急所部分を隠す仕様となっている。

飛行服に袖を通し、服の上からエレン達に防具も取り付けられると、アリア達は動きやすさを確かめながら楽し気だ。

「へぇ〜、これ面白い恰好だね」

「……うん、面白い……けど、ここだと少し暑いかも。空なら丁度いいかな……」

「飛ぶのに、邪魔にはならなそうです。機能性重視という感じでしょうか」

思い思いの感想を述べる彼女達に、エレンは苦笑する。

「リッド様に言われて、ボク達も色々と素材から工夫したからね。他の作業と重なって大変だったよ。あと、これもだね」

こちらを一瞥したエレンは、やれやれとおどけた仕草を少し見せた後、アリア達に厚手のマスクと別途のゴーグルを着けていく。アリアが厚手のマスクをすると、きょとんとしながらこもった声を発した。

「お兄ちゃん。これは、何に使うの？」

「それはね、より高い空まで飛べるために開発してもらったんだ。後で、それを着けた状態でいけるとこまで高いところを飛んでみてほしい」

「へぇ～、わかった。後でやってみるね」

アリアが頷くと、次はシリアがゴーグルを触りながらこちらに振り向いた。

「兄さん、このゴーグルは何に使うんですか」

「それは、ゴーグルというより弓用の照準器だね。この後、試してもらう武器に使うんだ」

「なるほど……では、この後に使い方を教えてもらえるのですね」

シリアは興味深げに頷くと、楽しそうに目を光らせている。やがて、アリア達姉妹が飛行服に着替え終わると、工房の外に出るのであった。

◇

「さてと、じゃあ早速二人ずつで飛んでみようか」

「はーい」

「……望むところ」

「承知しました」

ディアナやエレン達と見守る中、アリアとエリアがまず翼を広げて軽く飛び上がった。

「じゃあ、お兄ちゃんいってくるね」

「……行ってきます」

「うん、気を付けてね」

見上げながら手を振ると、二人はニコリと微笑んで空高く舞い上がり、その姿は段々と小さくなっていく。そんな二人を見送ったエレンが羨ましそうに呟いた。

「いいなぁ。ボクも飛べたらなぁ」

「エレンでもそんな風に思うんだね。だけど、開発を色々していけば、その内に空も飛べるようになるかもよ？」

そう言って不敵な笑みを溢すと、傍に控えていたディアナがやれやれと首を横に振った。

「リッド様。何かする時は、ちゃんとライナー様に御報告してからにしてください」

「あはは、それは……当然だよ」

彼女の鋭い視線と指摘に思わずたじろいでしまった。その時、エレンを横目でチラリと一瞥すると、彼女はうっとりしながら「空……飛んでみたいなぁ」と呟いていた。

◇

アリア達が地上から飛び立ちそれなりに時間が経過したけれど、彼女達は未だ空高く飛び上がったままだ。さすがに心配になり懐から出した懐中時計を確認する。

「……遅いね。大丈夫かな？」

すると、シリアが呆れ顔を浮かべた。

「多分ですけど……姉さん達、楽しくてかなり高いところまで上昇しているんだと思います」

「それなら良いんだけどね。シリア、悪いけどこれ以上遅くなるようなら君も空に上がって様子を見てきてくれるかな。アリア達に、一旦戻ってくるように伝えてほしい」

「承知しました」と頷いた彼女が飛び立とうと構える。その時、エレンが空を指差した。

「リッド様。アリアとエリアが戻ってきましたよ。ほら、あれ」

「ん……あ、本当だ」

彼女の指先が示す方角を良く見ると、アリアとエリアが小さいけれど何とか上空で目視できた。試しに手を振ると、彼女達も気付いたのか何かしているように見える。それから程なくすると、二人は地上に降り立ち満面の笑みを浮かべた。

「お兄ちゃん、この服とマスクはすごいね。いつもだったら、上がれないような高いところまで飛び上がっても平気だったし、この照準器を覗いたら高い所でもお兄ちゃん達がちゃんと見えるんだもん」

「……アリア姉の言う通り、凄く高いとこまでいけた。この服だと寒くないし……マスクのおかげなのか、息苦しさもあまりない」

二人の報告と感動している様子から、『飛行服一式』の開発は成功と判断して良さそうだ。

「楽しんでくれて何よりだよ。じゃあ、次は君達の『武器』を紹介しようか」

そう言ってエレンに振り向くと、彼女は待ってましたと言わんばかりに口元を緩めた。

「では……リッド様にご紹介に与りました、武器をお披露目しましょう。ボクとアレックス。そして、狐人族の皆で『魔鋼』を素材に開発した『長弓』……その名は『魔槍弓・センチネル』です」

「センチネル？　へぇ、面白そうな弓だね」とアリアが真っ先に反応した。

「……うん。なんか、すごく遠くから射てそう」

「新武器ですか。良いですね」

お披露目された『長弓』を前に彼女達の瞳が期待と好奇の色合いに染まる中、アリアがこちらに振り向いた。

「ねぇ、お兄ちゃん。この『センチネル』ってどういう意味なの？」

「これはね。『見張り』とか『監視』って意味があるんだ」

質問に答えていると、エレンがドヤ顔を浮かべて会話に参加する。

「ではでは、ボクとリッド様でこのセンチネルの使い方についてお話ししましょう」

そうして、エレンと一緒に『魔槍弓』について彼女達に説明を始めた。

魔槍弓は、エレンとアレックスだけが使えるという『魔鋼』の加工技術によって作られた長弓だ。

武器名にある『魔』とは、素材である『魔鋼』とその使い方から当てている。また、この長弓の先端には刃先がついており、近接戦でも『槍』としても使用可能だ。刃先の形は、十文字にするという案もあったけれど、扱いが難しいだろうということで今回は見送られている。

アリア達の実力次第で、将来的に刃先の形を変更する可能性もあるけどね。説明がある程度終わると、今度は僕が実演してみせると伝えた。

「え、お兄ちゃんも弓を使えるの？」

「……驚愕の事実」

「知りませんでした。本当に扱えるんですか？」

三人が見せる怪訝な反応に、ついつい苦笑する。

「あはは、ほとんど見せる機会もないからね。だけど、槍、剣、素手、弓。基本的な武具は全部使えるように訓練しているんだ。あとは……暗器も一応、使えるかな」

武術を僕に教えてくれているのはクロス、カペラ、ディアナの主に三人だ。基本的な武具の扱いはルーベンスに以前は教えてもらっていた。今は彼からクロスがその役目を引き継いで教えてくれている。暗器関係は、ディアナとカペラだ。二人は、それぞれに扱う暗器が少し違うんだよね。

それと、皆の教え方が上手いからだと思うんだけど、僕が武具の扱い方を覚えるのは結構早いみたい。そのせいか皆も教えるのが楽しいらしく、あれもこれもと次々に教えてくれている。僕も楽しいから別に良いんだけどね。そんな感じで扱える武具について話すと、ディアナ以外は何やら目を丸くした。

「お兄ちゃん、凄いね。そんなに色んな種類の武器が扱えるなんて、カッコいいよ」

「……お兄、凄い」

「兄さん、素晴らしいです」

「え……そ、そうかな。あはは、そう言われるとちょっと嬉しいよ」

照れ隠しをするように頬を掻きつつ、ふとエレンを横目で一瞥した。すると、彼女は何か思いついたのかニヤリと口元を緩めている。

「そうか。つまり、どんな武器でもリッド様なら使いこなしてくれるのか……。ふふ、良い事を聞いた。これは、アレックスとの武器開発が捗るかも」

不穏な気配を何やら感じたけれど、とりあえず気のせいだと思うようにしておこう。「ゴホン」と咳払いをして場の雰囲気を仕切り直すと、僕は魔槍弓を手に取った。

「えっとね。魔槍弓は通常の弓として使って十分に強いんだけど、一番の特徴は使用者の『魔力』を溜めることができるんだ」

「魔力を溜める？」

アリアが小首を傾げると、エリアとシリアもきょとんとしながら顔を見合せている。まぁ、いきなりこんなこと言われたら当然そうなるよね。

「はは、そんなに難しい話じゃないよ。魔法を使う要領で『魔槍弓』に魔力を流すのさ。こんな風にね」

そう言うと、僕は手に持っている魔槍弓センチネルに魔力を流し込み始めた。すると、弓が弱々

しい青白い光を発しながら『キーン』という高い音が鳴り始める。その青白い光は段々と強く発せられるようになり、やがて雷鳴のような音が弓から轟いた。突然の音にアリア達はビクっと肩を震わせたが、安心させるようにニコリと微笑み掛ける。

「驚かせてごめんね。これが、魔力を込めた状態の『魔槍弓』さ。この状態で、矢を放つと射程と威力が増大するんだ。矢に魔力や魔法付与もすればより使いやすくなるかな」

「はぁー……本当に面白い弓だね」

「……アリア姉に同意。早く使ってみたい」

「どんな矢を射ることができるのか。胸が高鳴ります」

彼女達は驚きはしたけれど、それ以上に好奇心を持ってくれている様子だ。そして、弓と一緒に用意されていた矢を手に取ると、エレンがしれっと準備してくれた的を見据える。

「じゃあ、射ってみるね」と呟き、僕は深呼吸をして的に集中する。

折角だからと『魔法付与』も行った。なお、『魔力付与』というのは、魔力を武具に付与することで属性を与えたり、威力を上げる。今回の『魔法付与』というのは、『魔法の属性とその魔法特性』を武具に一時的に付与するものだ。この二つは似ているようでちょっと違う。

武具に魔法や魔力をわざわざ付与しなくても、直接魔法を使えばいいのでは？　と想像しがちだけど、実は魔法発動する時に『媒介』となるものがあれば魔力消費量を減らすことができる。術者的には体力温存と効率性が良くなるというわけだ。

今回は的を確実に射貫く為、視界に捉えているものを追尾する魔法。『雷槍弐式』を矢に付与すると、狙いを定めていよいよ矢を放った。その瞬間、辺りに再び雷鳴のような轟音が響き、雷槍を纏った矢が的に向かって飛んでいく。

それは一瞬の出来事であり、エレンが用意してくれた的は『矢』が当たると……いや、通り過ぎたと言った方が正しいかもしれない。的の部分は無くなり、的の支柱だけを残す状態になってしまった。想像以上の威力に少し驚いたけど、咳払いをして何事もなかったかのように皆に振り返る。

「まぁ……あんな感じかな」

そう言って皆を見渡すと、エレンはドヤ顔。ディアナは少し顔を青ざめ、引きつらせている。アリア達も呆然としていたけれど、ハッとすると勢いよく駆け寄って来た。

「お兄ちゃん、凄い。凄すぎだよ！」

「……うん。アリア姉に同意。お兄、凄すぎる」

「全くです。これは、姉さん達の言う通り凄いとしか言いようがありません」

彼女達は興奮した様子でそう言いつつ、満面の笑みを浮かべている。

「ありがとう。だけど、これはアリア達にもすぐに出来るようになるからね。じゃあ早速、試して色々と感想を聞かせてもらってもいいかな」

「はーい」

「……任せて」

「畏まりました」

そしてこの後、『飛行服』と『魔槍弓センチネル』を使用して様々な動きを行ったアリア達は、色んな感想と意見を出してくれた。エレンも大いに喜んでいて参考にすると言っていたから、アリア達の武具の完成度は今後さらにあがっていくことだろう。

勿論、彼女達にここまでの武具を用意したのには理由がある。それは、バルディア第二騎士団で『航空隊』を設立する為だ。航空隊とは四つの飛行小隊から成り立つ部隊であり、一六人いるアリア達姉妹を四分割、四人一組の構成で一小隊とする。そして、バルディア領を空から巡回してもらう予定だ。

通常の騎士団も巡回はしているけれど、空の巡回に勝るものはないからね。地上と空の両方から巡回することで、領内の犯罪防止と抑止に繋がるはずだ。他にも『木炭車』や『懐中時計』が公になった際、他国が諜報活動をバルディアに対して行うのは想像に難くない。その時に向けた備えにもなるだろう。

ちなみに、魔槍弓につけた『センチネル』という名前には『見張り』という意味がある。空から弓をつがえ、不届き者を探すアリア達の武器にはぴったりの名前だろう。

彼女達が自由に空高く飛び上がり、照準器で狙いを定め、魔槍弓で射る……そんな光景を、いずれ目にする機会もあるかもしれない。あまり、そうなってほしくはないのが本音なんだけどね。

「センチネル、ロングレンジ攻撃！」

「はい……？」

考え込んでいたその時、アリアの声が空から地上に向けて響き渡る。ふと空を見上げたその時、雲一つない空から地上にある『的』に向かって雷撃が落ちた。瞬く間に轟音が鳴り響き、暴風と砂埃が舞い上がる。何も知らない人が見れば、それはまさしく青天の霹靂《へきれき》といえる光景だろう。

多分、アリアは楽しくてはしゃぎ過ぎただけで悪気はないはずだ。しかし、地上の的近くに居た僕、ディアナ、エレン達は砂埃と暴風をもろに浴びて砂だらけになってしまう。

突然のことに驚きはしたけれど、周りを見渡す限りでは誰も怪我はしていないみたい。だけど、砂が凄すぎて僕を含めこの場にいた皆の呟き込む声があちこちから聞こえてくる。それから程なくすると、アリアが恐る恐る地上に降り立ちバツの悪そうな顔を浮かべた。

「えへへ……ごめんなさい。やり過ぎちゃった」

そう言うと、彼女はあざとく『テヘペロ』をする。

しかし、この場にいる皆の怒りはそんなことでは収まらない。

「アリア、やり過ぎちゃった……じゃないでしょう。僕も皆も砂だらけだよ」

「リッド様の言う通りです。アリア……もう少し考えなさい」

「ご、ごめんなさい……」

砂だらけになった僕とディアナが怒気を込めて言うと、アリアはしゅんとしてしまう。

「リッド様もアリアと同じようなことをしているから、あんまり人のこと言えないと思うけどなぁ」

「ん……？　エレン、何か言った？」

名前を呼ばれたような気がしてエレンに振り向くが、彼女は自身の衣服についた砂を払いながら首を横に振った。

「いえいえ、何でもありません」

「そうかい？　なら、良いんだけど……」

「お、お兄ちゃん。気になるなら、エレンさんのところに行ってきたら？」

エレンとのやり取りに首を傾げていると、アリアが気を逸らそうと言わんばかりに呟いた。だけどその言動は、相手の怒りに油を注ぐ行為である。僕は「む……」と眉間に皺を寄せた。

「そんなことより、さっきのはまだ怒っているんだからね。全く君は……」

アリアは、僕とディアナから長いお説教を受けるのであった。

その後、武器のお披露目が無事に終わるとエレンはアリア達の意見や感想をメモ紙にまとめていた。魔槍弓センチネルは、アリア達から出た意見を参考にして今後改善に取り組むことになる。その数ある意見の中でも、彼女達が飛行中の携帯性に指摘をした時は感心したものだ。

「センチネルを手に持ってると、飛ぶのに邪魔だからさ。使わない時は、腰の後ろに付けたりできないかな？」

アリア達から出たこの鋭い指摘に、エレンが頭を抱えることになったのは言うまでもない。

リッドと鼠人族の三姉妹　新魔法開発作業

父上との話し合いから数日が経過したある日。

僕はここ最近、レナルーテとの会談に向けて『バルディア第二騎士団』の設立準備に追われている。今日もまた、第二騎士団に必要となるであろう『新魔法』を開発する為、宿舎の室内訓練場で協力してほしい人達に集まってもらった。

今回集まってもらったのは、魔法教師のサンドラ、工房からはアレックスと猿人族のトーマ。そして、鼠人族の三姉妹だ。全員が集まったことを確認すると、僕は口火を切った。

「皆、集まってくれてありがとう。今日は父上にも許可をもらっているから、大手を振って新しい魔法を皆で開発するよ。そのつもりでお願いね」

新しい魔法の開発という話を聞き、サンドラは予想通りニヤリと口元を緩めた。鼠人族の三姉妹は、顔を見合せてきょとんとしている。アレックスとトーマは二人揃って首を傾げており、畑違いなのに何故呼ばれたのだろう？　という表情をしていた。

僕の傍にいるディアナとカペラは、やれやれと首を横に振っている。それから程なくすると、ディアナが「はぁ……」とため息を吐いた。

「……皆が集まった理由は承知しました。しかし、この場にいる面々がどうして『新魔法』の開発に必要なのでしょうか？」

「それはね。鼠人族の三姉妹が見せてくれた魔法を基に、新魔法を開発しようと思ってるからなんだ。それと、『新魔法』が成功したらその魔法の仕組みを応用してサンドラ、アレックス、トーマに開発してほしいものがあるんだよ」

ディアナの質問に答えつつ、視線を途中でアレックスに向けた。

「俺達が仕組みを応用ですか。はは、あまり良い予感はしませんね」

そう言うと、彼は肩を竦めて苦笑する。まぁ、アレックス達は『懐中時計』の製作でただでさえ忙しい状況だ。その中で、更なるお願いとなると最早笑うしかないのかもしれない。

「まぁ、今から研究開発する魔法は、急ぎではないし技術的にもまだ厳しいと思うから追々で大丈夫だよ。それに、新魔法を開発できるかまだわからないからね」

「はぁ……よくわかりませんが、『技術的』と言われるとドワーフとしての血が騒ぎますね。ふむ、ちなみにどんな魔法なんですか」

意図はしていなかったけれど、アレックスのドワーフとしての誇りを刺激したのか、彼の眼は興味と好奇の色合いが一段と強くなった。あえてこの場にいる皆を再び見回すと、おもむろに言った。

「そうだね、宿舎と本屋敷。もしくは、宿舎と工房とか距離が離れていても会話を可能にする。そんな魔法かな」

「……はい？」

アレックスがポカンとすると、サンドラが目を鋭く光らせた。

「リッド様。それはつまり『どんなに物理的な距離』があっても魔法を使えば、離れた人同士で会話が可能になるということでしょうか？」

「そうだね、その認識で間違いないよ。ただ、魔法で言葉を送る時には使用者だけでなく、言葉を受け取る相手側でも魔法を使わないといけないと思うんだ。そこで、もし魔法が開発できたら、受け取る側の魔法を応用した『物』をいずれ作ってほしいんだよ」

「なるほど……。それはまた面白そうな魔法ですね」

答えに満足したのか、サンドラは目を細めて頷いた。

「リッド様、私からもよろしいでしょうか？」

「うん。どうしたの？」

カペラに尋ねられ、そちらに視線を向ける。

「距離が離れた相手との新しい連絡手段の魔法であることは理解しました。確かに、その魔法は非常に興味をそそられますが、恐れながら本当に可能なんでしょうか？」

「その質問は尤もだね。でも、可能かどうかをこれから試す感じかな。その鍵となるのが、彼女達だよ」と鼠人族の三姉妹に微笑み掛ける。

彼女達は、会話を振られたことに戸惑った表情を浮かべる。やがて、三姉妹で一番小柄な少女がおずおずと答えた。

「わ、私達が鍵……なんですか？」

「そうだよ。さっきも言ったけど、以前に君達が僕に見せてくれた魔法をここにいる皆で研究するのさ」

三姉妹は思い当たる節がないらしく、顔を見合せる。そして、再び一番小柄な少女が呟いた。

「あの……私達がリッド様に見せた魔法が『鍵』というのはどういうことでしょうか？」

「突然のことで驚くよね。じゃあ、改めて説明するね」

そう言うと、鼠人族の子達が見せてくれた魔法について語り始める。

鉢巻戦以降のこと。狸人族の子達が『種族魔法』を見せてくれた後、他の子供達にも特別な魔法を使える子がいるんじゃないか？　という疑問を抱いたのである。そこで、皆に使える魔法を見せてほしい、というお願いをしたところ様々な魔法を見ることが出来たわけだ。子供達が扱う魔法の中には興味深いものもあり、その一つが今回の鍵となる鼠人族の姉妹が使う魔法になる。

「……というわけで、見せてくれた魔法をここで皆にも披露してもらえるかな。それと、折角だから皆に自己紹介もお願いするよ」

「はい。承知しました」と彼女達は合点がいった様子で頷いた。

三姉妹は顔を見合せて深呼吸を行うと、皆から見える位置に移動して横並びになる。そして、僕から見て右側で一番長身の子が挙手をした。

「では、まず三女である私から自己紹介します」

まずは三女から自己紹介してくれるのか、と彼女に視線を向ける。だが、間を置かずに一番左側にいた子が挙手をして一歩前に出る。ちなみに彼女の身長は三姉妹の中では真ん中だ。

「いやいや、ここは次女の私がすべきだろう」

「いえ、やはり三女の私からすべきだと思います」

三女の後に次女が前に出て、また三女が前に出る。程なくして、二人は険悪な雰囲気で睨み合いを始めてしまった。その時、二人の間に割って入るように一番身長の低い子が、少し怒りながら前に出る。

「はぁ……あんた達はこんな時にも喧嘩しないの。もういい、最初は長女の私からするからね」

そう言って長女の子が前に出ると、次女と三女の子は一歩引いて「姉さん、どうぞ、どうぞ」とむしろ彼女を前に押し出した。

「こ、こら⁉　あんた達、そんな押さないで！」と長女の子は怒り心頭である。

愛されて止まない熟練技というか、何やらとても見覚えのあるような光景だ。三姉妹の慣れた動きに、ディアナは少し呆れ顔でカペラは無表情。だけど、僕を含めたそれ以外の面々は微笑する。

鼠人族の三姉妹は、以前からこんな感じなので驚きはしないけどね。でも、初対面で彼女達の言動を目の当たりにした時、僕が困惑したのは言うまでもない。

面白いけど、さすがにずっと見ているわけにもいかないので、わざとらしく咳払いを行った。

「はは。場を和ませてくれてありがとう。面白いけど、さすがにそろそろ自己紹介をお願いしてもいいかな」

「あ、はい。すみませんでした。では、三女から自己紹介しますね」

答えてくれたのは長女の身長が低い子だ。

「あ、結局三女から自己紹介するんだね……」と思わず突っ込んでしまった。

三姉妹はこの場にいる皆を改めて見回すと、丁寧にお辞儀をする。そして、顔を上げると元気よく自己紹介を始めた。

「では、気を取り直して鼠人族の三姉妹が三女、『セルビア』……つまり、セルちゃんです」

「同じく、鼠人族の三姉妹が次女、『シルビア』……シルちゃんです」

三女と次女は、自己紹介が終わると少し可愛らしい顔を見せてくれる。だけど、最後の長女は少し浮かない顔で自己紹介を行った。

「最後に、鼠人族の三姉妹が長女、『サルビア』……です」

彼女の自己紹介だけ何故か簡単に終わってしまい、思わず首を傾げる。

「……うん？　そこは『サルちゃん』……です。じゃないの」

「うっ⁉　仰っていることはわかります。ですが、私は『鼠人族』なんです。『サルちゃん』って名乗ると、色んな方に鼠人族なのに猿人族と『あだ名』にされるんです。サルだ、サルだと……失礼にも程がありますよ」

「あ、そういうことね」

鼠人族なのに、名前の呼び方で猿人族と揶揄《やゆ》されれば確かに良い気はしないだろう。周りが好意的に投げかけた言葉だとしても、言われた本人がどう受け取るかが問題になるからね。しかし、猿人族のトーマが眉間に皺を寄せながら不満を露わにした。

「ちょっと待て。猿人族と『あだ名』にされることの何が失礼なんだ。それはそれで俺達、猿人族に対して失礼だろう」

「えぇ⁉　い、いえ……決してそういう意味で言ったわけでは……」

思いもよらぬ反応に、サルビアはペコペコと頭を下げながら困惑の表情を見せている。トーマはそんな彼女に、少し怒り気味に問いかけた。

「ほう。じゃあ、『失礼』とはどういう意味なんだ」

「いやいや。君達、それはもう後にしよう……話が進まないよ」

さすがに話が脱線しているので、やれやれと呆れながら二人を仲裁する。

鼠人族の三姉妹、長女サルビア、次女シルビア、三女セルビア。三人の自己紹介が終わるとあえて咳払いをして皆の注目を集めた。

「さてと、次は魔法を披露してほしいと思うけど、その前にどんな魔法なのか皆に説明してもらってもいいかな」

「は、はい。承知しました。では……」

そうして長女のサルビアは、おずおずと魔法の説明を始めた。

彼女達の魔法……それは『距離が少し離れていても、簡単な会話が可能となる魔法』だ。ただし、会話の発信は片方からしかできない。その上、会話を受け取る側も別途の魔法を発動しておかないといけないそうだ。会話の距離に関しても、離れすぎると聞こえなくなってしまう。

鼠人族の町で奴隷として売られる前、彼女達はこの魔法を使い私腹を肥やしている者達から食料を盗んで生きていたそうだ。しかし、彼女達は戦闘力が高いわけではない。ある時、いつも通りに盗みを働こうとしたが失敗。そのまま、奴隷として売りに出されてしまったそうだ。

だけど、驚くべきことは他にある。三姉妹はこの『魔法』について、『魔法』という感覚を持っていなかったらしい。鼠人族自体、元々気配や物音に敏感であり、それだけに集中すれば結構な音をひろうことができる。その感覚を研ぎ澄ました結果、少しの距離なら離れていても『会話』できるようになったそうだ。

彼女達が自分達の行っていることが『魔法』だと認識したのは、バルディア領に来て魔法を学んだ後らしい。今までは感覚を研ぎ澄ますだけだったが、魔法を学んだ後は『魔力』を使っていることに気付いたそうで、僕のところに話を持ってきたということだ。

サルビアの説明に僕が多少補足をしながら大体の内容を伝え終わると、皆は三者三様の表情を浮かべる。その中、最初にカペラが口火を切った。

「サルビアとリッド様のご説明はわかりました。しかし、その魔法を基に『新魔法を開発する』と仰る以上、リッド様はすでに何か具体的な想像ができているのではないでしょうか？」

「ふふ、実はその通りだよ。じゃあ、次は僕が彼女達の魔法を基に開発しようとしている魔法……『電波発信』と『電波受信』について説明するよ」

さすがレナルーテの元暗部。鋭い指摘に不敵に笑いながら答えた僕は、次に開発する魔法について詳細を語り始めた。

鼠人族の三姉妹から『距離が離れていても会話が可能』だが『発信』と『受信』が必要と聞いた時、最初に脳裏をよぎったのは前世の記憶にある『無線』だ。でも、一口に無線と言っても、様々な種類がある。さすがにそのすべてを理解できているわけじゃない。

しかし、僕にはメモリーという心強い味方がいた。彼のおかげでその仕組みを前世の記憶から辿り、ある程度の情報を資料にある程度まとめることができた。結果、完全に理解は出来ずとも『雷の属性素質』を使った魔法ではないか？　という考察に辿り着く。同時にある閃きも生まれた。

鳥人族のアリア達から教わった魔法、『電界』を応用すれば良いのではないか？　ということである。そして、バルディア第二騎士団設立前に新たな連絡手段として何とか開発をしたいと考えたというわけだ。なお、無線の知識に関しては前世の情報となる為、上手く誤魔化している。

「……というわけなんだ。つまり、鼠人族のサルビア達が教えてくれた魔法。鳥人族のアリア達が教えてくれた魔法。この二つを組み合わせればきっと、魔法による『会話発信と受信』という『通信』ができるようになると思うんだ。後、発信は術者が行うのが基本になると思うけど、いずれ『受信』は何か別の道具で使えるようにしたいんだよね」

できる限り丁寧に説明をしたつもりだったんだけど、鼠人族の子達は理解が追い付かないらしくポカンとしている。

だけど、アレックス、トーマ、ディアナ、カペラは一様に難しい顔を浮かべていた。サンドラだけは、楽しそうに満面の笑みである。やがて、ディアナが首を小さく横に振った。

「全く、リッド様の考えることは本当に型破りでございます。ですが、新魔法が開発出来れば、それほど素晴らしいことはないかと存じます」

「その、『無線』という仕組みは初めて聞きましたから、正直わからないことばかりです。しかし、『仕組み』があるのであれば、リッド様に仕えるドワーフとしてできる限りのことをさせていただきます」

彼女の言葉にアレックスが同意するように頷くと、次いでサンドラが一歩前に出る。

「私の知らない『魔法』と『応用』ですか。さすが、リッド様は『型破りな神童』ですね。当然、私もできる限りのことをさせていただきます」

「皆、ありがとう。新魔法開発は大変だと思うけど、皆で頑張ろうね」

こうして、新魔法開発に着手することになる。しかし、無線の知識は前世の記憶から引っ張り出したただけに過ぎなかったから、新魔法開発は混迷を極めることになったのは言うまでもない。

それでも、鳥人族のアリア達姉妹にも途中から協力をお願いしたり、雷の属性素質を持った獣人族の子供達にも全員参加してもらうことで、新魔法開発には何とか成功する。

『懐中時計』と合わせて『通信手段』も揃い、いよいよ『バルディア第二騎士団設立』は間近となるのであった。

バルディア第二騎士団設立と始動

その日、宿舎の屋外訓練場にはバルディア騎士団の団員達と獣人族の子供達が綺麗に整列していた。子供達は数カ月前と比べると、見違えるほど自信に溢れた力強い顔つきをしている。程なくすると、一番前に用意された台の上に父上が堂々と上がった。

「本日、皆に集まってもらったのは他でもない。新たな騎士団の設立に伴い、バルディア騎士団の名を改めることになったからだ。私、ライナー・バルディア直属のバルディア騎士団は『バルディア第一騎士団』となる。我が息子、リッド・バルディア直属のバルディア騎士団は『バルディア第二騎士団』となることが新たに決まった。第一騎士団の業務内容や体制は今までと変わらんが、第二騎士団は領内における『公共事業』を中心とした公務が基本となり、後方支援というべき役目になるだろう。では、最後に第二騎士団を率いる我が息子より決意表明をしてもらう」

父上は後ろに控えていた僕をチラリと一瞥すると、台を降り始める。そして、入れ替わるように檀上に上がった僕は、この場にいる皆をゆっくりと見渡した。

前世の記憶を取り戻して作成した事業計画。その中でも重要な『魔法を使った領地改革』をようやく開始できると思うと感慨深い。ふと父上と行った先日のやり取りが脳裏をよぎる。

『通信魔法』の開発成功の件は、帝都から父上が帰ってくると最優先で報告。新魔法開発の成功にも驚いていたけれど、何より距離が離れているのに『会話』が可能になったという事実に、父上は一番驚愕していた。

「まさか、ここまでの魔法とは思わなかったぞ。また、常識を突き抜けたことをしおって……」

頭を抱える父上の姿に苦笑しつつも、僕はある提案をする。

「あはは……何も頭を抱えなくても良いではありませんか。父上が、帝都に行く時に『通信魔法』を使える子を連れて行けば、バルディア領にいる母上。それに僕やメルとも会話することも可能になるかもしれませんよ」

父上は眉をピクリとさせるが、程なくすると深いため息を吐いた。

「それはそうかもしれん。だが、公共や軍事的なことを考えれば恐ろしいほど画期的で革命的な魔法だぞ。いずれ公表する事になるだろうが、その前に下手に情報が洩れれば大騒ぎになることは間違いない。帝都で使うのは、現時点では危険過ぎる」

「しかし、傍から見るだけでは、何をしているのか理解することは不可能だと思います。それに、現状における魔法の一般常識から考えると、事実を告げた方がむしろ頭がおかしいと疑われるのではありませんか？」

この答えを聞いた父上は、唖然としながら首を横に振ると暫く考え込んでしまう。

結果、『通信魔法』はその範囲、利便性などを研究しつつ、当分はバルディアの外部に一切出してはならないという指示が下される。

『通信魔法』の報告が終わると、次いでクロスとまとめた第二騎士団設立の原案を父上に提出。多少の手直しはあったけど無事承認され、バルディア第二騎士団の設立が決定。そして今、僕の目の前に広がっているのがまさにその『バルディア第二騎士団』なのである。「ふぅ……」と深呼吸をして第二騎士団の皆を見渡すと、声を張り上げた。

「父、ライナー・バルディアにご紹介に与りました、バルディア第二騎士団を率いる『リッド・バルディア』です」

そう言うと、第二騎士団の制服に身を包んだ子達の雰囲気がより畏まった。しかし、彼等の瞳には士気の高揚が見て取れる。僕は大きく息を吸うと、再び口火を切った。

「ここにいる君達は、魔法の可能性をバルディアに……いや、いずれ世に知らしめる先駆けになるでしょう。そして、バルディア第二騎士団は『バルディア家』を背負っています。君達、団員の行動すべてが、バルディア家の品位礼節と直結しています。しかし、その責任は断じて重荷ではありません。それは騎士として名誉ある『誇り』なのです。どうか、その誇りを胸に私と一緒に『バルディアを守る者』として歩んでほしい……以上です」

口上が終わると、檀上からゆっくりと皆を見渡してから会釈を行った。その瞬間、第一と第二騎士団の団員数名が拍手を送ってくれる。それは、やがて大きな拍手の渦となり野外訓練場に響き渡っていく。その光景に感動しながら台を降りると、父上が再び檀上に上がる。

「バルディアを守る者。よい決意であったぞ。しかし、これからが大変だ。気を引き締めろ」

すれ違いざま、父上は僕にだけ聞こえる小声で囁いた。すぐにハッとして振り返ると、壇上に上がっていく父上の背中を真っすぐに見据える。

「……！　はい、勿論です」

こうして、僕ことリッド・バルディアの直属となる『バルディア第二騎士団』は無事設立されたのである。

◇

「ふぅ……ちょっと一息入れるかな」

書類作業の手を一旦止め、両腕を上げて背伸びをするとディアナの淹れてくれた紅茶を口にした。

僕は今、宿舎の執務室でカペラ、ディアナと一緒に事務仕事を行っている。すると、カペラが書類から視線をこちらに向けた。

「お疲れ様でございます、リッド様。それにしても、第二騎士団の活躍は目覚ましいですね。報告書に加え、領民から喜びの声と新たな要望書も届いております」

「そうなんだ。領民も喜んでくれているなら良かったよ。教えてくれてありがとう」

そう答えると、ディアナも視線をこちらに向けて微笑んだ。

「領民だけではありません。第一騎士団の騎士達も、第二騎士団にはとても助けられていると申しておりました」

「ふふ、それは嬉しい話だね」

バルディア騎士団だけの時は、領内における治安維持、情報収集は現在の『第一騎士団』が全部負担していたのだ。父上やダイナス団長は、騎士達に出来る限り負担をかけ無いように注意はしていたみたいだけど、それでも限界はあったみたい。

そんな彼等の負担を少しでも軽減するのも、第二騎士団が設立された理由でもある。

「だけど……」とおもむろに呟き、机の上に溜まっている書類を見つめてやれやれと項垂れた。

「ここまで書類作業に追われるようになるとは思わなかったよ」

実はバルディア第二騎士団が無事設立されてからというもの、僕達はとても多忙になっていた。

新たな組織に加えて、新たな試みということになれば当然ではあるんだろうけどね。

なお、バルディア第二騎士団は役割に応じていくつかの部署というか、隊に分かれている。

・製作技術開発工房
・バルディア第二騎士団航空隊
・バルディア第二騎士団陸上隊
・辺境特務機関

以上の部署だ。『製作技術開発工房』は、ドワーフのエレン率いる第一製作技術開発部とアレックス率いる第二製作技術開発部に分けている。

第一開発部が、木炭車や武具などを担当。

第二開発部が、懐中時計などの小物関係を担当する。

狐人族と猿人族の子達がほぼ所属しており、後は属性素質や力仕事が必要な関係で他の種族の子が少し所属している感じだ。

『バルディア第二騎士団航空隊』は、鳥人族のアリア達姉妹だけで構成されている。四人一組で『飛行小隊』として編成され、第一〜第四飛行小隊まで存在。彼女達にはバルディア領内を交代制で上空から巡回……つまり、パトロールをしてもらっている。

アリア達姉妹は全員『通信魔法』を使用可能であり、『懐中時計』も隊の各隊長と副隊長に持たせているから、定時連絡と緊急連絡を辺境特務機関の情報局へ即座に通信することも可能だ。

また、情報局を通じて第一騎士団と情報共有することで、領内の警備活動はより効率的かつ効果的なものとなった。おかげで、アリア達は騎士団全体からとても評価されている。

彼女達も頼りにされることは満更でもないらしく、いつも頑張ってくれている。ディアナが先程言っていた部分には、航空隊の存在も大きいのだろう。

『バルディア第二騎士団陸上隊』は、八人一組で『一分隊』として編成され、隊長と副隊長には懐中時計を持たせている。一〜八分隊まで存在、一〜二分隊が土属性魔法を主とする部隊。三〜四分隊が樹属性魔法を主とする部隊。この一〜四分隊が道路整備や土木関係などの公共事業を行う主力であり、工兵とも言える部隊だ。次いで、五〜八分隊が戦闘特化の部隊であり、一〜四分隊の作業補助と護衛を行っている。

『辺境特務機関』は、特務実行部隊が十人一組で二分隊。情報収集を行う十二名一組の特務諜報一分隊。後は、各分隊と第一騎士団との情報精査と連携を行う『情報局』が存在している。

特に通信魔法を使用した情報網を構築した『情報局』の重要性は、第二騎士団を稼働させてからより実感することになった。

情報局には特務機関での情報は勿論、他隊の情報も集まるので情報の整理、精査だけでも毎日多忙となっている。そして、整理精査された情報というのが、執務机の大半を占領している山積みの書類というわけだ。すると、カペラが無表情のまま山積みの書類を見つめ、「ふむ……」と頷いた。

「確かに、この書類の山は後々問題となりましょう。宜しければ、書類に一度私がすべて目を通して、本当に必要と思われる情報だけをリッド様に提出するのは如何でしょうか？」

「ん？　うーん。それをしてもらえると助かるんだけどねぇ……」

唸りながら腕を組み、ちらりとディアナに目をやった。だけど、彼女は小さく首を横に振っている。濃い期間を過ごしたので忘れそうになるけれど、カペラはレナルーテの元暗部だ。とはいえ、彼に対してそこまで情報規制をかけていないから、すでに色々と知っているとは思う。

しかし、直接情報を扱う部分を丸投げすることはさすがに難しい。ディアナはすでに首を振っているし、父上も許さないだろう。カペラは僕が考えていることを察したのか、何かを考え込むように口元に手を当てる。それから間もなく、ゆっくりと口火を切った。

「そうですね……私の経歴が問題であれば、この機に私が知っているレナルーテに関するすべての情報をお伝えしても構いません。その上で、私を改めて信用していただけないでしょうか？」

その言葉を聞いて思わず眉間に皺を寄せ、威圧的に凄む。

「……カペラ、その言葉の意味をわかって言っているんだよね？　それは、自国を裏切るということになるんだよ？　君が完全にこちら側に付くというのは、実に喜ばしいことさ。でも、それが『本当』の話だったらだけどね」

「承知しております。ですが、私も伊達や酔狂で申しているわけではありません」

無表情のまま、彼は淡々と答えている。彼の言葉の真意がわからず、目を瞑《つむ》り考えを巡らせた。果たして、カペラのような人物が本当に自国を裏切るような真似をするだろうか？　いや、それはないだろう。だけど、ここまで言ってくるのであれば何かしらの理由があるはずだ。

それに、バルディア第二騎士団設立と獣人族の子供達の教育課程の作成など、彼がいなければできなかったものも多数ある。今後を考えると、カペラを手放すことはバルディア家にとって損失とも言えるかもしれない。ひとしきり悩んだ後、ゆっくりと目を開けて呟いた。

「手は手でしか洗えない。得ようと思ったらまず与えよ……か。わかった、カペラ。君を信じよう」

「リッド様!?」

すかさず反応したのは驚愕しているディアナだ。

「僭越ながら諫言《かんげん》、失礼します。いくら何でも、カペラさんの経歴を考えてその判断は無いかと存じます。態度や口では何とでも言えるでしょう。レナルーテにバルディア家の情報が筒抜けとなってしまいます」

「まぁね。でも、彼が本気なら既にそうなっていると思うから、その心配は無意味だよ」

「そ、それは……そうかもしれませんが……」と彼女は訝しむようにカペラを見つめる。僕も視線を彼に移すと、意味深長に問い掛けた。

「それよりも、どうしてそこまで僕の信用を得たいのかが気になるね」

「勿論、リッド様の行く末をお傍で拝見させていただきたいと思ったからです。そして、もう一つ……」

「もう一つ？　それは何かな？」

彼にしては珍しく、もったいぶるような言い方に僕は首を傾げた。すると、カペラは無表情だが何か意を決した様子で口火を切る。

「バルディア領にて、結婚を申し込みたい相手がおります」

「……はい？」

予想の斜め上を行く衝撃的な答えに、ディアナと共に目が点となり呆然としてしまう。やがて、ハッとして我に返った。

「えーと、話が飛躍しているように感じるんだけど……カペラ、結婚するつもりなの？」

「はい。私は、バルディア領に骨を埋める覚悟です。その意味でも、この地での結婚は必要かと存じます。それに、お相手の方ともすでに結婚を前提にお付き合いはさせていただいておりますので、許可さえ頂ければ問題はないかと」

無表情で淡々と少し嬉しそうに彼は語ってくれているけれど、僕とディアナは開いた口が塞がらない。そもそも、結婚を前提に付き合っている相手って誰なんだろうか？　そう思った時、脳裏に電流が走り恐る恐る尋ねた。

「カペラ、その結婚を前提に付き合っている人って……」

「はい。リッド様もディアナ様もよくご存じである、ドワーフのエレンさんです」

特に表情を変えることもなく淡々と彼は言うが、僕は頭を抱え込んだ。エレンがカペラに好意を抱いていたのは知っていた。だけど、カペラとエレンの当人同士の問題だし、特に何か言うわけでもなかったけれど、それにしても展開が早すぎる。深いため息を吐くと、父上の如く眉間に皺を寄せた。

「……悪いけど、少し詳細を教えてもらうよ」

「承知しました」

こうして、カペラとエレンが結婚を前提に付き合うまでの経緯を聞くことになった。驚いたことに、エレンはバルディア領に来てからずっと積極的にカペラにアタックしていたらしい。

彼女はカペラの笑顔の練習に付き合ったり、お弁当を作ってみたり、はたまたお手製の武具を渡したりと献身的に世話を焼いてくれたそうだ。

エレンの気持ちに彼はすぐに気付いたらしいが、様々なことを考え少し距離を置くようにしていたらしい。だけど、エレンは多忙の中でもめげずにカペラの傍にやってきてくれたそうだ。

人に尽くすことはあっても、人に尽くされたことのない彼は、段々とエレンに惹かれていく自身に困惑したらしい。その時、カペラはエレンに無表情で尋ねたそうだ。

「こういう時、どういう顔をすれば良いのでしょうか」

エレンは少し俯いて考えるとニコリと微笑んだ。

「えっと、よくわかりませんけど……少しでも嬉しいと思うなら、とりあえず笑って、笑顔になれば良いと思います」

彼女の言葉で、カペラは初めて心から微笑むことができたそうだ。以上のやりとりを経て、カペラは「結婚を前提に付き合ってくれませんか？」とエレンに告白して了承をもらったらしい。

しかし、その手の話を一切聞いた事がない僕からすれば、寝耳に水の話だ。ディアナも二人の件は、何も知らなかったらしく呆気に取られている。

「……エレンがカペラに好意を持っていたのは知っていたけど、まさかそこまで話が進んでいたとは気が付かなかったよ」

「申し訳ありません。その点は、私が調整しました。元暗部故、情報管理は得意ですから。それと、こう見えて私は過去に二人ほど気になった女性が居たのです。しかし、気付けば二人共、別の方と結婚されており、思いを告げる事もできませんでした。従いまして、もし次に気になる女性が現れたらすぐに思いを告げようと考えていた次第です」

カペラはそう言うと、ニコリと微笑み一礼する。きっと、その笑顔もエレンのおかげなのだろう。だけど、元暗部としての力を使う部分が少し違う気がするのは気のせいだろうか？　何気に彼の恋愛観まで教えられる結果となり、ため息を吐いて『やれやれ』と首を横に振った。

「……エレンと結婚したいというカペラの意思はわかった。僕個人としては、君とエレンの結婚は歓迎するし、祝福するよ。ただ、結婚の許可は僕一人だけの判断は難しいから、父上にも確認しないといけないだろうね」

　エレンとアレックスはバルディア家に仕えており、家臣のようなものだ。その立場のエレンが、レナルーテとはいえ隣国出身かつ元暗部と結婚するとなれば、色々と根回しをしておかないといけないだろう。意図を理解したのか、カペラは畏まって会釈する。

「お心遣い、感謝します。リッド様、この件はまた別途の機会にお話しできればと存じますが、書類作業の件は如何しましょう？」

「あぁー……そうだね。うん、お願いするよ。あと、カペラがエレンと結婚するなら色々とやってもらう仕事が増えるかもしれないね。その覚悟はしておいてほしいかな」

「承知しました」

　彼はどこか嬉しそうに無表情のまま、ペコリと頭を下げた。ふとその時、ディアナに目をやると、何やら俯いてどんよりした雰囲気を出しているではないか。

「ど、どうしたの、ディアナ。そんなに、暗い顔をして……」

「い、いえ……まさか、カペラさんに結婚で先を越されるなんて思わなかったものですから……」

「あー……」

　ルーベンスは奥手だからなぁ……。彼女は何ともいえない表情を浮かべ、カペラを一瞥してから深いため息を吐く。そして、何やら小声で呟いた。

「恋愛に関してだけは、ルーベンスにもカペラさんのような甲斐性《かいしょう》が欲しいものですね……」

　しかし、彼女の声が小さすぎて近くにいても聞き取れない。

「ごめん、ディアナ。良く聞こえなかったんだけど……」

「いえ、何でもございません」

彼女は凛として答え、いつもの表情にすぐに戻るが、僕は首を傾げるのであった。

こうして、カペラの結婚承諾の相談を皮切りに、事務仕事で多忙を極める現状の改善方法も模索していくことになる。とはいえ、カペラがエレンと結婚したいという申し出を、父上にどう報告するべきか？　と思い悩み頭を抱えたのは言うまでもない。

第二騎士団の活動報告

僕は今、本屋敷の執務室でバルディア第二騎士団の活動報告をする為、いつものように机を挟んでソファーに父上と座っていた。こうして話す時は、いつも少し緊張するんだよね。そう思いつつ、深呼吸をすると口火を切った。

「父上。それでは、第二騎士団の活動についてご報告させていただきます」

「うむ」

父上が厳格な面持ちで静かに頷くと、第二騎士団についての報告と説明を始める。第二騎士団が本格的に稼働後、バルディア領に訪れた変化は劇的だった。

まず挙げられるのが、会談を控えるレナルーテに続く道だ。第二騎士団が扱う土の属性魔法によって、平らで強固な道路に最優先で整備が進められている。近日中には、国境の砦付近まで綺麗な道になるだろう。

整備が終わった道路では、『木炭車』の燃料補給所も建設が進められている。こちらも、近日中には完成する予定だ。

道路整備と補給所の整備が終われば、レナルーテとバルディア領の国境地点に『木炭車』で行き交うことが可能となるだろう。それは、物流改革の走りとなるはずだ。

なお、第二騎士団の子達が道路整備の際に使用する土の属性魔法は、僕が創造して皆に教えた魔法だ。地面を平らにするだけでなく、地面固めも同時に行い強固な道路に出来るというもの。一応水はけも考えており、道の中央を少しだけ盛り上げて水は左右の端に流れるようになっている。

この土の属性魔法で道路整備をしているのは、第二騎士団陸上隊の第一と第二分隊だ。

第一分隊は、熊人族のカルアを隊長とした分隊で仕事が速い。

第二分隊は、馬人族で少し寡黙《かもく》な『ゲディング』という男の子が隊長をしてくれている。

魔法は熊人族の方が上手だけど、馬人族は移動速度が速くて活動範囲が広い。熊人族が領地に近い道路を整備。馬人族が領地から少し離れた道路を整備するという役割分担で、効率良く作業を進めてくれているわけだ。ちなみに、土の属性魔法を使用する際は地面にしゃがみ込み、両手を地面に付けて発動させている。

本当は手を地面に付けなくても、地面に立ってさえいれば発動はできるんだけどね。最初にこの魔法を皆に教えた時、地面に手を付けていた方が想像しやすく魔法を覚えやすいかな？　と思ったからなんだけど、皆は魔法に慣れた今もその体勢を崩さない。その為、第一や第二分隊の子達が横並びで全員しゃがみ込み、両手をつけながら魔法を発動させる姿は中々に迫力があり絵になっている。そして、道路整備は予想以上に領民にも好評だ。

初めて第二騎士団の子供達の姿を見た領民は、訝しい視線を向けていた。だけど、彼らが魔法を使って道路を綺麗にすると目を丸くする。結果、第二騎士団の活躍は瞬く間に領内を駆け巡った。

現状はレナルーテに続く道を最優先で整備しているけれど、領内のあちこちから道路整備の依頼は来ている。こちらもレナルーテとの会談が落ち着き次第、順次対応していく予定だ。

「なるほど、道路整備は順調なようだな。それで、第二騎士団の他分隊の状況はどうだ？」

「はい。そちらも問題ありません」

父上に説明を続けていく。製炭作業は、バルディア第二騎士団陸上隊の第三と第四分隊が『樹の属性魔法』で『樹木成長』を用いて原料となる木材を生産。それを、製作技術開発工房の皆が次々に製炭している。この仕組みが構築できたことにより、領内で『燃料』が安定して地産地消できるようになった。勿論、クリスティ商会を通じて販売も始まっており、バルディア家の収益に繋がりつつある。

なお、『樹の属性魔法』を扱う第三分隊の隊長は牛人族のトルーバだ。彼は牛人族の男の子では一番小柄だけど、統率力や判断能力にとても優れており第三分隊を上手に引っ張ってくれている。

同様の魔法を扱う第四分隊の隊長は、猿人族の『スキャラ』という女の子だ。彼女は、鉢巻戦後の訓練で頭角を見せ始めた子である。普段は大人しい感じの子なんだけど、訓練中や魔法を使う時

だけ性格が少し荒っぽくなる不思議な子だ。だけど、とても優秀な女の子であることには間違いない。

そして最近、樹の属性魔法の『樹木成長』でも新たにわかったことがある。それは、食べ物になる果物や野菜でも試した時にある問題が発覚した。

『樹木成長』だけで育てたものは『あまり美味しくない』という問題である。リンゴで言うなら、甘みがなく蜜《みつ》もないスカスカなリンゴという感じだ。

「決して食べられなくはないけれど、好き好んで食べたくはない」という感じの為、背に腹は代えられない飢餓《きが》対策には良いかもしれないけど、売り物にはならないという判断が下された。

木からなる果実であれば、成木にした後の工夫次第で味が変わる可能性はあるけれど、その点にはまだ時間がかかりそうだ。

辺境特務機関は、バルディア第二騎士団の情報を安易に他国へ漏らさないように動いてもらっている。特務機関はアリア達の航空隊と連携を取りつつ、迅速に動けるのが一つの特徴だ。すでに人攫《さら》いの類や諜報員と思われる者達の取り締まりにも成功している。

ただ、取り締まりは第一騎士団との連携があってこそでもあり、特務機関だけの手柄ではない。

それでも、設立して間もない中の実績としては十分だろう。父上も、人攫いや諜報活動の取り締まり強化に繋がり、実績がすでに出たことはとても喜んでくれた。

様々な動きができる第二騎士団。その中で父上が一番関心を持ち、かつ可能性を感じた部隊は意外にもアリア達姉妹で組織した『航空隊』だった。

彼女達が『通信魔法』が使えることによって、空からの巡回で集まる情報量が格段に増えた部分はかなり強いと言える。航空隊が先行偵察《ていさつ》を行い、第一騎士団に事前に情報を伝えることで現場効率は段違いに良くなったそうだ。何気に騎士達の現場環境改善にも繋がったらしく、アリア達姉妹の皆は第一騎士団の団員から大人気の存在になっている。大体の報告が終わると、父上は感嘆した面持ちで頷いた。

「ふむ……今のところ収益が見込めているのが地産地消となる『木炭』だけか。しかし、永続的に得られることを考えれば、第二騎士団設立はそれだけでも十分に価値がある。それに、道路整備は迅速な行動を可能とする為には必要不可欠だ。魔法が使用可能になる騎士団がこうも恐ろしいとはな」

その言葉に、首を軽く横に振るとニヤリと口元を緩めた。

「いえいえ、これはまだ始まりに過ぎません。これからが肝心ですよ、父上。第二騎士団の皆が、これから順調に成長していけばより活動の幅は広がります。それに、今回の教育課程を領民の子供達に施せば可能性はさらに広がると存じます」

第二騎士団の皆に施した『教育課程』は試行の段階に過ぎない。サンドラ達が今回の教育課程にあった問題を洗い出して、すでに改善点を確認中でもある。改善点の修正が終われば、いよいよバルディア第一騎士団に所属する騎士の子供達に教育課程を施す予定だ。この件も、原案を父上に提出して了承済みである。

計画が今のまま順調に進めば、十年後のバルディア領は帝国内で様々な影響力を持った領地になるはずだ。そうなれば、『断罪』という運命にもきっと立ち向かうことができるだろう。すると父上は、やれやれと肩を竦めた。

「リッド、お前は本当に末恐ろしい息子だよ。魔法に関しても、ただ使えるだけでは意味がない。どう使うかが重要だ。お前が開発した魔法と使い方は、今までの常識では考えられないものばかりだった。数年後……いや、近いうちに帝国内では魔法の認識も大きく変わることだろう」

「そうでしょうね。その時、最先端をいくのがバルディア領でありたいと存じます。しかし、父上。僕は数年後より、まずは母上の病の件が気になります。レナルーテとの会談はどうなりそうでしょうか？」

「うむ。その件についてもこれから話そう」

父上はそう言うと、おもむろにソファーから立ち上がる。そして、執務机の引き出しから気品ある一通の封筒を取り出した。それから再びソファーに腰を下ろした父上は、その手紙を差し出した。

「レナルーテに送った親書には、お前が『懐中時計』と『木炭車』を開発したこと。そして、どんなものであるかもあえて記載している。その上で、レナルーテとバルディア領における今後の事を話したいとな……これはその返事だ。読んでみなさい」

「承知しました。では、拝見させていただきます」と丁寧に封筒を開いて中身を改めた。

どうやらこの手紙は、レナルーテの王であるエリアスが直筆で書いたものらしい。力強く、達筆な文字である。手紙の内容に目を通すと、安堵してつい笑みが溢れた。手紙の内容を簡単に言えば、「非常に興味がある。是非、話を聞きたい」である。

「父上、調整ありがとうございます。あと、僭越ながら帝都の根回しはいかがでしょうか？」

「案ずるな。皇帝陛下に加え、親しい中央貴族達にはバルディア領とレナルーテで積極的な『様々な取引』を行う旨は伝えている。それに……皇帝陛下に『懐中時計』について、献上品の件を含め内々に説明済みだ」

「それでは、レナルーテとバルディア領の会談と今後の取引について、何も障害はないということですね？」

あえて確認するように聞き返すと、父上はその意図を理解した様子で頷いた。

「そういうことだ。帝都においてレナルーテとバルディア領が取引を行うと言っても、今までの『常識』ありきだ。お前の考える『型破り』な取引までは想定しておらん。お前の好きなように、やれるところまでやってしまえ」

「承知しました。では、以前お話しした通りに進めたいと存じます」

帝都では、僕の存在はまだほとんど知られていないはずだ。その上で、レナルーテとバルディア領の取引について了承してもらえたということは、良くも悪くも『帝都の貴族』を出し抜けるということになる。今後のバルディア領の発展と母上の病のことを考えれば、一つの節目になるかもしれないな。そんなことを思いつつ、おずおずと話頭を転じた。

「ところで、父上。少し話が変わるのですが、身近な者で結婚をしたいという申し出がありまして……」

「結婚だと？　貴族ではあるまいし、当人同士の問題ではないのか？」

父上は首を捻っている。それはそうだろう。普通の結婚であれば、言われた通り当人同士の問題であり気にする必要はない。決まりが悪い顔を浮かべて苦笑する。

「あはは、えっと、ですね。実は、私の従者であるカペラがエレンに結婚を申し込みたいということです」

「……なんだと」

父上は眉間に皺を寄せ、一瞬で表情が険しくなる。

止む無く、カペラとエレンの馴れ初めと両想いであることを丁寧に説明すると、父上はため息を吐いた。

「まさかそんなことになっているとはな……夢にも思わなかったぞ」

「私もです。カペラがこんなに早く、エレンと結婚まで話が進むなんて思いませんでした。ですが、二人の結婚は認めても問題ないと思っています。むしろ、歓迎かと」

ゆっくり顔を上げた父上は、鋭い眼光を光らせた。

「……カペラはレナルーテの元暗部だぞ。何故、そう思う？」

「エレンの存在は、いずれ帝都や周辺国も知ることになるでしょう。その時に、彼女は狙われかねません。しかし、カペラが夫になれば彼女を様々な陰謀から守ることに自然と繋がります。それに、エレンがバルディア領にいる限り、どんな目的や意図があったとしてもカペラは下手なことはできないでしょう」

正直なところ、カペラの本心がどこにあるかはわからない。しかし、ディアナからの報告も含め、彼がレナルーテと何かしらの連絡を取った形跡は今のところはない。

悟られない方法で連絡を取っている可能性もある。だけど、今までの彼の協力的な姿勢に加えて、エレンのことを語っていた時のカペラの様子から信じても良いと思ったのだ。父上はしばし眉間に皺を寄せて考え込むと、おもむろに口を開いた。

「よかろう。カペラとエレンは、リッドの従者と家臣だからな。お前の判断に任せよう」

「ありがとうございます、父上。二人もきっと喜ぶと思います」

了承をもらえて安堵すると、ペコリと頭を下げた。父上は少し呆れたように表情を崩すが、すぐに厳格な顔つきに戻り、「ところで、リッド」と呟いた。

「教育課程の検証における『バルディア騎士団に所属する騎士の子供』を募集した件だが、すでに定員超えをしているぞ」

「本当ですか。それは嬉しい悲鳴ですね」

その後、父上と教育課程の検証に必要な定員数。レナルーテと行う会談内容について話し合いを続けた。しかし、今回の話し合いにおける一番の収穫は、カペラとエレンの結婚について了承を無事にもらえたことだ。これは、カペラに貸しができたと考えておこう。

◇

父上との打ち合わせが終わった翌日。

宿舎の執務室には、僕とカペラが机を挟み向き合う形でソファーに座っていた。念の為、ディアナにも僕の隣に同席してもらっている。そして、姿勢を正して真っすぐ座っているカペラに鋭い眼差しを向けた。

「さて、カペラ。こうして、厳粛な雰囲気の中で話をしている理由はわかっているよね？」

「はい。私がエレンさんに結婚を申し込みたいとお伝えした件かと存じます」

無表情で彼は丁寧にペコリと頭を下げるが、あえて厳しい口調で問いかけた。

「まずは結論から伝えようか。カペラがエレンに結婚を申し込み、彼女がそれを受けるのであれば、二人の結婚は祝福する。ただし、色々と話してもらうよ。レナルーテの……『ザック・リバートン』の目的をね」

「承知しました。それは、当然でございます」

あまりに素直に頷くので、ディアナと共に拍子抜けしてしまう。しかし、彼は意に介さず淡々と説明を始めた。レナルーテの暗部である『忍衆』。その頭目である『ザック・リバートン』の目的を聞くと、僕は唖然としてしまった。その目的は、ファラとの婚姻を傍で見守ることに加え、陰からファラを守ることだそうだ。その理由も包み隠さず教えてくれた。

「リッド様とファラ様が婚姻後、仲睦《なかむつ》まじくなること。それこそが将来的にレナルーテの為になるだろう……頭目はそう申しておりました。正直、最初は懐疑的に思っていた部分もあります。しかし、リッド様のお力を傍で拝見させていただき、頭目の言葉に間違いは無かったと確信致しました」

「僕をより深く見定める為だった……というわけか。それにしては、随分と手の込んだことをしたね」

そう言って腕を組むと、ソファーの背もたれに身を預けた。

まぁ、気持ちはわからなくもないけど。ファラとの顔合わせは『ノリス』の一件もあるから、僕の事はレナルーテの華族内において結構有名だろう。それと、婚姻後におけるレナルーテとの関係性を優位にする意図もあり、進んでそれなりに実力は示した。

その結果の一つがザックの僕に対する評価であり、カペラを従者として差し出した原因ということだろう。彼はこちらが考えていることを見透かすように微笑んだ。

「それだけ、リッド様の可能性が計り知れないということでございましょう。それに、私自身もリッド様の行く末を楽しみにしている一人でありますす」

「……なるほどねぇ」

従者となったカペラの言動を思い返してみても、今の言葉に嘘はないだろう。

「ちなみに、ディアナはどう感じた？」

隣で静かに控えていたディアナに問い掛けると、彼女はカペラをチラリと一瞥してから口火を切った。

「カペラさんの言葉をすべて鵜呑《うの》みにするわけには、参りません。しかし、『ファラ様との顔合わせ』の一件から、『リッド様の可能性が計り知れない』という判断をレナルーテの暗部が下した可能性は高く、おそらく事実でしょう。その上で、警戒しながらもリッド様を『友好的』に窺っていると存じます」

「やっぱり、そうだよね。さて、どうするかなぁ」と腕を組み、目を瞑って思案する。

彼女の言う通り、カペラの言動に嘘はなくても、鵜呑みにすることはできない。彼の背後にいるザック・リバートン。彼の目的は本当にそれなのか、実は別に何かあるのか？　という問題もある。

だけど今までの話から察するに、ザックの目的がバルディア家の情報を得る為ではないという可能性は高い。あくまで僕を監視する意図が強く、レナルーテの暗部で特に優秀なカペラがその役目に抜擢されたということだろう。

ただ、それは見方を変えることもできる。つまり、カペラの待遇がそのままレナルーテに対する言葉にもなるわけだ。ひとしきり考えると「ふぅ……」と息を吐き、カペラを見据えた。

「カペラ。君に『辺境特務機関』の管理者を任せる」

「……私が『管理者』でよろしいのですか？」

結婚の了承やレナルーテの情報を話す時も無表情で淡々としていたカペラが、初めて眉をピクリとさせ表情が少し曇る。すると、隣に控えていたディアナもすかさず反応した。

「リッド様、僭越ながらそれは如何かと存じます。情報の集まる中枢に、カペラさんを立たせることは『レナルーテ』に情報が筒抜けになる恐れがあります」

「だからこそだよ、ディアナ。こうなると、情報が洩れれば最初に疑われるのはカペラだ。それに、役職が何も無い方が、色々と動きやすいだろうからね。あと、特務機関の子達に見張ってもらうのもありだと思う。怪しい動きがあれば、すぐに伝えてほしいとね」

ここまで全体が見えてきたなら、彼の潜在能力や可能性を十分に発揮する役職を与え、その上で監視をする方が良い。特務機関に所属している子達に、ある程度事情を伝えて監視をお願いすれば何とかなるだろう。

「辺境特務機関の管理者は、レナルーテで言えば、『ザックさん』の立ち位置になると思ってくればいい。特務機関で集まった情報の全部を僕が確認するわけにもいかないからね。元暗部の君なら適任でしょ」

「承知しました。その責務、必ず果たしてみせます」

カペラは畏まり、最敬礼の姿勢で一礼する。

「うん。よろしくお願いするよ」と目を細めるが、「ただね……」と呟き、魔力を殺気と共に全身から溢れ出させた。すると、執務室のあちこちから何やら軋むような音が聞こえ始める。しかし、笑みを崩さないままに告げた。

「絶対に今後、彼女を守り通すこと。エレンを泣かすような真似をしたら許さない。勿論、バルディア家を裏切る行為もね。後は……言わなくてもわかるよね」

「……承知しております」

これだけの威圧に対しても、カペラは涼しい顔で淡々としている。ふむ、さすがはレナルーテの元暗部。この程度では脅しにもならないようだけど、しないよりは良いだろう。彼の返事を聞くと、魔力はすぐに引っ込めた。

「ふふ、頼りにしているよ、カペラ。それから、エレンに結婚を申し込んで了承をもらえたらすぐに教えてよね。ちゃんと祝福するからさ」

「ありがとうございます。エレンさんも喜ぶと思います」

こうして、カペラの結婚と特務機関の情報管理の問題はとりあえず解決した。まだまだ手を加えないといけないところは、沢山あるだろうけどね。

でも、最初から完全を目指す必要はない。まずは終わらせて、問題点を洗い出し再調整をした方が良いだろう。その時、執務室のドアが激しくノックされる。眉を顰めて返事をしたところ、狼人族のシェリル、猫人族のミア、兎人族のオヴェリアの三人が血相を変えて入室してきた。

「リッド様、ご無事ですか⁉」

彼女達はえらく心配した様子で、周りを見渡しながら警戒しているようだ。状況が飲み込めず、思わず首を傾げた。

「えーと、どうしたのかな。皆、何か急用かな」

「い、いえ、凄い気配を感じたので敵襲か何かかと……」

何事もない執務室の様子に、三人は顔を見合わせながら少し決まりの悪い顔を浮かべている。そんな彼女達を見て、ディアナはやれやれと首を軽く横に振った。どういうことか察すると、彼女達に感謝しつつも苦笑する。

「あはは……ごめん。それは多分、僕だね」

「……え？」

その後、カペラとディアナに交渉事で魔力による威圧が効くかどうかを試していた、と誤魔化した。さすがに、カペラに本気で脅しを掛けたとは言えないからね。

事の次第を聞いた彼女達は、揃って呆れていたようだ。その様子を見て、魔力解放は人騒がせだから交渉に使うべきではないな、と密かに反省した。

ちなみに、カペラとエレンが宿舎の執務室に結婚の報告に来たのは、なんとこの翌日である。何とも、行動の早い事だ。この時、エレンの幸せいっぱいの顔と、無表情で淡々としたカペラの顔の対比は中々に面白かった。でも、一番驚いたのは無表情のカペラに声を掛けた時のことだ。

「おめでたい話なんだから、もっと笑顔になればいいのに」

この言葉に反応したのはカペラではなく、首を傾げたエレンだった。

「リッド様、何を言っているんですか？　カペラさんは、ずっと満面の笑みですよ」

「え……？」と目を瞬き唖然とする。だけど、彼女の言う通りによくよく気配を探ると、彼は無表情ながら照れくさそうな雰囲気を出していた。曰く、エレンの目に映っているカペラは、とても表情豊からしい。愛は偉大ということだろうか。

何はともあれ、結婚が決まり幸せそうな二人である。しかし、その姿を見たディアナが何気にショックを受けてどんより俯いていたことだけは、気付かない振りをするのであった。

レナルーテとの会談

日が昇り始め、辺りが明るくなり始める時刻。早朝にもかかわらず、本屋敷の前は慌ただしい雰囲気に包まれていた。その中、エレンの勢いある声が辺りに響き渡る。

「木炭車で荷台を牽引できるように連結。それから、木炭の火入れを迅速にね。それから、予備燃料の確認も怠らないように」

「はい！」と気持ちの良い返事をしたのは、一緒に作業をしている狐人族や猿人族の皆だ。

今日はレナルーテと会談を行う日であり、会場に向かう木炭車の準備が急ぎ進められている。現場の指揮はエレンとアレックスが執っており、狐人族のトナージを始めとした技術開発部に所属する子達が忙しなく動いていた。

出発する『木炭車』は二台であり、共に荷台を牽引できるようになっている。荷台は既存の馬車用と比べると結構大きい。これも、木炭車の利点の一つと言えるだろう。

会談を行う会場は国境地点の砦であり、そこまでの道路整備も第二騎士団の活躍によって予想以上に早く完了した。木炭車使用の問題点だった燃料補給所も、クリスティ商会の協力により短期間で完成。今後、道の整備、燃料補給場所が揃った場所での木炭車は、馬車に変わる新しい輸送手段となるはずだ。

今回行う会談の目的は、『木炭車の可能性』を示すことであり、国境地点からレナルーテまでの道路整備の受注をすることである。だけど、一番重要となるのは母上の病を治す薬の原料、『ルーテ草』の件になるだろう。

少し緊張で胸がドキドキしていると、近くで一緒にエレン達の作業を眺めていた父上が呟いた。

「珍しく緊張しているようだな」

「あはは、そうですね。以前と違い、エリアス陛下と『外交』を行う……という目的で、今から会いに行くと思うとやはり緊張はしますね」

前回は『ファラとの顔合わせ』と『ルーテ草』を探す目的だったけど、今回はレナルーテの王である『エリアス・レナルーテ』に『木炭車』や『懐中時計』を売り込みに行くのである。以前とはまるで違う緊張感があり、それが胸のドキドキなのだろう。すると、父上は呆れ顔で肩を竦めた。

「そう緊張していては、先が思いやられるな。私も同席するのだ。そこまでお前が気負わなくてもよかろう。それに帝国の書類上では、すでにエリアス陛下はお前の義理の父親になるのだぞ。いっそ、『御父様』とでも言って出鼻を挫けばよいではないか」

エリアス陛下を『御父様』と呼ぶ。その光景を想像すると、思わず噴き出してしまった。

「ぶっ……あはは。良いですね。父上、それ使わせていただきます」

「うむ。相手の立場や肩書に押されていては、良い結果に繋がらん。失礼の無い程度に、相手の虚を突くのも交渉事では重要だからな。それぐらいの気構えでいるのが良いだろう」

「承知しました」

会話が一段落した丁度その時、エレンがこちらに駆け寄って来ると会釈する。そして、明るく元気な声を発した。

「ライナー様、リッド様。木炭車は稼働問題ありません。荷台を牽引できるように連結も完了したので、いつでも行けます」

「報告ありがとう、エレン。では父上、出発しましょうか」

「そうだな。よし、運転は私がやろう」

「え……？　でも、アレックスやカペラも運転できます。わざわざ父上が運転しなくても良いのではありませんか？」

思いがけない発言に首を捻るが、父上は首を横に振った。

「会談の時に『私の運転でもここまで来られた』という事実は、良い話のタネになるだろう」

「は、はぁ。それであれば無理に止めはしませんけど……本当によろしいんですか？」

色々話したけれど、僕達が乗る一台目の木炭車は父上が運転することに決まった。他の皆が運転しますと申し出るが、父上は先程の理由を持ち出して、会談場所となる国境地点まで運転すると言って聞かなかったからだ。多分、父上は長距離運転をしてみたかったんだろうなぁ。

父上が運転席に乗り込むと、僕もいそいそと助手席に乗り込んだ。しかし、ふと何を思ったのか、父上は怪訝な表情を浮かべた。

「……ところで、万が一の事故が起きた時、前と後ろはどちらが安全なのだ？」

「え？　それは……多分、後ろだと思います」

首を傾げて答えると、父上は「ふむ、やはりそうか」と相槌を打った。

「ならば、リッド。お前は後ろに乗れ。助手席には運転の補助として、そうだな……アレックスに乗ってもらおう」

「えぇー……」と僕は顔を顰める。その後、父上の隣に座りたいと抗議してみたけれど、受け入れてもらえず、後部座席にディアナ達と座ることになった。何はともあれ、こうしてバルディアとレナルーテの会談に向けて木炭車は走り出したのである。

なお、早朝の出発だった為、メルはまだ部屋で寝ているはずだ。母上も寝ているとは思うけれど、ひょっとしたら部屋で見送ってくれているかもしれない。

会談に一緒に行くのはディアナ、カペラ、エレン、アレックス、他多数の獣人族の子達。それと、クリスも途中の燃料補給所で合流予定になっている。

会談は僕と父上で行うけど、補足説明や実技実演は当事者となる獣人族の子達やクリス達にしてもらうのが一番説得力もあるだろうからね。さぁ、会談に向けて気合を入れて行こう。

◇

木炭車で本屋敷を出発して暫くの時間が経過。行程は問題なく進んでいるが、僕は予想外の難敵と再会してしまい一人苦しんでいた。見かねたディアナが心配そうな面持ちで、背中を優しくさすってくれている。

「リッド様、大丈夫ですか?」

「あはは……ありがとう、ディアナ。うっ、うぇえええ……」

気持ち悪さを必死に堪えながらお礼を伝えたけど、次の波がやってきて吐き気と共に項垂れる。

そんな様子に、父上が運転をしながら心配するように呟いた。

「リッド、道も綺麗になっているのに何故酔うのだ。振動もほぼないだろうに……」

「うっぷ……本当になんで酔ったのでしょうね……」

蒼白になりつつも、同意するように頷いた。父上の言う通り、道は整備されているから木炭車の振動が特段激しいわけでもないけれど、ともかく気持ちが悪いのだ。こうなると、体質的に乗り物酔いしやすいかもしれない。試乗程度の短い時間なら、特に何ともなかったのになぁ……。

そして困ったことに、道の整備と木炭車の開発によって乗り物酔いにはならないだろうと踏んでいた。その為、クリスに以前貰った『飴玉』が手元にないのである。

途中でクリスとも合流する予定だから、彼女が持っていることを祈るしかない。その時、助手席に座っていたアレックスが首を傾げた。

「しかし、リッド様がこんなに『乗り物酔い』するなんて思いませんでした。何だか『意外な弱点』みたいですね」

「うぅ……僕の『意外な弱点』かぁ。確かに、乗り物酔いは僕の弱点かもしれないね……うっぷ」

苦笑しながら必死にアレックスに答えたが、同時に頭が『ぐわん』とする。気持ち悪さの限界が近づいてきた感じだ。止む無く最終手段を使う事にした僕は、車内にいる皆に向かって呟いた。

「ごめんなさい。少し……寝ます」

この場にいる皆に寝顔を見られるのは少し恥ずかしいけど、背に腹は代えられない。朝早くから起きていたせいか、意外にも目を瞑るとすぐに眠りに落ちてしまった。

◇

眠りについてどれぐらい経ったのだろうか。ふと眠りから覚めて、おもむろに目を開くと綺麗な緑色の瞳と目が合った。ぼんやりとその瞳を見つめ続けていると、やがて緑色の瞳をした綺麗な顔が、少し困惑した表情に変わる。その時、目の前にいるのがクリスであることを初めて認識したが、頭がボーっとしており自然と欠伸が出た。

「ふわぁ……あれ、クリスどうしたの？　そんな顔して……」

「えっ⁉　あ、いや、すみません。途中の補給所で合流した時、リッド様が目を覚ましたら飴玉を渡してほしいと頼まれまして……失礼ながら横に座っておりました」

クリスはそう言うと少しバツの悪い顔を浮かべ、運転をしている父上が補足するように言った。

「補給所に着いた時、お前は寝こけていたからな。クリスが酔いに効く『飴玉』を持っていると聞いていたから、こちらの木炭車に乗ってもらったのだ」

「あ、そういうことですね。クリス、無理を聞いてもらってごめんね」

父上に答えると、隣に座っているクリスに会釈した。すると彼女は、首を小さく横に振る。

「いえいえ、気にしないでください。酔いの辛さは私も良く知っていますから」

「ありがとう。そう言ってもらえると助かるよ」

クリスに微笑みながら答えると、彼女は照れ隠しのように頬を掻いている。そして、酔い止め効果のある『飴玉』をクリスからもらい、すぐに口に入れると心なしか酔いは少し緩和した。

この飴玉は、レナルーテに行く時に彼女から以前もらったものと同じものだ。最初の一口はとても酸っぱいけど、後から甘みがある。人を選びそうだけど、個人的には結構好きな味だ。

ふと木炭車の中を見回すと、運転席は父上で助手席にはアレックス。そして、僕の両隣にはディアナとクリスが座っている状態だ。出発する時はディアナとカペラが両隣に座っていたんだけどね。

カペラは燃料補給で合流したクリスに席を譲り、エレンが乗っている木炭車に移ったそうだ。父上は木炭車の運転が気に入っているらしく、アレックスからの交代の申し出を断りずっと運転しているみたい。

父上は運転しながらアレックスと雑談しており、木炭車の仕組みについて尋ねたりもしている。アレックスも最初は緊張していたみたいだけど、今は敬語を使いながらも軽い雰囲気で父上と楽しそうに話しているようだ。

「う……また少し気持ち悪くなってきた」

「大丈夫ですか？」

クリスとディアナに心配される中、「ごめん。また寝るね」と酔いが酷くなる前に再び眠りにつくのであった。

◇

「リッド様、起きてください。目的地に到着致しましたよ」

凛とした優しい声が聞こえると、体を丁寧に揺さぶられているのを知覚する。寝ている僕を起こすためだろう。目をゆっくり開けると、欠伸をして体を伸ばした。

「ふわぁあ、うー……ん。ふぅ……あ、起こしてくれてありがとう、ディアナ」

「とんでもないことでございます。それよりも、木炭車は素晴らしいですね。会談の予定時刻より、かなり早めに着いたようです。リッド様も、会談前に少し外の空気を吸われてはいかがでしょう？」

「あれ……？　そんなに早く着いたの？」と首を傾げた。

道路整備と燃料補給所ができた時点で、木炭車でどの程度の時間がかかるかは確認している。そこから、逆算して出発時間を決めたはずなんだけどな。ボーっとした頭でそんなことを考えながら

「父上、結構飛ばしましたね」と呟き木炭車を降りた。

外に出て再び体を伸ばしながら辺りを見渡すと、木炭車を目の当たりにして驚きつつも興味深そうに見つめている『ダークエルフの兵士達』が目に入る。

今回の会談場所はレナルーテとバルディアの国境地点にあるレナルーテの関所の中だ。つまり、この場所の手前までバルディア第二騎士団で道路整備を行ったというわけである。その時、この関所からは第二騎士団の作業が見えていたらしく、ダークエルフ達が驚愕していたと、確か報告があった気がする。

なお、関所と言っても簡単な砦のようになっており、敷地内には来賓用の屋敷もあるので会談を行うのに支障はないらしい。

周りを見渡した後、おもむろに空を見上げると軽く手を振りながらニコリと微笑んだ。実は空には、鳥人族のアリアが率いる第一飛行小隊にも待機してもらっている。彼女達を含め第二騎士団の子達の存在は、今回の会談を優位に進める為の手札でもあるのだ。

やがて目が覚めてきて、意識も冴えてくると心の中で呟いた。

（さて、木炭車、魔法、懐中時計も含めて人事は尽くした。後は、前世の記憶で言うところの『画竜点睛《てんせい》を欠く』ことがないよう、最後の詰めまで気を抜かず『御父上』と対峙するだけだね）

これから行う会談の事を考えながら、ひっそりと笑った。

◇

会談を行う関所に到着してから程なくすると、レナルーテの関所に駐在する兵士達に会談場所となる屋敷の貴賓室に案内された。

木炭車による移動時間は事前調査を行っており、時間に余裕を持って屋敷を出発したのは確かだけど、こんなに早く到着した理由はもう一つある。

貴賓室のソファーに腰かけると、おもむろに懐から取り出した懐中時計の時刻を確認した。そして、やれやれと首を横に振る。

「それにしても、こんなに早く到着するなんて……飛ばし過ぎですよ、父上」

「……開始時刻に遅れるよりは良いだろう」

父上が少しバツの悪そうな表情を浮かべると、その様子を見ていたアレックスが苦笑する。

「あはは、リッド様、そう言わないでください。初めての長距離運転。その上、道も綺麗で走りやすいとなれば自然と飛ばしてしまいます。本当に飛ばし過ぎた時は、私からも進言させていただきました」

「そうなの？　それなら良いけど、木炭車で事故を起こしたら大変だからね。父上も飛ばし過ぎには注意してください」

そう答えて視線を戻すと、父上は「うむ……」と頷いた。

貴賓室にいるのは僕と父上だけでなく、ディアナやカペラ。エレン姉弟、クリスとバルディア家の要人とも言える皆が揃っている。勿論、彼等にも会談の状況に応じて協力してもらうことになるだろう。

皆で雑談やクリスが持っていた『トランプ』をしながら時間を潰していると、貴賓室のドアがノックされる。父上が返事をすると、「失礼致します」とドアが開かれレナルーテの兵士の声が部屋に響いた。

「エリアス陛下が、ご到着しました。ライナー様とリッド様、会談を行う部屋にご案内致します」

「うむ。行くぞ、リッド」

「はい、父上。じゃあ皆、行ってくるね」

貴賓室に残る面々に向かって微笑み掛けたその時、クリスが「ご武運を」と綺麗な所作で会釈する。「ありがとう」と答えるとディアナとカペラを引き連れ、父上の後を追い貴賓室を後にする。そして、ファラの父親でありレナルーテの国王、エリアス王が待つ部屋に意気揚々と向かうのであった。

ちなみに、『トランプ』は『ババ抜き』をしていたのだけど、何故か僕とアレックスばかりが負けてしまう。挙句、僕とアレックスだけしかいない状態にもかかわらず『ババ』が連続で二人の間を行き交いする珍事が起きた時は、貴賓室が大爆笑に包まれた。まぁ、おかげで緊張は解れたけどね。

◇

「エリアス陛下、ライナー様とリッド様をお連れ致しました」

案内をしてくれていた兵士が部屋の前でハキハキとした声を張り上げると、すぐに返事が聞こえ、ドアがゆっくりと開かれる。部屋の中には、エリアス王とザック。それに、初めて会うダークエルフの男性が待っていた。彼は灰色の髪と緑の瞳に眼鏡を掛けており、文官という印象だ。

僕達が部屋に入ると、兵士がゆっくりとドアを閉じつつ退室する。室内には、バルディア領からは父上と僕、ディアナとカペラ。レナルーテ側は、エリアス王とザックに加えダークエルフ男性という状況だ。それから程なくして、エリアス王が口元を緩めた。

「久しぶりだな、ライナー殿」

「ご無沙汰しております、エリアス陛下。この度は、会談に応じていただき感謝致します」

父上が丁寧に会釈をすると、エリアス王は「うむ」と相槌を打つ。

「何やら、素晴らしいものを婿殿《むこどの》が中心となり発明。さらに、今後のことで我が国と話したいことがあると言われれば当然のことだ。さぁ、席に着きたまえ」

エリアス王に促されるままに気品ある椅子に座ると、ザックがこの場にいる全員にお茶を用意してくれた。お茶が全員に配られると、エリアス王がこちらを見据える。

「婿殿も息災《そくさい》であったかな」

「はい。『御父上』もお元気そうで何よりです」

あえて、『御父上』と呼んで微笑んだ。帝国の書類上において、エリアス王はすでに僕の義理の父親……つまり『義父』になっているので『御父上』と呼んだのである。エリアス王は虚を突かれたらしく、一瞬唖然とするがすぐに大声で笑い始めた。

「はは……そうであったな。書類上ではファラと婿殿はすでに婚姻している。なるほど、そうであれば私は婿殿の義父で間違いない。ライナー殿とはすでに親類になるわけだ。ならば、言葉遣いにも遠慮はいらん。互いに、余計な気遣いなく話そうぞ」

エリアス王はひとしきり笑った後、さも楽しそうに言った。しかし、彼の隣に控えていたダークエルフの男性が進言する。

「エリアス陛下、お気持ちはわかります。ですが、仮にも国同士のやりとりでございます。親しき中にも礼儀ありかと」

「オルトロス……進言は有り難い。しかし、ライナー殿や婿殿には特別いらぬ心配だ。そのような言葉こそ、失礼にあたるぞ」

オルトロスと呼ばれたダークエルフは、エリアス王の諭すような言葉に「……失礼しました」と会釈を行った。それから間もなく、エリアス王が咳払いをする。

「ライナー殿、婿殿、気を悪くしたならお詫びしよう」

「とんでもないことでございます。それだけ、役目を尽くしておられる証拠と存じます。良ければ、そちらの方の事をお伺いしても良いですかな」

父上は会釈をして丁寧に答えると、『オルトロス』と呼ばれていたダークエルフに視線を向けた。

「うむ、紹介が遅れてすまんな。この者は『オルトロス・ランマーク』だ。以前からどうしても、ライナー殿と婿殿に直接会いたいと申しておってな。今回の会談に同席させることにしたのだ」

エリアス王の紹介が終わると、オルトロスは畏まって敬礼する。

「只今、ご紹介に与りました『オルトロス・ランマーク』です。以後、宜しくお願い致します」

口上が終わると、彼とふいに目が合った。オルトロスは一見すると体つきも細く、いかにも文官のような容姿だ。でも、彼の瞳から放たれる『鋭い眼光』に見覚えを感じる。そして、『ランマーク』という名前を聞いて『彼女の姿』が脳裏をよぎった。

「ランマーク……って、まさか、アスナの……？」

オルトロスは眉を顰めると、苦々しく答える。

「……ご想像の通り『アスナ・ランマーク』は私の娘でございます」

この場で初めて会ったダークエルフの男性、『オルトロス・ランマーク』。彼がアスナの父親ということにも驚いたけれど、その手をよく見ると普通の文官には見られない武具を長年扱った形跡があることに気付いた。おそらく、オルトロスもかなりの武芸者なのだろう。

しかし、彼の表情から察するに、アスナとオルトロスの関係はあまり良くないのかも知れない。この件については、今は触れないでおこうと考え、平静を装いながら頷いた。

「そうだったんですね。ファラの専属護衛であるアスナのご家族に会えたこと。大変、嬉しく存じます」

「こちらこそ、直接ご挨拶できたこと。嬉しく存じます」

そのやり取りを見ていたザックが、補足するように語り始める。

「オルトロス殿……いえ、ランマーク家はレナルーテの中でも武家として由緒正しき御家柄でございます。それ故、アスナ殿のような武人が出たのも当然でございましょう。オルトロス殿は、ランマーク家を守る為、昨今は『文官』として国の為に今は勤めていらっしゃる方でございます」

彼はにこやかに淡々と言うが、対してオルトロスは忌々し気な表情を浮かべている。その様子を

見る限り、二人の関係にも何か裏がありそうな感じだ。

「へぇ、そうなんですね。今後ともよろしくお願いします」

そう言ってオルトロスに手を差し出すと、彼は怪しく目を細めてその手を握る……少し痛い程に。彼の目に嫌な感じを受け、密かに魔法の『電界』を使用して気配を探ると、彼が抱いている黒い感情はまさに憎悪だった。だけど、身に覚えがないんだけどなぁ。

「挨拶はその辺で良いだろう。では、そろそろ会談を始めようか」

「承知しました。御父上」

握手を終えて会談の席に座ると、エリアス王はザックから封筒を受け取る。そして、静かに机の上に置くと怪しく口元を緩めた。

「ライナー殿。頂いたこの親書には、婿殿を中心に発明された製品を我が国と有効活用したいとある。特に……『木炭車』なるものは非常に興味深い。早速話を聞かせてもらえるかな？」

「承知しました。しかし、『木炭車』を含め利用方法を考えたのは我が息子でございます。従いまして、リッドに説明をさせたく存じますが……よろしいでしょうか」

「うむ。では、婿殿にお願いしよう」

二人の会話から流れるように皆の視線が僕に集中する。「あはは……」と頬を掻くと、咳払いをしてスッと会釈した。

「承知しました。それでは僭越ながら、ご説明させていただきます」

そう言うと、木炭車の可能性を丁寧に語り始めた。木炭車は馬車のよりも大きい荷台を牽引することが可能であり、一度の輸送で運べる量を増やすことが可能であること。動力が『馬』から『木炭を使った内燃機関』となり、馬が必要なくなることで維持経費の削減。さらに、運転手を二人と燃料さえ用意すれば持続的な輸送が可能だ。その物量は、レナルーテとバルディア領の発展に大いに貢献できるだろう。

問題があるとすれば『道の整備』と『木炭の補給所』だが、『道の整備』はバルディア第二騎士団の分隊を派遣すれば施工できる。木炭に関しても、バルディア領で大量生産が可能な状況がある為、補給は持続的に可能だ。

説明がある程度進むと、エリアス王を含め彼等は平静を装っているが、その瞳には興味と驚きの色が満ちていた。その中、オルトロスがおもむろに挙手をする。

「リッド殿。確かに、木炭車の可能性は素晴らしい。しかし、仮に道が整備できたとして、本当にそれだけの移動速度による輸送が可能になるものでしょうか。にわかには信じられません」

彼が少し挑発するように意見を述べると、少しだけど父上の眉がピクリと動いた。

「はい、オルトロスさんの疑問は当然だと思います。しかし、私達は今日の早朝に、我が父であるライナーが運転する木炭車でバルディア領の屋敷を出発。そして、皆様よりも早くここに到着しました」

「な……⁉」

あえて目を細めて答えると、オルトロスは目を丸くした。木炭車で当日の早朝に出発したにもかかわらず、この会談会場にかなり早い段階で到着していたことに驚いたのだろう。

バルディア領から馬車での早朝出発だと、今回の会談場所に開始時刻までに着くのはまず不可能だ。だけど、『木炭車』であればそれが可能だと実演したわけである。オルトロスとのやり取りにエリアス王が「なるほど」と感嘆するように頷いた。

「木炭車による馬車以上の速度かつ輸送量により、バルディアとレナルーテを繋ぐ流通網の効率化と貿易量の増加が可能になるということだな？」

「はい、仰る通りです。しかし、それだけではありません。私はこの機にバルディア領とレナルーテにおいて『特別辺境自由貿易協定』を締結したいと存じます」

今回の会談で最も重要と言える『特別辺境自由貿易協定』を満を持して提言。エリアス王を含め、彼等は聞き慣れない言葉に首を傾け顔を見合せる。やがて、エリアス王が怪訝な表情を浮かべた。

「婿殿……すまんが、『特別辺境自由貿易協定』とはどういうものになるのかね」

「はい。その点についても詳しく説明させていただきます。ディアナ、資料をお願い」

「承知しました」と彼女は敬礼すると、手早く彼等全員に予め用意していた資料を配布する。資料が彼等の手に渡ると、再び口火を切った。

「では、資料に沿って『特別辺境自由貿易協定』についてお話しいたします」

『特別辺境自由貿易協定』というのは、前世で有名だった『ヒト・モノ・カネ』の移動の自由化と円滑化を図り、経済関係強化と発展を図る『自由貿易協定』を参考にしている。帝国とレナルーテにおいて、『カネ』に関してはまだ難しいけれど『ヒト・モノ』は現状でも可能だ。

通常、貿易は『関税』を各国によって『商品』ごとに細かく決められているが、これは自国の商品価値を守る措置である。例えば、米を生産する国が他国から米を輸入する場合で考えると、他国の米が自国で生産した米より安価で味も変わらない。

そうなれば、自然と米を安い他国から買うようになってしまう。安く米が買えることだけで考えれば、短期的には良いことかも知れない。しかし、長い目で見れば自国の生産力が落ち、他国から輸入出来なくなった時、国は米不足に陥る危険性が出てくる。それを未然に防ぐ為、安価な他国の米に『関税』を掛け金額（価値）を調整、輸入量の調整を行うわけだが、これはほんの一例である。

年間輸入量の調整における品目と種類は多岐に渡り、貿易には複雑で様々な仕組みがあるわけだ。レナルーテとマグノリア帝国も国が違う為、関税や通行税などが設定されている。だけど、物量の関係もあり、まだ前世の記憶にある世界のように細かくはない。

そして、幸いなことにバルディア領とレナルーテは様々な文化が違う為、貿易を行う際に重なる商品がほとんどないのである。例を挙げれば、マグノリア帝国の主食は『小麦』だけど、レナルーテの主食は『米』だ。

正直、レナルーテは様々な原料の宝庫であり、取引量を『木炭車』を使い大幅に増やしたいと考えていたのだが、そこで問題となるのが『関税』だった。

現状は『ノリス』の一件で、父上が交渉を行いレナルーテとの取引はバルディア有利の良い条件の状況ではある。尻の毛まで抜いたと言ってもいいかもしれないけど。

そして、今回の提案内容はさらに一歩進んで、関税のほぼ撤廃と言って良いものだ。概要の説明がある程度終わると、エリアス王が難しい表情で自身の顎を触る。

「ふむ。今までに聞いたことの無い発想であり、非常に面白い話ではある。しかし、婿殿。関税撤廃となると、我が国としては税による収入が落ちるだけだ。それも、マグノリア帝国全体となれば我らの損失が大きすぎる」

「はい。まさにご指摘の通りでございます。それ故、『特別辺境自由貿易協定』という名前がある通り、この優遇処置はバルディア領とレナルーテのみに適用されます。それに遅かれ早かれ、関税撤廃の話は帝都の中央貴族達からもいずれ働きかけがあることでしょう」

目を細めて父上に視線を向けると、エリアス王と彼等は訝し気に眉を顰めた。

「ライナー殿、婿殿の言葉はどういう意味かな」

「言葉通りです、エリアス陛下。帝都の中央貴族達から、レナルーテと帝国の関税を帝国優位に変更。もしくは撤廃をさせようという話が出始めております。おそらく、ファラ王女がバルディア領に嫁いだ後ぐらいより、何かしらの動きがあるでしょうな」

父上の冷静な答えを聞くと、オルトロスが顔を顰めて声を荒らげた。

「関税を帝国優位に変更もしくは撤廃だと……そんな馬鹿な話があるか。それに帝国の動きが仮に本当だった場合、今の話は『交渉』ではなく『脅し』ではないか⁉」

彼は目の前の机を激しく叩き、父上に鋭い眼差しを向ける。室内の空気が張り詰める中、父上に代わり僕が淡々と答えた。

「オルトロス殿の気持ちもわかります。しかし、貴国は残念ながら帝国に逆らえない立場にあるのです。それに、今回の話は『脅し』ではありません。レナルーテが帝都の中央貴族達に従うのか、バルディア家と手を組むのかという『選択』の話です」

「……選択だと」と彼は眉をピクリとさせる。やがて、エリアス王が鋭い眼光をこちらに放つ。

「婿殿。それはつまり、帝都の中央貴族から無理難題を押し付けられる前に、バルディア領と協定を結んでおくということかな」

「仰る通りです、御父上」

あえて満面の笑みを浮かべて頷き、次いで現状と今後を語った。

帝都の中央貴族達は、レナルーテの価値を過小評価していると以前から感じていた。でもだからこそ、その過小評価を利用する事にしたのだ。

ファラ王女との婚姻に伴い、バルディア家とレナルーテの間で特別な貿易協定を作成したいと、駄目元でも良いから帝都で一度打診してほしいと父上に相談。その結果、中央貴族達は案の定『田舎者同士で好きにすれば良い』という決定を下したのである。ちなみに、皇帝陛下には父上が根回し済みだ。

中央貴族達は木炭車やバルディア第二騎士団の存在をまだ知らない。その為、ここでバルディア領とレナルーテが『協定』を結ぶことが出来れば、帝都の中央貴族達を出し抜くことも可能になるというわけだ。エリアス王を真っすぐ見据え、言葉を続ける。

「勿論、それだけではありません。貴国とバルディア領が協定を結び、関税を撤廃、緩和をした際には、木炭車により今までとは比べものにならない程の物流が生まれ、観光業も栄えるでしょう。

そして、レナルーテで仕入れた原料をバルディア領で様々な商品に加工。帝国内に販売することも考えています」

熱くも淡々と語る内、この場の皆の注目が集まるのを感じた。そして、その勢いのまま、さらに言葉を続けていく。

「今回の協定が、バルディア領とレナルーテの発展に大きく貢献することは間違いありません。そして、妻である『ファラ』の祖国をないがしろにするようなことは決して致しません。どうか、『特別辺境自由貿易協定』の締結をお願い致します」

説明が終わると、部屋にはしばし静寂が訪れる。エリアス王は目を瞑り、腕を組んだまま思案していたが、やがておもむろに目を開けた。

「……木炭車、懐中時計の開発と人材育成。そして、『特別辺境自由貿易協定』か。婿殿が考えることは本当に『型破り』なことばかりだ。しかし、故に面白い。良いだろう、詳細は詰めねばならんが、バルディア領と協定を結ぶことを前提に私も考えよう」

「……！　エリアス陛下、ありがとうございます」

思わずペコリと一礼すると、彼は苦笑した。

「はは、御父上でよいよい。それにしても、我が娘の婿殿は将来が楽しみだ」

エリアス王はそう言うと、しばし豪快な笑い声を上げるのであった。

◇

『特別辺境自由貿易協定』に、エリアス王は締結を前提に考えると言った後、彼は破顔して豪快に笑っている。その様子に、ザックが呆れた様子で咳払いをした。

「陛下。いささか……笑い過ぎです」

「む、そうか」

エリアス王は厳格な表情に戻るが、雰囲気は明るいままだ。その中、オルトロスが眉を顰めてこちらを横目で一瞥する。

「エリアス陛下。恐れながら申し上げます。『特別辺境自由貿易協定』の件、もう少し慎重に動くべきだと存じます。確かに、リッド殿が開発した木炭車。今後の可能性は素晴らしいかもしれません。しかし、関税や通行税を減らすことは国の減収だけではなく、質の悪い商人や冒険者が入り込む原因にもなります」

彼の指摘もあながち間違ってはいない。関税や通行税を無くすということは、良くも悪くもそれだけ人が集まりやすくなる。経済活性化に繋がるのは事実だが、治安悪化の懸念は当然で欠点にも成り得る部分だ。だが、エリアス王は肩を竦め、やれやれと首を横に振った。

「オルトロス、お前の心配もわかる。だがな……ファラがバルディア領に嫁いだ後、帝都の中央貴族達が動き出す。という情報を得た以上、婿殿が言ったようにこれは『選択』の問題だ。友好的な『婿殿』を選ぶのか。無理難題を言ってくる『中央貴族』を選ぶのかというな」

「ですが……」

オルトロスは得心がいかないらしく、眉を顰めたまま噛みつこうとしている。その時、ザックが会話に割って入った。

「オルトロス殿……貴殿が武官から文官の仕事を始める時に手助けを行った『ノリス』。彼の失態をよくご存じでしょう。その結果、レナルーテとバルディア領における通行税と関税の見直しが行われ、我が国の税収は限りなく低いのです。故に、『特別辺境自由貿易協定』を締結したとしても影響は少ないでしょう」

「ぐぅ……それは、そうかもしれませんが」

鋭い指摘が『痛恨の一撃』と言わんばかりに、彼は苦虫を噛み潰したような表情を浮かべている。同時に、何故オルトロスが僕に憎悪を抱いているのか理由を察した。

ノリスこと『ノリス・タムースカ』は、レナルーテとマグノリア帝国の同盟。実質は属国という密約に不満を抱き、ファラとの婚姻を阻止しようとした人物だ。しかし、彼が起こした行動は失敗に終わり失脚。最終的には断罪されたと聞いている。一連の出来事を思い返しつつ、あえて微笑むと探るように尋ねた。

「オルトロス殿は『ノリス一派』のご出身なんですね」

案の定、彼はさらに表情を曇らせる。

「一派ではありません。私が『文官』の仕事を始める時、ノリス殿に多少助力をしてもらっただけです。ノリス殿の意図は今となってはわかりませんが、私は彼の一派に所属したつもりはありません」

すると、ザックが補足するように切り出した。

「オルトロス殿は、以前は武官を務め、今は文官をしておりダークエルフとしては年齢もまだ若い。それ故、私の下で仕事を学んでいただいているのですよ」

ザックとオルトロスの言葉。そして、今までのやりとりから、オルトロスの立ち位置がわかったような気がした。

彼は武官の立場ではあったが、何かしらの意図で文官の仕事も手掛けるようになった。その時、手を貸したのがノリスだったのだろう。オルトロスがノリス一派だったかどうかは不明だけど、少なからずザックの下にいるということは『白』に近いということは想像できる。でも、ノリスと関わっていた事実から、オルトロスはザックに弱みでも握られているのかもしれない。

カペラからザックの性格や立場を聞いている身として、失礼にあたるかもしれないけど彼に少し同情してしまった。

「それは……オルトロス殿も大変でしょう」

「……大変ということはありません。やりがいのある職務と思っております」

彼は一瞬だけ目を丸くするが、すぐに苦々しい顔に戻る。突然その時、エリアス王が豪快に笑い出した。

「オルトロスよ、婿殿を甘く見たな。お前の立場はすでに見抜かれたようだぞ。まぁ、それより、ザックの言う通り『特別辺境自由貿易協定』を締結したところで影響はほとんどない。現状では、断る理由はないだろう。それに、物流が増えるということはそれだけ国が潤うことでもある。婿殿、そういう認識で良いのだろう？」

その問い掛けに「御父様の仰る通りです」と目を細めて頷いた。

「通行税と関税を無くせば、聡い商人達はバルディア領とレナルーテに必ず集まります。そこに、木炭車の物量が加われば『モノ・ヒト・カネ』が大量に動くでしょう。税収は、その動きによって商人達が儲けた金額から徴収すれば良いのです」

「うむ。我が国としても、その方が増収につながるだろう。しかし、オルトロスの言うように治安悪化の可能性は議論せねばならんな」

難しい顔を浮かべたエリアス王は、背もたれに背中を預けて考え込むように頬杖を突く。その中、予め考えていた新たな提案の口火を切る。

「治安について、私に一つ考えがあります。バルディア領とレナルーテで行き来を簡略化する為、より信頼性の高い身分証となる『商業査証』と『通行査証』を作成、発行するのはどうでしょうか?」

「……あまり聞かぬ名だが『商業査証』とはどういったものを指しているのか、説明してもらえるかな?」

「はい。御父上」

そう言って畏まると、『特別辺境自由貿易協定』と関連する二種類の『査証』について語り始める。

『商業査証』とは前世の記憶にある『就労ビザ』のようなものであり、『通行査証』とは国外における身分証。前世で言うところの『パスポート』になるものだ。

この世界では、各国ごとに商業ギルドや冒険者ギルドがある。そういったギルドと連携して、信用できる商会や人物の身元を保証できる二種類の『査証』を発行。目的に応じた二種類の査証を事前に発行しておくことで、レナルーテとバルディア領の行き交いをある程度簡略化してしまおうというわけだ。

これが実現できれば査証を持つ商人や旅行客の動きは円滑にでき、査証を持たない者だけ厳しく取り締まれるようになる。勿論、『査証』の審査や管理は厳重に行い、不正行為を働けばかなり重い罰則を科すようにすれば良い。説明があらかた終わると、エリアス王や彼等は何とも言えない表情を浮かべていた。どうしたのだろうか？　と思わず小首を傾げる。

「あの……何か、わかりにくい部分があったでしょうか……？」

それから少しの間を置いて、エリアス王が表情を崩して肩を竦めた。

「いや……婿殿が考えることに驚愕していただけだ、他意はない。しかし、ライナー殿。貴殿の息子は本当に末恐ろしいものだな」

「恐縮です、エリアス陛下。私自身、息子の考える事にはいつも驚かされてばかりです。時折、手綱を緩めると我々を振り落とそうとするのが玉に瑕《きず》ですが……」

父上はそう言って、『やれやれ』と首を横に振った。すると、会談の場にいる皆の目が僕に注がれる。一瞬呆気に取られるが、すぐにハッとして頬を膨らませた。

「父上……その言い方は、少し失礼ではありませんか？」

「いや……事実だろう」

すると、この場にいる皆は僕の顔を見て「ふふ」と忍び笑った。

◇

その後、今回の会談における主な目的であった『特別辺境自由貿易協定』の締結。そして、『商業・通行査証』の概要をまとめる為、クリスとエレンにも途中から会談に参加してもらった。

彼女達を加えた会談では、商会や木炭車を開発した技術者の目線での説明や意見も出され、協定と査証発行の実現に向けたより現実的な話し合いとなる。やがて、補足説明を終えたクリスとエレンの二人は退室。

クリス達の補足説明や意見を参考にしつつ、再び僕達だけで行われた会談は想像以上に白熱する。だけどその結果、エリアス王、ザック、オルトロスの三名は『特別辺境自由貿易協定』と『商業・通行査証』について合意と締結を改めて約束してくれた。

こうして協定と査証の議論が落ち着くと、僕と父上に目配せを行った。そして、満を持して机の上に数個の『錠剤』を置いた。

「おそらく、これはレナルーテとバルディア領の間で最も重要な『商品』となるでしょう」

「……最も重要な商品。ここにきてまだ隠し玉とはな。それで婿殿、この商品は何かね」

エリアス王は机に置かれた錠剤を不思議そうに見つめている。あえて目を細めると、新たな口火を切った。

「この錠剤は『魔力回復薬』です」

商品名を伝えると、エリアス王とザック達はギョッとして目の色が変わる。すると、ザックが訝しむようにこちらを見据えた。

「リッド殿。これは、本当に『魔力回復薬』なのでしょうか？　もしそうであれば、世界に激震が走ることになります」

さすがの彼も、これには首を捻っており懐疑的な物言いだ。オルトロスも同意するように頷いた。

「ザック殿の言う通りです。どの国においても『魔力回復薬』の開発をしようとしている現状をご存じでしょう。それらを出し抜き、バルディア領が単独で開発を成功させるとは、にわかには信じられません」

「ザックとオルトロスの言う通りだ。失礼だが、ライナー殿。婿殿の言うことは本当なのか？」

エリアス王も先の二人同様、半信半疑で眉を顰めている。しかし、父上は三人から向けられる視線に動じることなく、冷静かつ淡々と答えた。

「はい。この場において、偽りを申し上げる必要はありません。息子、リッドの言う言葉はすべて事実です。私も把握しておりますこと故、ご安心ください」

「なんと……」

一様に目を丸くした彼等の視線が注がれると、畏まりながら白い歯を見せた。

「御父上に初めてお会いした時、婚姻後に様々な考えがあると申した通りでございます。しかし、とある事情により、この薬はまだ公にはできません」

「ふむ。確かにそのようなことを申していたな。しかし、公にできないある事情とはなんだね？」

「はい。それではご説明致します」

そう言うと、『魔力回復薬』を開発した経緯に加え、母上が現在治療中であること。そして、レナルーテにある『ルーテ草』が『魔力枯渇症』の治療薬になることを伝えた。

エリアス王は、「ふむ……」と意味深長な面持ちで相槌を打つが、何も言わずに黙って話を聞いてくれている。

ここで、さらに新たな提案を行った。レナルーテの土地をバルディア領が借りて、魔力回復薬と魔力枯渇症の研究所を設立させることだ。勿論、研究所の設立費用はバルディア領が支出する。

魔力回復薬の原料の栽培は、レナルーテでしか成功していない。つまり、『魔力回復薬』を大量生産する為にはレナルーテ側の協力は必要不可欠ということだ。

『魔力枯渇症』の治療薬に関しても、原料の『ルーテ草』が手に入りやすいレナルーテで研究を行う方が、成果も期待できるだろう。

既に行われた会談の中で、バルディアとの国境地点からレナルーテの首都まで『道路整備の施工』も受注できた。つまり近い将来、木炭車による『人の移動』と『物の移送』も迅速に可能となるわけだ。状況と今後の展望を語り終えると、オルトロスが難しい表情を浮かべる。

「リッド殿のお考えが素晴らしいことはわかりました。ですが、我が国に技術提供を行い、後は我らに任せていただいても良いのではないでしょうか？」

僕は首を横に振ると、睨むように目を光らせた。

「それはできない相談です。この技術は、私が大切な人とバルディア領を守るため、様々な人と知恵を出し合って得た物です。おいそれと渡すわけには参りません」

「しかし……」

オルトロスは、『魔力回復薬』と『魔力枯渇症』という可能性を秘めた商材を出されたせいか、少し鼻息が荒いように感じる。エリアス王やザックも、彼を止める気配はない。

こちらがどう出るのか様子見をしているのだろう。エリアス王とザックを横目で一瞥すると、食い下がるオルトロスに向かって強い口調で答えた。

「自国に特大の利益をもたらす可能性のある技術。それを目の前にしたオルトロス殿のお気持ちも……わからないではありません」

「それでしたら……」

彼が少し安堵したような表情を見せるが、僕は首を横に振った。

「しかし……この技術を貴国が持っている事を帝国の中央貴族が知れば、必ず欲する事でしょう。その時、貴国は断れる立場にはありません。従いまして、技術はあくまでもバルディア家が管理するべきです。表向き、レナルーテはバルディア家に土地を貸しているだけ……という方法が技術保持。そして、貴国の利益を考えても一番良いと存じます」

今までと違う威圧するような強い口調で言った言葉に気圧されたのか、オルトロスは難しい顔のまま黙ってしまった。しばし、部屋の中に静寂が訪れる。それから程なくして、エリアス王が険しい表情のまま「ふぅ」と深く息を吐く。

「我が国の『レナルーテ草』に、まさかそのような効能があるとはな。『魔力回復薬』の原料を我が国の土地を使い栽培する……か。よかろう、その件も認めよう」

「陛下、よろしいのですか⁉」

驚きの声を上げたのはオルトロスだ。彼を横目で一瞥したエリアス王は、「うむ。構わん」と頷いた。

「そもそもの話、婿殿から情報が無ければ『レナルーテ草』の価値にも我らは気付いておらん。魔力回復薬にしてもそうだ。むしろ、関われるだけ儲けものだろう。その上、婿殿の母であるナナリー殿の命にも関わる問題だ。バルディア家を……婿殿を敵に回すような真似はしてはならん。オルトロス、ザック……良いな」

「承知しました」

その言葉を聞くと、二人は畏まって一礼する。一連の流れを見届けると、僕もペコリと頭を下げた。

「ご配慮、感謝致します」

「よいよい、気にするな。婿殿は娘の夫であり、私の義理の息子でもある。当然のことだ。これからも、何かあれば話を聞こう」

エリアス王がそう言って目尻を下げると、それに答えるように僕は目を細めた。

「ありがとうございます、御父上」

こうして、レナルーテとの会談が無事に終わった。その後は場所を変え、バルディア第二騎士団の子達による魔法の実演と木炭車の試乗を実施。また、騎士団の子達が魔法を扱えるようになった経緯、木炭車の仕組みも簡単に案内した。

エリアス王やザック達は様々な説明を興味深そうに聞いていたけれど、特に魔法の『教育課程』について興味を持った感じだ。いずれ、留学生としてダークエルフの子供達を受け入れるのも面白いかもしれないな。そんな事を思いつつ案内と説明で時間は過ぎていき、気付けばバルディアに帰る時刻となった。

「御父上、今日は良い会談となったこと、心から御礼申し上げます」

別れの挨拶を述べてペコリと一礼すると、エリアス王は笑みを溢しながら首を軽く振った。

「婿殿、そう硬くならなくて良い。あと、ファラもここに来たいと言っていたのだが、エルティアから会談に連れて行くべきではないと反対されたのでな」

「あ……そうだったんですね」

その答えを聞き、少し俯いてシュンとなる。今日は久しぶりにファラに会えるかも、という期待があったからだ。ずっと続けている手紙のやり取りで、今回行う会談のことも事前には伝えている。でも、ファラにも立場があるし、会えなかったのは残念だけど仕方がない。

気持ちを切り替えて顔を上げると、彼女に手渡しする予定だったバルディア家の紋章が彫られた小さい木箱をエリアス王に差し出した。

「あの、御父上。これを、ファラに渡してもらえませんか」

「うん？　わかった、預かろう。しかし、念の為に中身を聞いても良いかな？」

少しだけ顔が熱くなるのを感じたけれど、誤魔化すように頬を掻いた。

「あはは……その、会談の中でも話題に出たバルディアで開発した『懐中時計』です」

「ほう……」

エリアス王は木箱を受け取ると、ニヤリと口元を緩めた。

「それは娘も喜ぶだろう。しかし、次は『私の分』も用意してほしいものだな」

「あ……⁉　す、すみません。御父上にお渡しできる程の立派な造りは、今回の会談までに間に合わなかったもので……申し訳ありません」

慌てて頭を下げて謝罪すると、すぐに豪快な笑い声が聞こえてきた。首を傾げて顔を上げると、彼はご満悦な表情を浮かべていた。

「はは、冗談だ。ファラには間違いなく渡しておこう。ではな、婿殿」

エリアス王はそう言うと、笑いながら踵を返してその場を後にする。

や、やられた……と、呆然としていたその時、傍に控えていたカペラが一通の手紙を差し出した。

「リッド様。恐れ入りますが、こちらの手紙をザック殿に渡してきてもよろしいでしょうか。気になるようでしたら、中身を改めていただいても構いません」

「え、うん。別に良いけど……一応、中身を見せてもらうね」

手紙の封を開け、失礼ながら読ませてもらうが特に不審な点はない。主な内容はカペラとエレンが熱々であり、最近結婚した事が書かれている。二人の惚気ばかりで、読んでいるこちらが気恥ずかしくなってきた。しかし、これをカペラが書いたのかと思うと、意外な一面を見た感じがするな。

読み終えると、半ば呆れ顔でその手紙をカペラに返した。

「手紙を見せてくれてありがとう。それにしても、カペラって割と情熱的なんだね」

軽く言ったつもりだったんだけど、彼は考えるように俯いてしまった。やがて、木炭車の近くで作業をしているエレンに目をやったカペラは、「ふむ……」とほくそ笑んだ。

「確かに、言われてみればそうかもしれません。結婚を申し込んだのにもかかわらず、エレンさんを見ていると……こう、何と言いますか。そう、独占欲が湧いてくるんです。ふふ……私にもこんな感情があったのだと驚いておりますよ」

「そ、そうなんだ。まぁ、二人が幸せなら良かったよ」

カペラの言葉はちょっと意味が違う気がするけれど、深くは突っ込まないことにした。何にせよ、カペラとエレンの二人が幸せならそれで良いと思う。

手紙に関しては、カペラやザックでしかわからない暗号とかあるかも知れないけど。まぁ、大丈夫だろう。

許可を得たカペラは、早々にザックの元に移動して手紙を渡した。それから二人で何やら話した後、ザックが目を丸くして唖然とする。その様子を遠巻きに見ていた僕は、「ザックでもあんな表情をすることあるんだなぁ……」と一人呟くのであった。

新屋敷

「はぁ……ありがたいことだけど、書類の量が増えてない？」

「ふふ、第二騎士団の活躍の賜物でございます」

「ディアナさんの仰る通り、良い傾向だと存じます」

書類仕事をしながらため息を吐くと、手伝ってくれていたディアナとカペラが目を細めて答えてくれた。
宿舎の執務室で事務仕事をしているけれど、次から次にやってくる書類の量が多すぎて僕は頭を抱えていた。カペラと鼠人族の子達が事前確認をある程度した上で、この書類の山だ。皆の助力がないとゾッとする。

レナルーテとの会談が無事に終わると、バルディア第二騎士団はより忙しくなっていた。その理由は明白で、国境地点からレナルーテの首都に続く道路整備する事業を受注したからだ。

第二騎士団は、領内とレナルーテの道路整備する分隊にそれぞれ分かれており、同時進行で施工を進めている。併せて、クリス率いるクリスティ商会によって木炭車の燃料補給所の整備も順調だ。

道路整備だけではなく、様々な部分で第二騎士団は目覚ましい活躍を上げており、領内における領民達からの依頼も多い。その結果が、目の前に高く積まれた書類というわけだ。

まぁ、愚痴を言っていてもしょうがない。この手の事務作業は、前世の会社勤めだった経験が役に立つんだよね。目の前にある書類を次々に片付け、終わりが見えてきたその時、ディアナがスッと一枚の書類を差し出した。

何の書類かな？　小首を傾げて受け取った書類の確認をすると、ハッとした。
「ディアナ……これ、本当？」
「はい、間違いございません。新しいお屋敷が間もなく完成するとのことで、リッド様に是非ご覧頂きたいということです」
彼女はニコリと笑った。そう、ディアナが差し出した書類は、「建設中の新屋敷が完成間近であり、一度確認に来てほしい」という内容のものだ。

やっとファラを迎える準備が整ったと思うと、胸が高鳴り顔が綻ぶ。僕の妻となる『ファラ・レナルーテ』は、レナルーテの王族に連なるダークエルフのお姫様だ。

マグノリア帝国とレナルーテ王国が同盟を締結する際に交わされた密約により、彼女は生まれてすぐに帝国の皇族もしくは次位の貴族の下に『人質』として嫁ぐことが決められた。

国同士の繋がりによって運命に翻弄されたファラは、様々な思惑が絡み合った結果、奇しくも断罪の運命に立ち向かっている僕と婚姻することになったのだ。しかし、ファラと婚姻する情報は前世の記憶には無い。

だけど、彼女を……ファラを妻として迎えられることを、とても嬉しく思っていた。彼女の魅力に惹かれていることも大きいけれど、ファラとの婚姻が決定以降、バルディア領とレナルーテはより一層友好的になっている。その結果、交易の取引量は以前より大幅に増えているのだ。勿論、クリスティ商会の活躍も大きいとは思うけどね。

先日行われた会談で締結が約束された『特別辺境自由貿易協定』。これについても、バルディアとレナルーテの物流が大きく増えていることが判断材料の一つになっていた。

ファラとの婚姻は、結果的だけど様々な福を招いてくれている。さすが、母上がお気に入りの『招福のファラ』といったところだろう。

彼女の『招福』の由来は、感情に応じて耳が動いてしまうことに起因している。実は、耳が動くダークエルフは珍しい為、幸運を呼び込む『招福の象徴』として喜ばれるそうだ。ファラ本人はこの事を秘密にしているみたいだから、知らないふりをしているんだけどね。彼女に思いを馳せると、表情を引き締めた。

「よし、さっさと終わらせて新屋敷を見に行こう」

そう言ってやる気を露わにすると、仕事をさっさと終わらせるべく張り切るのであった。

◇

事務仕事を終わらせると、皆と一緒に建設中の新屋敷に向かった。そして、目の前に聳《そび》え立つ屋敷をまじまじと見つめた。

「改めて見ると、やっぱり大きいね」

感嘆の声を漏らすと、傍にいたディアナが反応して会釈する。

「はい。ファラ様は王族故に、迎える為にはある程度の大きさは必要かと存じます」

すると、彼女の言葉にカペラが補足するように続いた。

「リッド様とファラ様の両名が過ごしやすいよう、レナルーテとマグノリアの文化を組み合わせている部分も多くございます。お屋敷が想定より大きくなったのは、その点もあると存じます」

「なるほどねぇ……」

二人はそう言うけれど、新屋敷は想定していたものよりかなりでかい。というのもファラを迎える新屋敷は、今過ごしている本屋敷より敷地も広いし建物自体も大きいのだ。

ここまで大規模になったのはいくつかの要因があるけれど、一番の原因はファラや彼女の専属護

第二騎士団の宿舎イメージ図

1F

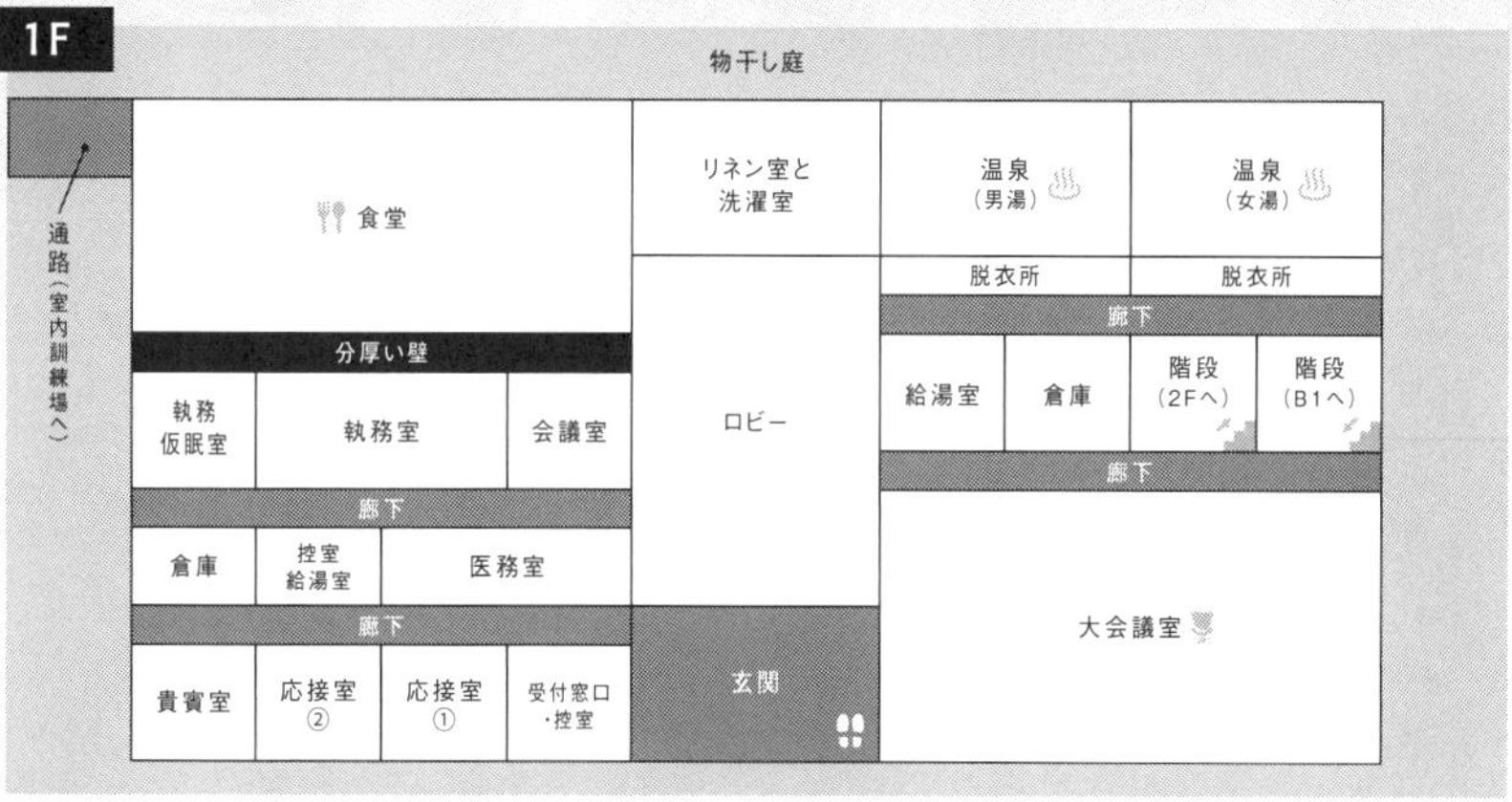

2F

部屋には2段ベッドが2つ。勉強机が4つある。4人一部屋。　第二騎士団に所属する 男の子達 が過ごしている。

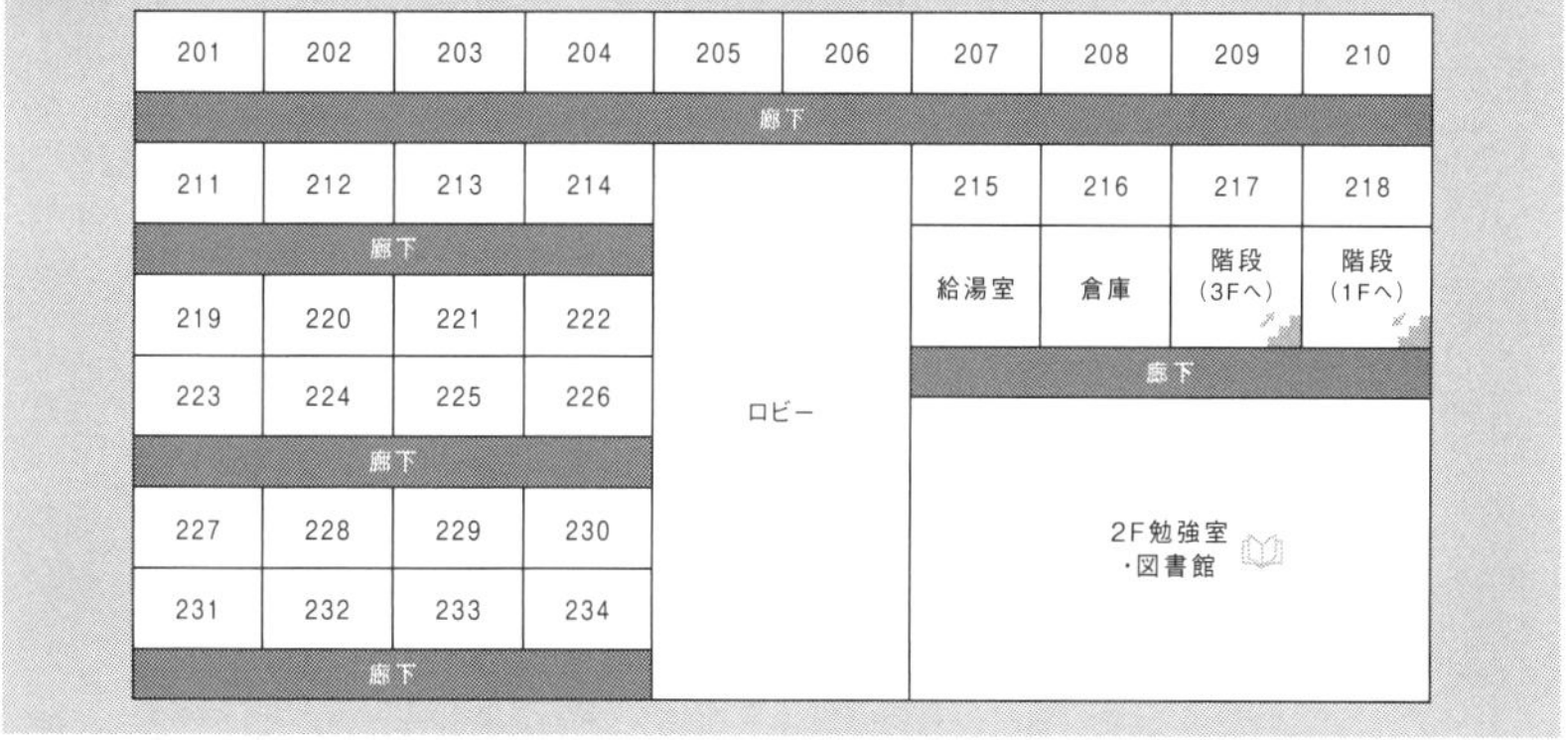

3F

部屋には2段ベッドが2つ。勉強机が4つある。4人一部屋。　第二騎士団に所属する 女の子達 が過ごしている。

衛であるアスナ、他にも屋敷の皆の様々な意見を取り入れた為である。

ファラの要望は、レナルーテの文化的な部屋に加え温泉を新屋敷内に引くことだ。これについてはカペラの協力で『和室』を何室か用意。幸いなことに温泉も建設することができた。

アスナの要望は、何故か屋内訓練場という名の『道場』である。訓練場は元から用意するつもりだったから、名を『道場』と変えて建設することは問題ないだろうと、ダメ元で申請をしたら通ってしまった。その為、新屋敷の敷地内には屋外訓練場と屋内訓練場（道場）が併設されている。

そして、屋敷で働く皆から特に要望の大きかったのが、敷地内にあるメイド達が寝泊まりできる『メイド宿舎兼保育所』だ。これはこの世界において、中々な建物だろう。

独身者が優先はされるけれど、新屋敷で働くメイドであれば誰でも住むことができる上、食堂と温泉も完備。子供がいて働きたい人は、宿舎の中にある『保育所』を利用すれば新屋敷の仕事を辞めずに済む仕組みだ。なお、保育所は騎士団に所属する騎士達の子供も利用可能にしている。すでに子供を保育所に預けることは可能だろうか？　という問い合わせが来ているので関心は高いらしい。

新屋敷とメイド宿舎にある温泉は、クッキーが掘り当てた源泉を引っ張ってきている。なお、エレンにお願いして温泉をより楽しめるよう『ある施設』の概要を説明して設計してもらった。

「……石と木炭ストーブでそんなことをしてどうするんですか？」

彼女は首を傾げていたけれど、父上あたりとか喜ぶと思うんだよね。その後、エレンは新屋敷の設計者、建設している人達と協力して『その施設』をちゃんと完成させたという報告を聞いている。

今から楽しみの一つでもある。新屋敷を外から眺めて感慨に耽《ふけ》っていると、ディアナに声を掛けられた。

「リッド様。そろそろ、お屋敷の中に入ってはいかがでしょうか」

「あ、そうだね。じゃあ、中に入ろうか」

そう言って頷くと、視察を開始する。

新屋敷は様々な要望を詰めていたから、ともかく色々と凄かった。建物は三階建て、屋上や地下室もあり、規模や豪華さも申し分ないだろう。

部屋数も多く和室、洋室は勿論。メイド室や執事用の執務室など働く人の為の部屋も完備。庭の一部は縁側と合わせて日本庭園風の造りになっており、ファラが要望していた『桜』まで用意されている。ちなみに、日本庭園風の部分はレナルーテの文化だ。

最後に視察した場所は、僕とファラが過ごす部屋だった。僕達の部屋は隣同士になっており、部屋の一番奥には互いの部屋を行き来できる『ドア』が用意されている。それぞれの部屋で鍵をかけておくことも可能らしく、緊急時に備えての造りだそうだ。

新屋敷をあちこち見て回ると、時間はあっという間に過ぎてしまったけど、その分しっかりと見ることはできた。そして、新屋敷の中にある執務室を訪れると、一息入れる。

「この新屋敷なら、ファラを迎えるにあたって格式的にも問題なさそうだね」

「はい。マグノリアとレナルーテ、双方の文化をうまく取り入れております。もし、エリアス陛下を始めとしたレナルーテの要人を招いたとしても、全く問題ありません」

カペラはそう答えると、畏まった面持ちでペコリと敬礼する。レナルーテ出身の彼が言うなら、問題はないだろう。いよいよ、ファラを迎える準備も整ったというわけだ。その時、ふとレナルーテで彼女に別れ際に言った言葉を思い出して口元が緩む。

「さてと……やっとファラを迎えに行けるね」

こうして、完成間近となった新屋敷の視察は無事に終わったのである。

◇

新屋敷の視察を行った数日後。僕は本屋敷の執務室に訪れていた。

「父上、お呼びでしょうか」

「うむ。まぁ、座りなさい」

促されるままにソファーに腰を下ろすと、ガルンがすぐに紅茶を用意してくれた。

「ありがとう」

彼はニコリと会釈して控える。そのやり取りの間に、父上は机を挟んだ正面のソファーに腰を下ろした。

「呼んだのは他でもない。お前も知っているとは思うが、新屋敷がほぼ完成したと報告があった」

「はい。いよいよ、ファラを迎える準備が整ったということですね」

ニコリと頷くと、父上は「うむ」と相槌を打った。

「そこでだ。レナルーテ王国に『ファラ・レナルーテ王女』を迎えに行くか。それとも、バルディア領に輿入《こしい》れしてもらうかだが……お前はどうしたい？」

「勿論、ファラを迎えに行きます。約束しましたから」

問いかけに間髪入れずに力強く答えると、父上は少し嬉しそうに表情を崩した。

「わかった。ならば、我等が迎えに行くとレナルーテに親書を出そう」

「ありがとうございます、父上。あと、親書でしたら『木炭車』を使えばより早く届ける事が可能です。どうかお使いください」

『木炭車』の使用を提案して会釈すると、父上は「ふむ……」と思案してから頷いた。

「そうだな。では、親書を送る時に使わせてもらおう」

「承知しました。すぐに手配しておきます」

そう答え、ニコリと目を細めた。木炭車を開発したのは輸送だけでなく、国同士の移動時間も短縮する為でもある。それに、レナルーテとの国境地点まで道路整備と補給所の整備も終わっているから移動に問題もないからね。

国境地点からレナルーテの王都までの道についても、第二騎士団が整備をすでに始めている。第二騎士団の皆も魔法に大分慣れてきたらしく、どの分隊でも作業速度が向上しているみたい。その為、国境地点からレナルーテの王都までの道整備も思いのほか早く終わるかもしれない。その時、ふいに父上が「ところで」と呟いた。

「先日のレナルーテ会談後。すぐに魔力回復薬と魔力枯渇症の研究所の建設が始まったそうだ。勿論、バルディア家の名義だ」

「本当ですか⁉　でも、なんでこんなに早く……それに何故、父上がそのことをご存じなのでしょう？」

目を瞬いた後、思わず首を捻った。レナルーテに建設するバルディア名義の研究所は、母上の魔力枯渇症の完治を目指す為に必要不可欠な施設だ。主な目的は、魔力枯渇症の治療薬を現地で作りバルディア領に輸入する。それと平行して、魔力回復薬の原料となる『月光草』の栽培と量産だ。

エリアス王との会談で早急に必要であることは伝えていたけれど、まさかこんなに早く動き出すなんて思いもしなかった。すると、父上がおもむろに一通の封筒を差し出す。

「エリアス陛下が、自国に戻り次第すぐに動いてくれたようだな。これが、今日届いた親書だ」

「ありがとうございます。拝見いたします」

「うむ」

封筒を受け取り、丁寧に中身の手紙を取り出して目を通していく。

内容は、会談がとても有意義であったこと。そして、母上の治療に関して全面的に協力を行うことが記載されていた。最後は僕宛に『婿殿が用意するであろう、私の懐中時計を楽しみにしている』とある。手紙を読み終えると、「ふぅ……」と力が抜けるように息を吐いた。

「これで、母上の件は一安心できますね」

「そうだな。しかし、リッド。魔力枯渇症の治療薬についての研究をどのように行うつもりだ。さすがにレナルーテで試薬を作り、ナナリーに試すのであれば時間がかかり過ぎるぞ」

父上はそう言うと、眉間に皺を寄せていつもの厳格な表情となる。

今までは原料を輸入後、すぐに新薬を作成して母上に投与するというやり方を行っていた。その為、レナルーテで新薬を製造、輸入後に母上に投与するというやり方になると、現状より研究に時間がかかる可能性が高い。父上はその事を危惧しているのだろう。

「その点についていては、考えていたことがあります。母上同様、『魔力枯渇症』を発症している狼人族の『ラスト』と、医師である『ビジーカ』。他数名にレナルーテの研究所に行ってもらおうと思っています」

「ふむ……。では、今までバルディアで試していた治験も含め、すべてレナルーテの研究所で完結させるということだな？」

「はい。ラストとビジーカがレナルーテの研究所に行けば、魔力枯渇症に効果的な新薬研究はより進むことになるでしょう。従いまして、母上の快復にもいち早く繋がると思います」

自信を持ってそう答えると、父上は満足げに頷いた。

「よかろう。そこまで考えているのであれば、そのまま話を進めなさい。しかし、レナルーテの研究所に行くことを、彼等は承知しているのか？　根回しをしておかないと禍根《かこん》の原因となるぞ」

「ご安心ください。ラストとビジーカを含め、行く面々は納得しております。以前から、話をしておりましたから」

実は以前から、レナルーテに行ってもらうかもしれないと二人には打診をしている。最初は驚いていたけれど、魔力枯渇症と魔力回復薬の原料について状況を説明。その上で、魔力枯渇症の研究は原材料が手に入りやすいレナルーテで行う方が得策であることを伝えたのだ。

ビジーカは事情を話すとすぐに了承してくれた。狼人族のラストも、「俺が少しでも役に立てるなら、喜んでレナルーテに参ります」と二つ返事で頷いてくれたのである。

ただその時、ラストの姉であるシェリルが、「弟のラストが行くなら、私もレナルーテに参ります」と言い出した。しかし、彼女は分隊長の一人だから、それは許可出来ないと説得。ラストも、シェリルに向かってハッキリと告げた。

「姉さん、俺にしかできないことなんだ。それに、レナルーテに行けばより早く『魔力枯渇症』を治せる。だから心配せずに姉さんは、姉さんの役目を果たしてほしい」

「ラスト……わかった。姉さんはお前が元気になり、帰ってくるのを待っているよ」

こうして皆は、レナルーテに行くことを納得してくれたという訳だ。説明が終わると、父上は「そうか、ならば良い」と頷いた。

その後、レナルーテの現地協力者であるダークエルフのニキークに任せる研究所の仕事や様々な打ち合わせを続けていると、辺りの日が落ち暗くなる。それと共に、この日の打ち合わせは終わった。

打ち合わせを行った翌日。レナルーテに向けて親書が送付された。その内容は、『ファラ・レナルーテ』をバルディア家が迎えに行くというものだ。

ファラがバルディア領にやってくる日が間近になってきたことを実感すると、胸は自然と高鳴るのであった。

父上の呼び出し

その日、本屋敷の野外訓練場に木刀と木剣がぶつかり合う乾いた音が、可愛らしい掛け声と一緒に響いていた。

「えい、やぁああ！」

「ふふ。メル、その調子だよ」

僕がメルが振るう木剣を木刀で受けると、近くでその様子を見守る少女が明るい声を発する。

「メルディ様、頑張ってください」

「うん、ティス！」

クロスの娘であるティスの応援に答えたメルは、木剣を正眼に構え一旦深呼吸を行う。息を整えた彼女は、こちらを鋭く見据える。

「……はぁああ！」

メルは勢いよく踏み込み、中々に鋭い太刀筋を繰り出す。しかし、あくまでメルが繰り出す鋭い太刀筋である。木刀で受けると、すぐに力の流れを変えて受け流した。すると、彼女は「わぁ⁉」と体勢を崩して尻餅をついてしまう。その仕草を微笑ましく思いつつ、ゆっくり木刀の剣先をメルの鼻先に向けた。

「メル、最後の太刀筋は良かったよ。だけど、まだまだ……だね」

その言葉でハッとした彼女は、こちらを上目遣いで睨みながら可愛らしく頬を膨らませた。

「むぅ……。にいさま。すこしぐらいかたせてくれてもいいのに。ふんだ」

「あはは。剣術の稽古で慢心は怪我の元だからね。でも、全体的にとっても良い太刀筋だったよ。稽古を続ければ、メルはきっと強くなれるさ」

すると、稽古を間近で見守っていたティスが、少し興奮気味に何度も首を縦に振った。

「リッド様の言う通りです。メルディ様の動きと太刀筋は、最近剣術を始めたばかりとはとても思えません。絶対にメルディ様も、リッド様やライナー様のような剣術の才能があると存じます」

「えっと……そ、そうかなぁ」

先程まで頬を膨らませていたメルだが、今度は照れ笑いを浮かべてくすぐったそうにしている。

その時、傍に控えていたクロスがこちらにやってきた。

「リッド様、メルディ様も素晴らしい太刀筋でございました。特に、メルディ様はティスの言う通り、良き才能をお持ちと存じます。稽古を続ければ、いずれリッド様にも引けを取らないかもしれませんね」

再び褒められて、メルの表情はみるみる明るくなり満面の笑みとなった。

「ほんとう⁉　えへへ、じゃあいつか……にいさまに、かてるかな」

そう言って立ち上がると、メルはこちらを横目でチラリと一瞥する。あえて咳払いすると、僕は表情を少し引き締めた。

「メル、さっきも言ったでしょ。慢心はダメだよ」

彼女は少し顔を引きつらせると、しゅんとして俯いた。

「う……はーい」

普段より強めに言ったことで、メルは少し調子に乗り過ぎたと自覚してくれたようだ。そのやり取りを微笑ましく見つめていたクロスは、スッと前に出ると木剣を構えた。

「それでは、メルディ様。次は私と稽古致しましょう」

「うん、おねがいします」

メルはそう答えると、木剣を構えて稽古を再開した。ティスは、二人の稽古を熱い眼差しで見つめている。

ちなみにティスは、『メルと年が近い稽古相手』としてここにおり、メルが剣術の稽古を行う日だけクロスと共に屋敷を訪れてくるのだ。まぁ、稽古相手として彼女を希望したのはメルだけどね。

稽古を眺めていると、近くに控えていたディアナに「リッド様」と声を掛けられた。

「お疲れ様でございます。こちらで汗をお拭きください」

彼女はそう言うと、手拭いを差し出した。

「うん、ありがとう」

手拭いを受け取り額の汗を軽く拭っていると、ディアナがクロスとメルの稽古を見て感嘆した様子で呟いた。

「それにしても、メルディ様があれだけ熱心に取り組まれるとは驚きでございます」

「そうだね。僕も驚いているよ」と頷いた。

メルが剣術の稽古をしたいと言い出したのは、クロスの家に赤ちゃんを見に行ってからすぐのことだった。僕が扱う魔法や武術に、メルは前々から強い憧れを抱いていたらしく、いつか挑戦したいという思いがずっとあったらしい。そんな時、メルと変わらない年ごろの女の子であるティスが剣術の稽古を行っていると知り、挑戦したいという思いで居ても立っても居られなくなったようだ。

その結果が、父上に行ったメルの直談判だったのだろう。父上と母上は、魔法と剣術の稽古で怪我をしないかと心配をしていた。だけど両親の心配をよそに、メルは短期間でみるみるその才能を開花させている。

魔法も僕をずっと傍で見ていたせいか、上達が早い。サンドラも「リッド様に続き、メルディ様も才能の塊ですね」と驚愕していたほどだ。剣術の才能に関しても、クロスの言った言葉に嘘はない。メルもさすがは父上の子と言わんばかりに、剣術の覚えが早いのだ。

このまま稽古を続けると、レナルーテの『アスナ』みたいな剣術使いになるかもしれない。そうなると、父上がまた頭を抱えそうだなぁ。なお、この場にいるのは僕、メル、ディアナ、ダナエ、クロス、ティスの五名だ。

ちなみにここには居ないカペラは、宿舎の執務室で事務仕事をしてくれている。この稽古が終わったら、彼がまとめた資料に目を通す予定だ。書類仕事は目が疲れるんだよなぁ……などと考えていると、突然真後ろに人の気配を感じてハッとする。思わず勢いよく後ろに振り返ると、そこには執事のガルンが静かに佇んでいたのだ。やがて、彼は目を細めて会釈する。

「リッド様、ライナー様がお呼びでございます」

「え……う、うん、わかった。すぐに行くよ」

ふと横に目をやると、ディアナも目を丸くしていた。どうやら、彼女もガルンの気配に気付けなかったらしい。すると、彼は不敵に笑い始めた。

「ふふ、申し訳ございません。少し脅かす程度のつもりだったのですが、悪戯が過ぎました。お許しください」

「え、いや、それは大丈夫だけど……ガルンって元暗部の出身とかなのかな。気配が全く感じられなかったよ」

ガルンは「ふむ……」と考えるような素振りを見せた後、再び目を細めた。

「その質問のお答えは、差し控えさせていただきたいと存じます。それよりも、ライナー様がお待ちでございます故、お急ぎください」

「う、うん」

煙に巻かれたような感じで釈然としないけど、父上を待たせるわけにはいかない。稽古を行っているクロス達とメルに声を掛け、父上に呼ばれたことを伝える。クロス達が「承知しました」と会釈をする中、メルだけは「えぇー……」と不満顔を浮かべていたのが可愛かったな。その後、ディアナとガルンの二人と共に父上の元に急いだ。

◇

訓練場から執務室の前に辿り着くと、ガルンが畏まった声を発する。

「ライナー様、リッド様をお連れ致しました」

すると、執務室の中から「うむ。入れ」と、すぐに父上の返事が聞こえた。ガルンは「失礼します」と発してからドアを開けると会釈する。

「ありがとう、ガルン」

彼にお礼を言って室内に入ると、執務机に座っている父上の前に移動する。

「父上、お呼びでしょうか」

「うむ。先日、レナルーテに送った親書の返信がきたのでな」

父上はそう言うと、机に座ったまま一通の封筒を差し出した。

「ありがとうございます。中身を改めてよろしいでしょうか」

「ふふ、構わんぞ」

「……？」

不敵に笑う父上の意図がわからず、封筒を受け取ると思わず首を傾げた。何か、面白い内容でも親書の中にあったのだろうか。訝しむように封筒を見つめた後、封を開けて中の親書を取り出して目を通す。

『バルディアの配慮に御礼申し上げたい。レナルーテとしては、ファラをバルディア領に輿入れさせる考えであった故、迎えに来ていただけるなら大歓迎である。貴殿達が来国の際には、レナルーテにおいて『ファラ・レナルーテ』と『リッド・バルディア』殿の『華燭《かしょく》の典』を関係者のみで行いたい。マグノリア帝国上の書類では婚姻関係と聞いているが、この機にレナルーテでも『華燭の典』を執り行い、両家の縁組を明確にしたい所存である。従って準備ができ次第、再度親書にて詳細と日程の連絡を致したい』

内容を要約するとこんな感じだ。親書の力強く達筆な筆跡は以前にも見たことがある。義理父となるエリアス王のものだろう。いや、問題はそこじゃない。

まだ年端もいかない僕とファラが『華燭の典』。つまり、婚礼を行うとはどういうことだろうか？ 手紙を読み終え困惑していると、父上が口元を緩めた。

「さすがに驚いたようだな。だが、そう難しい話ではない。レナルーテの華族達に、バルディアとの繋がりを誇示する狙いがあるのだろう」

「……そうだとしても、子供同士で『華燭の典』はやり過ぎではありませんか」

意図は理解できたけど、『華燭の典』を行うと言われても突然すぎて感情が追い付かない。思わず眉を顰めると、父上は「ふむ」と相槌を打ってから諭すように言った。

「しかし、お前ぐらいの年齢で行われる結婚において、『華燭の典』を開催することは帝国の歴史上なかったわけではない。その上、今回は両国における同盟の件もあるのだぞ。何にしても受けないという選択肢はない……心して臨め」

改めて開催が決定事項である事実に呆気に取られ、思わず額に手を添えて俯いた。

歴史を学ぶ授業で最近知ったことだけど、帝国は数百年前に領地争いによる内戦が絶えない時代があったらしい。その時期は、幼い子供同士でも政略結婚を行うことも多かったそうだ。

それと、父上の言った『同盟の件』というのは『帝国がレナルーテを属国とした密約』についてのことだろう。

ファラとの顔合わせが行われた時、様々な妨害工作を行った政治派閥がレナルーテ内には存在しており、その派閥の代表は『ノリス・タムースカ』という初老のダークエルフの男性だった。しかし、彼は婚姻の妨害工作に失敗して失脚。その後、ノリス自身と派閥関係者はあらかた断罪されたと聞いているけど、しぶとく燻っている連中でもいるのかもしれない。彼等を牽制する意味でも、レナルーテとバルディア家の関係性を誇示するというところだろうか。

何にしても父上の言う通り、『華燭の典』を行うという申し出を断るという選択肢はない。妻としてファラを迎えに行くのだから、むしろ喜んで臨むべきだ。考えがまとまると、ゆっくりと顔を上げ頷いた。

「わかりました。折角ですから楽しませていただき、花嫁に恥を掻かせないよう頑張ります」

「その意気だ。それと、ファラ王女がバルディアに来た際、祝いの席を用意する予定だったが……そうだな。その席の準備、お前が中心となって取り仕切れ。ファラ王女も、お前が準備したと知ればきっと喜ぶだろう」

父上はからかうように笑っており、つられるように苦笑する。

「承知しました。妻を迎える祝いの場となるのですから、夫として精一杯取り組みます」

「うむ。手続きで何かわからないことがあればガルン。レナルーテの文化で不明点があればカペラ。それぞれに相談しろ」

「はい、父上」

僕の二つ返事を聞いた父上は、嬉しそうに表情を少し緩めた。

「バルディア家の『婚礼』は、お前が正式に『爵位継承』をできるようになってからと考えている。その件も、ファラ王女には伝えておくようにな」

「承知しました。ファラもきっと喜ぶと思います」

そう言うと、ニコリと笑う。今回、レナルーテで『華燭の典』が行われることになったけれど、ファラとは機会さえあれば『婚礼』を行いたいという思いがあった。

勿論、ファラの為でもあるけれど、母上、父上、妹のメル。それに加えて、バルディア家の皆が揃っている場で婚礼を挙げることにも意味があると思う。

婚礼は、育ててくれた人達に子が成長した姿を見せる場でもあるからだ。程なくすると、父上は照れ隠しのように咳払いをして話題を転じた。

「親書の件は以上だ。ところで、リッド。メルと武術の訓練をしていたと聞いたが、様子はどうだ」

「メルですか？　ふふ、さすが父上の子と言わんばかりです。メルには剣術の才能があると思いますよ。きっと、このまま稽古を続ければレナルーテの剣士である『アスナ』のようになれるのではないでしょうか」

僕の答えが予想外だったのか、父上は蒼白となり顔を引きつらせている。

「才能があったことは喜ばしいことだ。しかし、レナルーテの『アスナ』のように……だと？」

「良いではありませんか。才能があるとはいえ、メルはそこまでの強さを追い求めないでしょうから、きっと護身術程度に落ち着くと思いますよ」

メルと稽古を何度かしているけど、彼女にアスナのような強さを追い求めている印象は受けない。兄の僕が行う姿を間近で見ていたから、興味を持っただけだろう。暫くすれば、メルの稽古熱が冷めて落ち着くかもしれない。

額に手を当て俯いていた父上は、何か嫌な予感でも振り切るように首を横に振る。そして、静かに頷いた。

「う、うむ。いや、そうだな。しばらく様子を見よう」

「あはは……。気にし過ぎですよ、父上」

僕はそう言うと、やれやれと肩を竦めた。

◇

その後、父上と少し談笑してから執務室を退室すると、早速その足で宿舎の執務室に向かった。

勿論、父上に指示されたファラを迎える準備を行うためだ。ふとその時、ディアナがどんより暗くなっていることに気付いてギョッとする。

「ディアナ、どうしたの。そんなに暗い顔して……」

「いえ……カペラさんとエレンさんの結婚。それに続き、リッド様も婚礼を執り行うと聞いて、物思いに耽っていただけでございます。ご心配には及びません」

彼女はそう言うが、顔は暗いままである。

「そ、そう？　だけど、ディアナとルーベンスが結婚式をするときは、僕も手伝うから教えてね」

「リッド様……ありがとうございます」

励ますように『手伝う』と言ったことが良かったのか、ディアナにいつもの凛とした明るさが戻る。そんな彼女の様子に、胸を撫で下ろし安堵したのであった。

後日、ルーベンスと会う機会を得ると、「いつまでディアナを待たせているのさ。いい加減に僕も怒るよ」と彼に発破をかけた。だけどルーベンスは、言葉の意味がわからないらしく鳩が豆鉄砲を食ったような表情を浮かべた。

「ええっと、どういう意味でしょうか……？」

ルーベンスは、きょとんと首を傾げている。そんな彼の様子に、僕が大きなため息を吐いたのは言うまでもない。

『華燭の典』に向けて

エリアス王から『華燭の典』を行うという旨を記した親書が届いてから数日が経過。僕は、ファラをバルディアに迎える準備とレナルーテに迎えに行く準備で忙しい日々を送っていた。

そして今日は、エリアス王を中心としたレナルーテの王族。加えて一部の華族向けに作製をお願いしていたものが完成したとアレックスから連絡があり、ディアナやカペラと一緒に工房を訪れている。

「リッド様、お待たせしました。こちらがご依頼の『懐中時計』でございます」

彼はそう言って、装飾が施された豪華で気品のある小さな木箱を机の上にゆっくりと置いた。

「ありがとう、アレックス。木箱の中を改めてもいいかな？」

「はい、勿論です。レナルーテの王族や華族の方々にお渡しすると伺ったので、装飾の趣向も少し変えています」

「なるほど」と相槌を打つと、丁寧に木箱の蓋を開けて懐中時計を確認する。説明された通り、今までとは少し異なる装飾が施されており、一言で表すなら和風な感じと言えばいいだろうか。

アレックスはレナルーテで鍛冶仕事もしていたことがあるから、趣向も把握しているのかもしれないな。懐中時計の動きや装飾を細かく見ると、目を細めて頷いた。

「うん……素晴らしいね。これなら、御父様や御母様も喜んでくれるよ」

御父様とはエリアス王、御母様はエルティア母様を指している。懐中時計からアレックスに視線を移すと、どうやら彼は緊張していたらしく強張った顔を崩して胸を撫で下ろした。

「よかったぁ……あ、いえ。お褒めの言葉ありがとうございます」

アレックスはハッとすると、崩していた表情をすぐにキリっとさせた。激しい表情の変化を目の当たりにしてつい笑ってしまう。

「あはは、緊張させちゃってごめんね」

「い、いえ……」

彼は照れ隠しのように頬を掻きながら、僕が手に持つ懐中時計を見つめた。

「しかし、レナルーテからバルディアにやって来た俺や姉さんの作った懐中時計。これが、王族の皆様の手元に行くと考えると感慨深いですね」

「そうだね。ファラと顔合わせをする為にレナルーテに行っていなければ、アレックスとエレンにも出会えてないからね」

「本当ですね。リッド様と出会えていなければと思うと、ゾッとします。それと……姉さんがカペラさんと結婚することになるなんて、夢にも思いませんでしたよ」

彼はそう言って視線をカペラに向けると、やれやれと肩を竦めて首を小さく横に振る。カペラはその視線に、微笑みながら会釈する。

「へぇ、アレックス。ボクがカペラと結婚することになるなんて夢にも思わなかったって、どういう意味かな」

少し怒気の籠った声が突然と部屋の中に響いた。アレックスと声のした場所に目をやると、部屋のドアの前で腕を組み、仁王立ちするエレンが何やら不気味に凄んで笑っている。

「べ、別に、深い意味はないよ。姉さんがこんなに早く結婚するなんて思わなかっただけさ」

「ふーん。まぁ、いいけどね」

彼女は訝しい視線を彼に向けるが、すぐに表情を崩して視線をこちらに移した。

「リッド様、お話し中にすみません。以前から相談を受けていた『雷属性魔法の力』を人為的に発生させる試みですが、試作機をいま動かしております。良ければご覧になりませんか？」

「本当⁉　わかった、すぐに行くよ」

勢いよくその場を立ち上がると、ディアナが怪訝な表情を浮かべた。

「リッド様、『雷属性魔法の力』を人為的にとは……どういうことでしょうか？」

「それは見てのお楽しみだね」

不敵に目を細めて答えると、彼女はきょとんと首を傾げていた。

その後、エレンの案内で工房の敷地内を移動して大きな倉庫の前に辿り着く。その倉庫の扉には大文字で『三番』と書かれており、屋根には煙突も設置されている。

「中は少し暑いですから、きつかったらすぐに外に出てくださいね」

彼女がそう言って扉を開けると、倉庫内から想像以上に暑い空気が漏れだして思わず顔を顰めた。

「……思った以上に暑いね」

「はは、すみません。発動機を動かすのにずっと火をくべていますからね。でも、試作機は大分良い感じですよ」

倉庫の中に入ると、狐人族の子達が中心となり炉の火を調整するように木炭を入れていた。そして、その炉と繋がっている大きめの発動機が、けたたましい音を響かせて動力となり『二つ横に並んだ縦置きの大きな円盤』を動かしている。すると、粉塵ゴーグルを身に着けた狐人族の子がこちらに気付いたらしく駆け寄って来た。

「リッド様、それに皆さん。わざわざおいでくださいまして、ありがとうございます」

「やぁ、トナージ。エレンから『発電機』の試作機が出来たと聞いてね。どんなものか見に来たんだ」

そう答えると、改めてエレン達が開発中である『発電機』に目をやった。人為的に『雷属性魔法の力』を創り出す。つまり、前世の記憶で馴染み深い『電気』をこの世界でも生み出そうという計画だ。木炭車を開発した目的はここにも繋がっている。

発電機を含め、今後の『動力』となる『内燃機関』の開発自体が大きな目標であり、木炭車は有効活用の一つだった。ここまで早く事が進んだのは、エレンとアレックスのおかげである事は間違いない。

「……何やら、グルグルと回っていますけど、あれだけで『雷属性魔法の力』を引き出せるのですか？」

「はは、説明は省くけどちゃんとした仕組みはあるよ。ところで、エレン。一緒にお願いしていた物は作れそうかな」

首を傾げているディアナに返事をした後、彼女に視線を向けて問い掛けた。エレンは苦笑すると、少し険しい表情で頭を掻く。

「いやぁ、そっちはまだまだです。ボクは武具や木炭車の生産。アレックスは懐中時計の生産。人手は増えましたけど、それ以上に多忙ですからね。また、人手が足りない感じです」

「そっか、それならしょうがないね。だけど、発電機の試作機がここまでできているなら、電気を溜められる『蓄電器』の目途はどうかな」

『蓄電器』とは、バッテリーや電池のことである。発電が出来ても、それを有効活用する為には『蓄電器』の存在が必要不可欠だ。発電機がここまでできているなら、蓄電器の目途も立ったのではないか。そう思って問い掛けると、傍にいたアレックスがハッとする。

「あ、そうだ。俺、そのことでご相談したいことがあったんですよ。リッド様の仰る『蓄電器』って要は電気を溜めるものですよね？」

「そうだね。その認識で良いと思う」

彼は僕の返事を聞くと、不敵に笑った。

「それでしたら、『雷光石』を加工して蓄電器にできないか試したいんです。クリスさんにお願いして追加で仕入れても大丈夫ですかね？」

「……？　ごめん『雷光石』って何かな」

『雷光石』について聞き覚えがなく首を傾げると、傍に控えていたカペラが補足するように説明を始めた。

「リッド様、『雷光石』とは雷の力を宿した『魔石』と呼ばれる石の一種でございます。しかし、扱いが難しいうえに、力を使い果たすとただの『黒い石ころ』になってしまいます。その為、流通はあまりしておりません。故に、一般的には価格と商品が割に合わないと言われているものです」

『雷光石』という言葉だけだと、聞き覚えが無かった。だけど、『魔石』の『雷光石』となると何やら聞き覚えがあるような気がする。なんだっけと、口元に手を当て思い出そうと俯いた。

「……魔石……雷光石……あ、ひょっとして『アレ』のことかな？」

突然発した言葉に、周りの皆が一様にきょとんとしてしまう。ハッとすると、慌てて取り繕いながら咳払いをした。

「あはは。ごめんごめん、何でもないから気にしないで。それより、アレックス。その『雷光石』を仕入れて何をするつもりなんだい」

「はい。『雷光石』は、カペラさんの言う通り雷の力を使い果たしたら『黒い石ころ』になります。ですが、もう一度『雷の力』を送り込めばまた使えるようになります」

彼の話を聞いたカペラとディアナは、目を瞬いて首を捻った。

「そのような話はあまり聞いた事がありません。何故、そう思ったのでしょうか」

「私も騎士団で『雷光石』の話を聞いたことはあります。ですが、失礼ながら再利用できるという話は聞いた事がありませんね」

二人が訝しそうにアレックスを見据えると、彼は目を細めて頷いた。

「勿論、そのままではご指摘の通り使い物になりません。あくまで、雷光石を『加工』した上でのお話です。すでにその技術は、アリア達に渡した『魔槍弓センチネル』で用いていますから。ただ、蓄電器として使用するとなれば、もう少し研究する必要があると思います。リッド様、どうでしょうか？」

「ボクからもお願いします。アレックスの言う通り、『魔槍弓センチネル』に使った技術を応用すれば、リッド様が求める蓄電器に近いものは作れると思います」

エレンはそう言うと、こちらに向かって身を乗り出した。二人の情熱に満ちた瞳を見つめ、首をゆっくり縦に振る。

「わかった。じゃあ、『雷光石』の仕入れは僕からもクリスに伝えておくよ」

「リッド様、ありがとうございます」

仕入れを了承すると、アレックスがペコリと頭を下げた。慌てて首を横に振ると、彼に頭を上げてもらい優しく声をかける。

「いやいや、無理を言っているのはこっちだからさ。今後も何か気になることがあったら気軽に相談してね」

「はい、承知しました」

アレックスは嬉しそうに頷いている。でもこの時、僕にはある閃きが生まれていた。

『雷光石』が記憶にある物と同じであり、価値が知られておらず認められていない……という事は、面白いことになるかもしれないな。バルディアの発展に繋がる新しい発見と閃きを得たことに、僕は胸が躍り、心の中でひっそりと笑うのであった。

レナルーテ再び

「いよいよ、今日出発するのね」

ベッドの上で体を起こしている母上は、どことなく寂しそうに、でもどこか嬉しそうに微笑んだ。

それに答えるべく、目を細めて頷いた。

「はい、母上。やっとファラを迎えに行くことができます」

僕は今、レナルーテに出発する前の挨拶をするべく、母上の部屋を訪れている。

エリアス王から日程を知らせる親書が届いたのは、『華燭の典』の開催を了承する旨の親書をバルディアから送り返して程なくだった。思った以上に早く行けることは喜ばしい限りだけど、親書の中には一点気掛かりな文面の追記もあったんだよね。その時、僕の隣にいたメルが母上に向かって嬉しそうに微笑み掛けた。

「えへへ、ははうえ。わたしも、こんかいはレナルーテにいってくるの。だから、かえってきたらたくさんおはなしするね」

その言葉に、母上は目尻を下げて頷いた。

「ええ、ライナーとリッドからも聞いたわ。本当は私も行きたかったのだけど……向こうの方達に失礼の無いようにね」

「はい、ははうえ」

嬉しそうに頷くメルの姿に、僕も母上も思わず顔を綻ばせる。

今回届いた親書の中にあった気掛かりな追記とは、妹の『メルディ・バルディア』も是非、華燭の典に参列してほしいという内容だ。

僕と父上はあまり乗り気ではなかったけれど、さすがにエリアス王直筆の親書に『来てほしい』とあれば、無下にすることもできない。止む無く、今回はメルもレナルーテに一緒に行く事になったのである。

本人にこの事が伝わると、「みんなといっしょにレナルーテにいって、ひめねえさまにあえるの⁉　やったぁー！」と、その日のメルは大はしゃぎだった。なおこの時、メルは満面の笑みを浮かべ、説明をした父上に抱きついている。結果、当時の父上が顔を綻ばせたのは言うまでもない。

程なくすると、母上は僕達の隣に控えていたメイドのダナエとディアナに目をやった。

「貴女達もレナルーテに行くと聞きました。メルのことをどうかお願いしますね」

「承知しております、ナナリー様」

ディアナが丁寧に答えると、二人は畏まり綺麗な所作で頭を下げて敬礼した。今回のレナルーテ訪問において、ディアナはメルの護衛も兼ねている。また、カペラも状況に応じて、僕とメルそれぞれの護衛に付く予定だ。彼女達の言動に母上が安堵の表情を浮かべた時、部屋のドアが優しく叩かれた。

「ナナリー、私だ」

「はい、どうぞ」

母上が返事をすると、ドアがゆっくりと開く。そして、父上とガルンに加えサンドラと医師のビジーカもやってきた。

僕とメルがベッドの側に居た事で、先程まで談笑していたことを察したらしく、父上は決まりの悪そうな表情を浮かべた。

「む……すまない。取り込み中だったかな」

「いえ、お気になさらず。メルと一緒に出発する前の挨拶をしていたところです」

「うん、ははうえにさっきいってくるっていったよ」

「そうか」

父上は僕達の答えに少し顔を綻ばせて頷くと、ダナエとメルに視線を移す。

「メル、それにダナエ。少し、ナナリーと話したいことがあるのだ。悪いが先に木炭車で待っていてくれ」

「はーい、ちちうえ」

「承知しました……あ、メルディ様!? そんな、一人で行かないでください。で、では、失礼致します……!」

メルはペコリと頭を下げると部屋のドアに向かって足を進める。一方のダナエは、父上に頭を下げている間にメルが移動を始めてしまったので、慌てて後を追っていくのであった。彼女達のやり取りと後ろ姿に、この場にいる皆の顔が思わず綻んだ。それから間もなく、父上が咳払いをして母上に優しく問い掛ける。

「……具合はどうだ」

「ふふ、そちらにいるサンドラとビジーカのおかげでとても良いですよ。私としては、レナルーテに行ける程だと思うんですけどね」

そう言うと、母上は口を尖らせた。

「母上、その件はもう何度も僕と父上と相談したじゃありませんか」

父上の援護をするように声をかけるが、母上はメルのように少し頬を膨らませた。

「わかっています。それでも、リッドの晴れ姿を見られないのは悔しいではありませんか」

『華燭の典』がレナルーテで催されることを父上が伝えた当初、「それこそ、私がリッドの母として参加しなければなりませんね」と母上は参加する気満々だったのだ。

父上と僕が必死で制止するも、「以前より、体調も良くなっておりますから問題ありません」と聞かない。サンドラやビジーカにも説得に協力してもらい、ようやく諦めてくれたという感じだ。

拗ねた様子を見せる母上に、父上が優しく諭すように呟いた。

「わかっているだろう、ナナリー。私はお前の事が心配なのだ。『華燭の典』は国同士の繋がりとしては重要ではあるが、私にとって本当に大切なのはナナリー、君と家族だ」

「ライナー……」

母上は頬を少し赤く染め、熱っぽい眼差しを父上に向けた。

「それに、リッドがいずれ大きくなれば、その時に改めて『婚礼』の場を用意するつもりだ。その時を楽しみに待っていてほしい」

「……わかりました。リッドとファラ王女の婚礼を楽しみにしています」

「あはは……頑張ります」

母上の期待に満ちた眼差しに、僕は頬を掻きながら目を細めて苦笑するのであった。

その後、サンドラがバルディアに残ることやビジーカが現地に出向き研究所の状況確認を行うこと。また、薬剤師であるダークエルフのニキークと情報共有をしてくることを父上が説明した。それから程なくして、僕はふいに懐から取り出した懐中時計で時間を確かめる。

「父上、そろそろ出発の時間です」

「うむ。では、ナナリー、行ってくる」

「はい、いってらっしゃいませ。あ、そうだわ。リッド、こちらをエルティア様とリーゼル様にお渡しして」

母上は近くに置いてあった二通の封筒をその手に取ると、僕に差し出した。

「必ず、お二人に直接お渡しするようお願いね」

「承知しました。僕から、必ずお渡しするように致します」

目の前に差し出された二通の封筒を受け取ると、頭を軽く下げて会釈した。そして、「行ってきます」と元気な声を発して、父上達と部屋を後にする。

木炭車の準備が進められている場所に辿り着くと、メルから「ちちうえもにいさまもおそーい」と言われてしまう。その指摘に、僕と父上は平謝りしながら苦笑するのであった。

◇

「リッド、酔いは大丈夫か？」

「はい、今回は酔い止めを沢山持ってきていますから大丈夫です」

そう言って、酔い止めとなる飴が入った袋を運転席に座る父上が見えるように手に持って掲げた。僕達が今居る場所は、レナルーテに向かう木炭車の車内だ。なお、助手席にはアレックスが乗っており、父上は談笑しながら運転を楽しんでいるみたい。

木炭車には荷台も牽引されており、そちらにビジーカ達は乗っている。荷台の方が乗り心地は良いと思うんだけどね。その時、僕の隣に座っているメルが嬉しそうな声を発した。

「うわぁ、にいさま。ちちうえの、うんてんすごいね。どんどんけしきがとおざかっていくよ」

「はは、そうだね。でも、顔を出したら危ないから気を付けてね」

「はーい。でも……わたしはそんなこともしないもん」とメルは少し頬を膨らませる。しかし、車窓から外の景色に視線を戻すと、すぐに目を輝かせて顔が綻んでいた。

最初はメルもダナエ達と荷台に乗る予定だったんだけど、誰が運転するのか知るなり「わたしも、ちちうえといっしょにのる」とメルは父上に抱きついたのだ。

その時、父上はとても嬉しそうな雰囲気を出していた。まぁ、顔は厳格なままだったけどね。

木炭車に乗っている皆の位置は、助手席にアレックス。後部座席に僕とメルに加えて、小さくなっているクッキーとビスケット。そして、メイドのダナエとディアナが乗っている。

レナルーテに向かっている木炭車は、僕達が乗っているのを含めて計二台。どちらも荷台を引いている状態だ。

実は今回の訪問には、クリスにも同行をお願いしている。『華燭の典』の場には、今後のレナルーテにおける有力華族が集まるはずだ。その場に、クリスティ商会の代表であるクリスにもバルディア家側で参加してもらうことで、これからの取引をより円滑にするのが目的である。

「承知しました。しかし、国同士の繋がりというのは凄いですね。リッド様とファラ王女のご婚礼ですか……」

彼女はそう言って、目を丸くしてたなぁ。ふと、今までの出来事を思い返していると気持ち悪さが襲ってくる。僕は周りにいる皆に向かって「ごめん。ちょっと寝るね」と声を掛け、目をゆっくりと瞑るのであった。

◇

「にいさま……にいさま……レナルーテにはいったよ！」

メルの声と合わせて体が揺さぶられ、ゆっくりと目を覚ました。「うぅー……ん」と体を伸ばすと、次いで目を擦り欠伸する。

「ふふぁあ……。メル、起こしてくれてありがとう。もう着いたの？」

「ううん。まだ、ついてはないけど、もうすぐじょうかまちにつくんだって。それで、ちちうえからにいさまをおこすようにいわれたの」

すると、父上が運転しながら補足するように声を発した。

「起きたか、リッド。城下町に入るのに、流石に寝たままにするわけにはいかん。辛いかもしれんが、起きているようにな」

「ふぁい……承知しました」

再び欠伸すると、目を擦りながら頷いた。そして、酔い止めの飴を口の中に放り込むと、メルと一緒にレナルーテの景色を楽しんだ。

ちなみに、酔い止めの飴はメルも気に入ったらしく「すっぱいけど、おいしいね」と笑顔でパクパク食べている。メルが虫歯にならないか少し心配だけど。

それから暫くすると、いよいよレナルーテの城下町が見えてきて、父上は木炭車の速度を落とし始めた。城下町の出入口に到着すると、門兵とやり取りを行う。

手続きが終わると、レナルーテの兵士による先導で城下町の中に木炭車が進み始める。僕は二回目だけど、メルは初めてなので大はしゃぎだ。

また、この世界においては世にも奇妙な乗り物である『木炭車』を目の当たりにしたダークエルフの町民達。彼等は一様に目を丸くしており、その表情は車内からでもよくわかる。目が合うわけじゃないけど、思わず頬を掻いた。

「あはは、やっぱり目立っていますね」

「うむ。しかし、バルディアとの取引が可能性に満ちているという良い宣伝にもなるだろう」

運転しながら答える父上は、少し誇らしげだ。

城下町から城まで続く道路も、第二騎士団の活躍で整備済みである。そして、バルディアから輸入した木炭や他の商品販売と、木炭車の補給所を兼ねているのがクリスティ商会の店舗だ。バルディアからレナルーテの道中、城下町に至るまで木炭車の補給所に抜かりはない。

町民の方々から興味津々の熱い眼差しを向けられつつ、父上の運転する木炭車はゆっくりと進んでいく。やがて、城が見えてくるとメルがはしゃいだ様子で指差した。

「うわぁ。にいさま、あのおしろ、すっごくおおきいね。でも、ふしぎなかたちだね！」

感動して嬉々するメルを微笑ましく思いながら、お城について優しく説明を始める。

「あの独特な壁は石垣っていうんだ。帝国のお城とはまた違った造りをしているから、この機によく見ておくと良いよ」

「へぇ、そうなんだ。にいさま、ものしりだね」

メルが感心したように頷くと、そのやり取りを聞いていた父上が「ふふ……」と笑みを溢す。以前、父上から教わったことを話したから、父上的には可笑しかったのかもしれない。

それから程なくすると木炭車は城内に入場して、前回宿泊した施設でもある迎賓館に辿り着いた。迎賓館の前には、ザックとダークエルフのメイド達。そして、軍服で身を包んだ少女の隣に控えた可愛らしいダークエルフの少女が少し緊張した様子で待っているのが目に映る。

木炭車が停車して降車すると、すぐに可愛らしいダークエルフの少女の元に駆け寄った。すると、可愛らしい少女は少しだけ耳が動き、顔を赤らめて会釈する。

「リッド様、ご無沙汰しております。こちらから伺うべきところをありがとうございます」

彼女の緊張した表情に戸惑いを覚えたけれど、すぐに目を細めて白い歯を見せた。

「そんなに硬くならないでください、ファラ王女。それに、次に来るときは『迎えに来る』とお伝えした約束を果たしたまでです」

「は、はい。ありがとう……ございます」

特におかしなことは言っていないと思うけど、彼女は耳を赤くして俯いてしまう。その様子に首を傾げつつ、レナルーテの軍服姿で微笑んでいる少女に目をやった。

「アスナも、久しぶりだね」

「リッド様、ご無沙汰しております」と彼女は頭を下げて敬礼する。

アスナはファラの専属護衛で、剣士としての実力は折り紙付きだ。なお、本名は『アスナ・ランマーク』であり、先日の会談で話した『オルトロス・ランマーク』は彼女の父親と聞いている。その事をふと思い出して、アスナに尋ねた。

「そういえばこの間、アスナのお父さんの『オルトロス』殿に会ったよ」

「……そうでしたか。しかし、残念ながら私は父とは疎遠な為、その事については聞き及んでおりませんでした。申し訳ありません」

「え、そうなの」

苦々しく答えるアスナの様子に首を捻るけど、その言動とは裏腹に（やっぱり、そうなんだ）と心の中で合点がいく。会談でオルトロスと話した時に感じたことは、間違いではなかったらしい。

だけど、新たに浮かんだ疑問を問い掛けた。

「でも、それならアスナの剣術は誰から教わったの」

「私に剣術を叩き込んだのは、祖父の『カーティス・ランマーク』です。祖父は隠居しておりますが、機会があればご紹介致しましょう」

にこやかに答えているけど、『叩き込んだ』という言い回しには彼女らしさを感じるなぁ。でも、どことなく不安を覚えて苦笑する。

「あはは、その時はよろしくね」

「はい。祖父は私よりも剣に生きていますから、きっとリッド様のことも気に入られると存じます」

アスナ以上に剣の鬼……『カーティス・ランマーク』か。確かに、会う機会があれば剣術について聞いてみたいな。そう思った時、ファラが頬を膨らませてこちらを可愛らしく睨んでいることに気が付いた。

「ど、どうしたの、ファラ」

「……アスナとばっかりお話して随分と楽しそうです」

そう言うと、彼女はプイッとそっぽを向いてしまった。か、可愛い……じゃなくて、どうやら久しぶりの再会なのに、先にアスナと話し過ぎたらしい。その時、服の背中側が軽く引っ張られる。

「にいさま……そのひとが、ひめねえさまなの？」

声から判断できたけど、背後に目をやるとメルが少し恥ずかしそうにファラを見つめていた。

「うん、そうだよ」と目を細めて頷いた。

「彼女がファラ・レナルーテ王女。僕の……お嫁さんで、メルの新しいお姉さんになる人さ」

紹介する時に『僕のお嫁さん』と口にすると、急に実感が湧いてきたのか顔の火照りを感じて少し熱い。きっと今の僕は、顔が少し赤くなってるだろうな。そんなことを思いながら、メルの背中を押して一歩前に出した。程なくして、メルはおずおずとファラに向かって話しかけた。

「は、はじめまして、わたしはメルディ・バルディアともうします。よろしく、おねがいします」

メルはペコリと頭を下げると、ファラも応えるように会釈した。

「ご丁寧にありがとうございます。ご挨拶が遅れました。私は『ファラ・レナルーテ』と申します。こちらこそ、よろしくお願いします」

ファラは顔を上げると、笑みを溢して破顔する。

「ふふ、メルディ様とはお手紙で何度もやり取りしましたけど、こうして会うのは初めてですね」

その言葉を聞き、メルの表情がパァっと明るくなった。続けて咳払いを行ったファラは、アスナに目配せを行う。アスナは小さく頷くと、畏まってメルを見据えた。

「ご挨拶が遅れて申し訳ありません。私は姫様の専属護衛をしております、『アスナ・ランマーク』と申します」

「アスナさん……よろしくおねがいします」

メルが恐る恐る答えると、アスナは目を細めて首を横に振った。

「私はファラ様の専属護衛です。従いまして、ファラ様と御姉妹になられるメルディ様が私に畏まる必要はありません。気軽に『アスナ』と呼んでください」

「そっか……ふふ、よろしくね」

「はい。私もファラ様に届いた手紙でメルディ様と早くお会いしたいと思っておりました。改めて、よろしくお願いします」

「うん、アスナ」

会話で緊張がほぐれたのか、メルは笑顔で嬉しそうに彼女の名前を呼んだ。だけど、その様子にファラがまた少し頬を膨らませている。しかし、すぐに表情を変えてメルに優しく声を掛けた。

「えっと、メルディ様。私のことも気軽に呼んでくださって構いませんからね。その、メルディ様は私の妹になりますから……」

そう言うと、彼女はこちらをチラリと横目で窺った。その際、ふいに目が合うとファラは慌てた様子で視線をメルに戻す。ちなみにこの時、彼女の耳が少し上下に動いていた。

ファラは感情によって耳が動くという、ダークエルフの中でも珍しい特徴を持っている。上下に動く時は、嬉しい感情の表れだそうだ。それを知っているせいか、僕も頬を掻きながら照れ笑いを浮かべた。その時、メルが嬉しそうに呟く。

「ほんとう……？　それなら、その……ファラおうじょのことを、おてがみにかいたように『ひめねえさま』ってよんでもいいですか？」

手紙に書いたように、と言われてファラはハッとする。メルの言葉通り僕達は三人で文通を行っており、メルはファラに送った手紙に「おあいしたときに、ひめねえさまとよんでいいですか？」と書いていたはずだ。彼女からの返信には「はい、良いですよ」とあった気がする。その事を思い出したのだろう、程なくしてファラは目を細めて頷いた。

「あ、そうでしたね。ふふ、姫姉様……素敵で良いですね。勿論、構いませんけれど、そう言えばどうして姫姉様なのでしょうか？」

「ファラおうじょはおひめさまで、わたしのおねえさんだから『ひめねえさま』なんです」

メルは恥ずかしそうに答えると、満面の笑みを浮かべた。すると、ファラとアスナが小声で何かを呟いた。

「わぁ、リッド様にそっくりの可愛い笑顔です」

「か、可愛い……」

しかし、二人の声が小さくて聞き取れず、僕は首を傾げた。

「どうかした？」

「え、いえ。メルディ様とリッド様の笑顔がとても良く似ていらっしゃったものですから、つい見とれてしまいました」

ファラは口元を緩めて「ふふ」と可愛らしく笑い始める。予想外の答えに戸惑いつつ、メルの顔を見つめた。

「そ、そう？　でも、兄妹だから似ているかもね」

「はい。姫様の仰る通り、笑った時の顔がよく似ておられます」

アスナが同意するように頷くと、メルは僕の顔をじっと見つめて「えへへ」と嬉しそうにはにかんでいた。四人で談笑していると、ザックがこちらにやってきて会釈する。

「リッド様、お話し中に申し訳ありません。荷物を運び終わりました故、お部屋にご案内してもよろしいでしょうか」

「あ、そうだね。ええっと、ファラとアスナはこの後どうするの」

振り向いて声を掛けると、二人は顔を見合せる。そして、ファラが会釈した。

「私達も一旦本丸御殿に戻ります故、何かあればご連絡ください。すぐに参ります」

「わかった。じゃあ、何かあればすぐに連絡するね」

「はい。では、また」とファラは可愛らしく微笑んだ。

二人と別れると、メルと一緒に迎賓館の出入口に向かう。こうして、ファラとの久しぶりの再会を果たすと、『華燭の典』に向けて期待で胸の高まりを感じていた。

迎賓館に入館して間もなく、ザックの案内で部屋まで移動する。その間、メルは楽しそうに目を輝かせていた。

「へぇ……にいさま、ここってバルディアのおやしきと、あんまりふんいきがかわらないんだね」

「そうだね。この屋敷は『迎賓館』と言ってね。帝国の文化を模して建てられたらしいよ」

すると、僕達の前を歩いてたザックが補足するように言った。

「リッド様の仰る通りでございます。迎賓館は帝国の皆様にも安心して過ごしていただけるよう、出来る限り帝国の文化を模しております。しかし、細かい部分ではレナルーテの文化を入れております故、メルディ様にもその点を探していただければより楽しめると存じます」

「そうなんだ……じゃあ、あとでダナエとあちこちたんけんするね！」

メルは嬉しそうに頷くと、傍を歩くダナエに目をやった。

「はい、メルディ様にお供させていただきます」

彼女も迎賓館の造りに興味があるらしく、瞳には期待の色が混じっている。そのやり取りを微笑ましく思いつつ、ディアナに目配せをすると、釘を刺すように声をかけた。

「メル。探検はしても良いけど、此処は他国になるからあちこち見て回る時はダナエだけじゃなくて、ディアナも一緒じゃないと駄目だからね？」

「はーい。ディアナもあとでいっしょにぼうけんしようね」

名前を呼ばれた彼女は、目を細めて会釈する。

「承知しました。それでしたら、この迎賓館には温泉がございます。そちらも後で探検がてら、入浴されてみてはいかがでしょうか？」

「え!?　ここにもおんせんあるの？　それならあとで、みんなでいこうね」

温泉が迎賓館にあることを知ったメルは、とても嬉しそうにはしゃいでいる。だけど、ディアナとダナエは、揃って手をグッと拳にして密かに喜んでいた。そんな二人の言動に、僕は肩を竦めて「やれやれ」と首を小さく横に振った。

「リッド様、メルディ様の『ここにも』というのは、バルディア領のお屋敷にも温泉があるのですか？」

ザックの様子から察するに、先程の会話が気になったらしい。まぁ、隠す事でもないからね。

「うん。前回、レナルーテから帰った後に、クッキーとビスケットが掘り当ててくれたんだ」

「クッキーとビスケットが掘り当てた……？」

ザックはそう言って足を止めると、怪訝な表情で首を傾げた。それから間もなく、メルが足元を歩いていた子猫姿の二匹を彼に見せるように抱きかかえた。

「えへへ、クッキーとビスケットはこのこたちのことです」

「フニャー……」

二匹は可愛らしい鳴き声を上げている……少しあざとく感じるのは気のせいだろうか。

ザックは眉間に皺を寄せて二匹を凝視すると、何かに気付いたらしくハッとする。しかし、それは一瞬だけであり、彼はすぐに目尻を下げた。

「これは可愛らしい『シャドウクーガー』の番ですな。これ程、人に懐いているのは見たことがありません。彼らが温泉を掘り当てたのですかな？」

「うん、僕達も驚いたけどね。でも、おかげで屋敷の皆も喜んでくれたよ」

「クッキーとビスケットは、バルディアのおやしきでもにんきものだもんね。ふふ」

答えを聞いたザックは、合点がいった様子で頷いた。

「なるほど、それはようございました。二匹は、リッド様とメルディ様に出会えて幸せでしょうな」

「そう思ってくれていると良いけどね」

クッキーとビスケットに目をやると、二匹はメルの腕の中で頬をすりすりされている。だけど、二匹の悟ったような表情が何とも可愛らしくて、この場にいる皆は忍び笑っていた。

◇

「こちらがリッド様。隣のお部屋がメルディ様となっております。もし、何かございましたらいつでもお呼びください」

ザックは部屋の前まで案内が終わると、頭を軽く下げてその場を後にした。僕達だけになると、次いでディアナが会釈をする。

「リッド様、メルディ様。お二人にはお部屋で少し休んでいただき、ライナー様とエリアス陛下への御挨拶に同行していただく予定でございます。時間になりましたら、私共よりお声かけを致します故、それまではお部屋でお休みください」

「うん、わかった。ありがとう。ディアナ」

「はーい」

メルと共にディアナに答えると、それぞれの部屋に入室する。室内を見渡すと、案内された部屋が前回と同じだと気付く。何故なら以前同様、エルティア母様の肖像画が飾ってあるからだ。

またここに来たんだなぁ。感慨深げに飾ってある肖像画を見つめていた時、ふいに呟いた。

「ファラも……将来はこんな感じになるのかな」

エルティア母様には何度も直接会っているけど、スラっとして凛とした気品ある冷静な女性だ。

彼女は実の娘であるファラに、何故か冷淡に接してる部分があり、二人の関係性は何とも難しい感じがあった。でも本当は、エルティア母様の心根はとても温かく、優しいものだ。お節介かもしれないけれど、いつか二人の橋渡しになれたらいいなとも考えている。

その時、部屋のドアが突然にノックされた。ドキッとして慌てて返事をすると、「にいさま、はいっていい？」と可愛らしい声が返って来た。その声ですぐにメルだと察すると、彼女と傍に控えるダナエを部屋に迎え入れる。

「どうしたの、メル」

「さっそくあそびにきちゃった」

彼女は可愛らしく口元を緩めると、ダナエと共に室内のあちこちを興味深そうに見回した。まるで、探検でもしているみたいだなぁ。

それから程なくして、メルはエルティア母様の肖像画を暫く眺める。そして、振り返って僕を見据えた。

「にいさま……このえすきでしょ」

「え……なんで？」

首を傾げると、メルは小悪魔のようにニヤッと笑った。

「だって、このえのひと……ひめねえさまに、よくにてるもん」

「な……!?」

まったく予想外の指摘に、僕は顔の火照りを感じて思わず咳込んでしまうのであった。

◇

迎賓館で少し休憩するとディアナに呼ばれて、父上と本丸御殿に移動する。そして、通された表書院の広間に用意された椅子に腰かけ、義理の父親であるエリアス王を待っていた。

この場にいるのは僕、メル、父上に加えてダナエやディアナ。他にもカペラやクリス、エレン達もいるから、バルディア家の面々が勢揃いしている状況だ。やがて、隣に座っていたメルが小声で話しかけてきた。

「にいさま、このおやしきはバルディアとはぜんぜんちがうね」

「そうだね。ここはレナルーテの文化で造られたお屋敷だからね。だけど、もうすぐエリアス王が来るからあんまりキョロキョロしちゃだめだよ」

メルは本丸御殿の造りや内装が珍しいようで、興味津々で瞳を光らせている。優しく注意すると彼女は「はーい」と素直に頷いた。

そのやり取りを隣で聞いていた父上が「ふふ」と忍び笑う。何かおかしなことを言ったかな、と首を傾げると小声で尋ねた。

「父上、どうかされましたか？」

「いやなに。初めてここに来た時、お前もメルと同じ様子だったのでな。そのお前が、注意しているのが少し面白かっただけだ」

厳格な表情のまま優しい雰囲気を出している父上に言われて、ハッとした。確かに初めて本丸御殿に来た時、あちこちを見て父上に注意された覚えがある。

「あ……あはは……そ、そうでしたね」

鋭い指摘を笑って誤魔化そうとした時、兵士の声が轟いた。

「マグノリア帝国バルディア領。領主ライナー・バルディア様が登城致しました」

その言葉が発せられると、室内にいる人達は僕達も含めて頭を下げた。目配せをすると、メルもハッとしてすぐに頭を下げる。

前から襖が開く音が聞こえた後、「皆、面を上げよ」と威厳のある声が広間に響く。言葉通りに、ゆっくりと顔を上げると眼の間には厳格な表情をしたエリアス王。そして、リーゼル王妃と側妃エルティア母様。ファラとアスナに加えて、レイシスという面々が揃っていた。エリアス王が僕達を見回すと厳格な表情を崩して目を細める。

「うむ。本日はよく来てくれた。親書にも記載したが、まさか娘を迎えに来てくれると思わなんだ。婿殿は……余程に我が娘を気に入ってくれたようだな」

彼はわざとらしくニヤリと笑う。茶化すような言動に苦笑しつつ、ファラを横目で一瞥する。

「勿論、御父様の仰る通りではありますが、ファラ王女には『迎えに来る』と前回の別れ際に約束をしております。従いまして、その約束を果たしたまでにございます」

「ほう、そうであったか。しかし、口約束を違えず、こうして実行するあたりが婿殿らしいな」

「お褒めに与り光栄でございます」

感心する様子のエリアス王に答えると、再び頭を下げた。僕が顔を上げると、エリアス王はメルに視線を向けて、父上に問い掛ける。

「して、そちらの可愛いお嬢さんが、ライナー殿の御息女かな」

「はい、仰る通りでございます。自己紹介をさせていただいてもよろしいでしょうか」

「うむ。許そう」

エリアス王の許可を得た父上は、顔を綻ばせて「さぁ、練習通りにな」と優しくメルに声を掛ける。彼女は顔を強張らせていたが、深呼吸をしてその場に立ち上がるとエリアス王を真っすぐに見つめた。

「マグノリア帝国、バルディア領、領主ライナー・バルディアの長女、メルディ・バルディアでございます。この度、兄リッド・バルディアとファラ・レナルーテ王女との『華燭の典』にご招待頂きありがとうございます。また、闘病中につき参加できなかった母である『ナナリー・バルディア』に代わり御礼申し上げます」

メルはそう言って、母上のような気品ある凛とした姿を披露した。彼女は次いで、自身のドレス

の左右の裾を両手で軽く持ち綺麗な『カーテシー』を行ってみせる。その綺麗な所作と迫力は、普段のメルとはあまりにかけ離れており、思わず呆気に取られてしまった。

しかし、呆気に取られたのは僕だけではない。エリアス王を含めレナルーテ側の面々も、メルの雰囲気が一瞬で変わった事に唖然としているようだ。それから程なくして、エリアス王がハッとする。

「いやはや。まさか、ライナー殿のご息女もここまでしっかりとしているとはな。いや、見事な挨拶であった。メルディ・バルディア……しかと、覚えたぞ」

「お褒めの言葉、ありがとうございます」

父上が答えると、示し合わせたように二人はエリアス王に向かって会釈した。そして、椅子に座ったメルは「ふぅ……」と息を吐くが、凛とした表情は崩さない。

『練習通りにな』と言った父上の言葉通り、この日に備えてメルは口上の練習をしていたのだろう。感心しながら視線をエリアス王のいる正面に戻した時、ある事に気が付いてしまった。

レイシスが顔を赤らめてこちらをポーっと見つめている。いや、より正確に言うと、メルに見惚れている気がした。その眼差しに何やらとても嫌なものを感じていると、エリアス王が咳払いをして場の注目を集めると新たな口火を切る。

「では、本題に移ろう。我が娘、ファラ・レナルーテとリッド・バルディア殿で執り行う『華燭の典』は、今日より三日後に執り行う予定だ。準備は諸々出来ているが、婿殿が居らねばできない確認もあるのでな。申し訳ないが明日、明後日は『華燭の典』に向け、婿殿は確認作業に協力してもらいたい」

「承知しました。私で出来る事は何でも協力させていただきます」

そう答えて一礼すると、改めてファラとの『華燭の典』の開催が間近に迫ったことを実感するのであった。

◇

各々方の挨拶が無事に終わると、装飾が施されている『懐中時計』をエリアス王に献上した。そして、母上から預かった親書をリーゼル王妃とエルティア母様に手渡している。

懐中時計はエリアス王を含む王族全員分の個数を渡しており、皆とても喜んでくれた。他にも、ここにはいないザック達の分も用意してある。ファラの分はもう渡してあるから、抜いているけどね。

なお、渡してすぐにエリアス王から「簡素な『懐中時計』の注文は可能かどうか？」という質問があった。でも、現状では生産が追い付かずにまだ受けられないと、やんわりとお断りしている。様々な体制が整えばどんどん売っていきたい考えはあるけれど、今はまだその時期じゃない。

木炭車やバルディア第二騎士団の道整備事業の活躍など、エリアス王の問い掛けは尽きない。あらかたの質問に答えると、エルティア母様が僕を横目でチラリと見て、エリアス王に苦言を呈する。

「陛下、リッド殿を含めて皆様は長旅で疲れております。積もるお話は、『華燭の典』が終わってからがよろしいのではありませんか」

「む……。そうだな。婿殿、長旅で疲れているところに申し訳なかったな」

「とんでもないことでございます。様々な問い掛けを頂けることは、ご興味を持っていただけているということですから、嬉しい限りでございます」

畏まって会釈を行うと、エリアス王は満足そうに頷いた。

「うむ。では、すべてが終わってからまた改めて話すとしよう。明日からは、『華燭の典』の準備で婿殿には少し苦労をかけると思うがよろしく頼むぞ」

「承知しました」

こうして、挨拶を無事に終えた僕達は本丸御殿を後にして迎賓館に戻るのであった。

◇

「ふぅ……疲れた……」

迎賓館の自室に戻ると、そのまま部屋のベッドにうつ伏せで倒れ込んだ。ファラと婚姻するから、レナルーテの王族はバルディア家の親族となる。しかしそうは言っても、格式高い場においての礼儀や言葉遣いには気を遣うし、親族だとしても隣国の王族に失礼があってはいけない。

それに、エリアス王からの質問は鋭いものが多かった。答えに詰まることがあれば、途中で父上が助け船を出してくれたりもしてくれている。

「はぁ……味方である御父様であれだから、帝都の中央貴族達の対応が今から憂鬱だなぁ」

誰に言う訳でもなく、愚痴を呟く。

『華燭の典』が終わり、バルディアに帰った後の次に待っていること。それは、マグノリア帝国の帝都にファラと出向かなければならないということだ。

政略結婚でバルディアに降嫁するとはいえ、ファラはレナルーテの歴《れっき》とした王女である。帝都に挨拶に行かないということは、彼女の政治的な立場から考えれば有り得ない。

だけど、バルディアとファラを守る上でとても気掛かりなことが帝都には存在している。うつ伏せから仰向けになると、天井を呆然と見つめた。

「帝都か……悪役令嬢『ヴァレリ・エラセニーゼ』もやっぱり居るんだろうなぁ」

そうなのだ。帝都には将来的に僕とバルディア家を断罪に導く『悪役令嬢』が存在している。尤も、悪役令嬢と出会ったとしても『ときレラ！』のような物語が紡がれるとは思えないけどね。

気掛かりなのは『ファラ』と『悪役令嬢』が出会った時にどんなことが起きるかだ。記憶にある『ときレラ！』の世界では『ファラ・レナルーテ』は存在していなかった。従って、ファラと悪役令嬢の邂逅が将来的にどんな影響が起きるのか予想もつかない部分がある。

記憶にあるゲームの『ときレラ！』に『裏設定』とか存在していて、僕が知り得ない情報がある可能性もゼロではないけどね。

なんにせよ、妻であるファラとバルディア家。そして、領地を守ると決意しているのだ。

「うん。先の事をあれこれ考えてもしょうがない。まずは、明日から行う『華燭の典』に向けての準備のことだけ考えよう。ファラの為にも精一杯頑張らないとね」

自分自身を奮い立たせるように決意を口に出すと、部屋のドアがふいにノックされた。

「にいさま、はいってもいい？」

可愛らしい声で誰が尋ねてきたのかすぐに察すると、急いでベッドから起き上がりドアを開けた。

「メル、どうしたんだい？」

「えへへ……わたし、ちゃんとみなさんにごあいさつできていたか、ききたいなとおもって」

「それは勿論、とても立派だったよ。とりあえず、部屋の中で話そうか」

「うん！」

メルは嬉しそうに頷くと、部屋の中にクッキーとビスケットを連れて入室した。そして、彼女の後ろで微笑んでいたダナエとディアナも一緒に部屋の中に案内する。

部屋に備え付けられたソファーに皆で腰かけると、メルは今日に向けて母上や父上と一緒に、挨拶と口上の練習をずっと僕に内緒でしていたことを教えてくれた。

「そうだったんだね。でも、どうして内緒にしていたの？」

疑問を尋ねると、メルはジト目になり頬を膨らませた。

「にいさまは、ずっといそがしそうだったもん。それにひみつにしていたほうが、きっとおどろいてくれるとおもったの。そしたら、ははうえもそれがいいっておうえんしてくれたんだ」

「そうなんだ。あはは……」

母上のような悪戯っぽい部分がメルに垣間見え、思わず苦笑する。その時、またドアがノックされザックの声が響いた。

「リッド様。ファラ様とレイシス様がいらっしゃいましたが、ご案内してもよろしいでしょうか？」

ファラは何となくわかるけど、何故レイシスも？　何の用だろうかと首を傾げていると、メルが嬉しそうに尋ねてきた。

「レイシスさまって、ひめねえさまのおにいさま……なんだよね」

「う、うん。そうだね。でも、それがどうかしたの？」

「じゃあ……わたしにとってはあたらしい『おにいさま』だよね？」

「そっか……言われてみればそうだね」

その言葉でハッとした。ファラと婚姻するわけだから、当然レイシスは僕達兄妹の新たな『お義兄さん』になるわけだ。

本丸御殿でその話には触れていないから、ひょっとしてその件で来たのかな？　そんなことを考えながら、ザックに部屋に案内してくれて大丈夫と伝えた。

迎賓館まで会いに来てくれたファラとアスナ。そして、レイシスを部屋に迎え入れると挨拶も手短に、備え付けられているソファーに座るよう皆を促した。

それから程なくすると、ザックが部屋にお茶菓子を運んで来てくれる。僕達の前にある机にお茶菓子を丁寧に置くと、ザックは一礼して退室した。ドアが閉まる音がすると、遠慮がちにファラは口火を切る。

「リッド様、急なご訪問で申し訳ありません」

レイシスが居る手前、そこまで言葉を崩せないらしい。だけど、彼女をからかうように笑いかけた。

「ふふ、ファラ王女。そんなに畏まらないで大丈夫ですよ。それに……もうすぐレナルーテでも正式な夫婦になりますしね」

「あ……そ、そうですね」

ファラはハッとすると、耳を上下させながら顔を赤らめて俯いてしまう。

うん、可愛らしい……けど、なんだろう。何かこう……ずっと彼女をからかいたくなるような、そんな衝動に襲われる。一連のやり取りをファラの隣で見ていたレイシスが、ふいに咳払いをして苦笑した。

「リッド殿。あまり、妹をからかわないでやってくれ」

「あはは。すみません、レイシス王子。ファラ王女の反応が可愛いので。でも、本当のことですからね」

彼との会話を聞き、ファラは顔を赤らめ俯いたままだ。そんな彼女と僕を交互に見ると、レイシスは「やれやれ」と肩を竦める。それから間もなく、彼は真面目な表情を浮かべた。

「それはそうと、私とリッド殿はこれから義理の兄弟となるのだぞ。『王子』などと、堅苦しい言い方は止めてほしいな」

「そ、そうですか？　それでしたら……『レイシス兄さん』とかどうでしょうか」

思わぬ提案に、困惑しながら答える。彼は「ふむ……」と考え込んでから、ゆっくり頷いた。

「うむ、良いな。今後は気軽にそう呼んでくれ」

「はは……承知しました。レイシス兄さん」

こうして、レイシス王子のことを今後は『レイシス兄さん』と呼ぶことが決まった。そして、レイシスの視線はメルに向けられる。

「ところで、本丸御殿で立派な挨拶を披露したリッド殿の妹。メルディ殿に、ご挨拶させてもらっても良いかな？」

「あ、そうか。レイシス兄さんは、メルと会うのは初めてでしたね」

そう答えた時、脳裏にある光景が蘇ってハッとした。それは、本丸御殿でメルが口上を述べた時、彼が見せた反応である。しかし、そんな不安をよそにレイシスはメルに微笑み掛ける。

「では改めて……『レイシス・レナルーテ』と申します。メルディ・バルディア殿は、リッド殿の妹と伺っている。今後は私も貴殿の兄となる故、何かあれば気軽に接してほしい」

「は、はい。えっと、レイシスにいさま……ってよんでもだいじょうぶですか？」

緊張した面持ちで上目遣いをしたメルは、恐る恐る呼び方を尋ねる。その可愛い仕草にレイシスは照れ笑いを浮かべ、頬を掻きながら「う、うむ」と頷いた。

「えへへ……レイシスにいさまと、ひめねえさま。あらためて、よろしくおねがいします」

そう言ってメルがペコリと会釈すると、ファラやアスナは勿論。レイシスも目を細めて頷いた。

しかし、彼は何やらハッとしてメルの顔を凝視する。

「やはり、似ているな……」

「……？　レイシスにいさま、なにがにているの」

メルがきょとんとして小首を傾げると、レイシスは慌てた様子を見せる。

「ああ、いやいやすまない。私が知っている人に、メルディ殿がよく似ていたのでな」

「わたしと、にているひと……？」

二人の会話を横で見聞きしていると、背中に嫌な汗が流れるのを感じた。「あ、そういえば……」と話題を逸らそうとするが、時すでに遅く彼は言葉を続ける。

「うむ。以前、我が国にリッド殿と一緒に来た『ティア』というメイドなんだがね。メルディ殿は、ティアというメイドを知らないかな？」

「えぇ！　レイシスにいさま、なんで『ティア』のことをしっているの!?」

驚きの声をメルが上げると、彼もすかさず反応する。

「なんと……メルディ殿はティアを知っているのか!?」

そう言うと、彼は驚きが混じった熱い眼差しをこちらに向ける。

「え……あ、いや……ど、どうでしょうか……」

しどろもどろになりながら、必死にこの場をどう乗り切るべきかと考えを巡らせる。ふと気が付けば、正面にいるアスナが何やら俯いて肩を震わしていた。ハッとして背後に控えるディアナを横目で見ると、彼女も肩を震わせて口元を隠している。

メルの傍に控えるダナエは、僕の青ざめた表情やディアナ達の仕草の意図がわからず、きょとんとしているようだ。そして、メルは言葉を続けた。

「うん。わたし、しってるよ。いつもあそんでるもん」

「な、なんだと……!?　リッド殿、これはどういうことか」

レイシスは血相を変えてこちらを見つめている。実は、彼から最初にもらった『ティア宛』の手紙は、封も開けずに『それでも王子ですか。軟弱者』と書き記して返送していたのだ。勿論、筆跡も変えており、抜かりはない。これで諦めてくれるだろう……そう思ったけれど、レイシスは諦めなかったのである。

それどころか、『王子である私にそのような率直な意見をくれるティアは、やはり素晴らしい』という、とんちんかんな文面が直筆された手紙が新たに届く始末。以降は手紙が届いても『反応をしない』という対応を取っていたんだけど、そのことを今まですっかり忘れていた。だって……色々と忙しかったんだもん。

「さ、さぁ……」

誤魔化すように小首を傾げると、メルが子猫姿の『ビスケット』を抱きかかえて微笑んだ。

「えへへ……このこがね。ティアになれるんだよ」

「……？　ど、どういうことかな、メルディ殿」

困惑して眉間に皺を寄せたレイシスは、ゆっくりとこちらに視線を向ける。その瞬間、もうどうにでもなれと頷いた。

「……はい。メルの言う通り、その子が『ティア』です」

そう言うと、黒い子猫姿のクッキーがジトっとした目つきでこちらを睨んだ。また、ビスケットはため息を吐いて首を小さく横に振っている。

「リッド殿……メルディ殿が抱えている『子猫』が『ティア』とはどういうことなのだ？」

レイシスは得心がいかないらしく、顔を顰めて訝しむように言った。彼からすれば、想いを寄せていた相手が突然『子猫です』と言われたのだ。簡単には納得してもらえないだろう。『ティア』の存在と正体を知っているファラとアスナも首を傾げている。

「えー……と、口で説明するよりも、見て頂ければ早いかと。ただし、絶対に他言無用にしていただきたいのですが、よろしいでしょうか?」

「わかった。この場で見聞きしたことは、一切他言はしない。ファラとアスナもそれで良いな」

「はい、兄上」

真剣な表情のレイシスと、興味津々な様子で身を乗り出すファラとアスナ。二人が彼の言葉に頷くと、ビスケットを見据えた。

「ビスケット。悪いけど『ティア』の姿になってくれるかい」

その問い掛けに、子猫姿のビスケットはやれやれと呆れ顔である。そして、同じく子猫姿のクッキーから刺すような視線が向けられ、「う……」と僕は決まりが悪くなり、居たたまれない気持ちになった。

「ビスケット、わたしからもおねがい」

メルが声をかけると、ビスケットは渋々と彼女の腕の中から抜け出して僕達全員が見える位置に移動した。一連のやり取りを見たレイシスは、相変わらず怪訝な表情を浮かべている。

それから程なくして、ビスケットが深呼吸を行うと徐々に変化が起きる。子猫姿だったビスケットが、半透明で液状になりながら人の姿に変わっていくのだ。

この場にいる皆は、驚愕しながらその光景を食い入るように見つめている。やがて、ビスケットの変化が落ち着き半透明の状態から色が宿っていく。

それから間もなく、目を閉じた状態の『メイド姿の可愛らしい少女?』である『ティア』が現れた。ビスケットは変化が終わると、ゆっくりと目を開けて可愛らしく目を細めて微笑んだ。

「な……!?」

見た目は間違いなく『ティア』の姿であるビスケットに、レイシスは目を見張った。

それはそうだろう、ビスケットが『ティア』に変化した時、僕も同様の反応をしたものだ。その時、メルが可愛らしいドヤ顔を見せる。

「えっへん。これが『ティア』だよ」

「た、確かに見た目は『ティア』だ。しかし、これは一体……」

戸惑う彼には申し訳ないけれど、ここは心を鬼にする。

「実は……レイシス兄さんが見初められたのは、『スライム』であるビスケットが変身した『ティア』だったんです」

「な、なんだと、リッド殿それは真か!?」

「は、はい……」

驚愕するあまり、大声を発したレイシスに説明を始める。なおこの時、メルとダナエはきょとんとしていたけれど、事情を知る皆からはジトっとした視線が注がれた。クッキーに至っては、刺すような視線に少し殺気が混ざり始めた気がする。背中に冷や汗が流れるのを感じつつ、必死にレイシスに語った。

彼に伝えた話はこうだ。ファラとの顔合わせで、初めてレナルーテに訪れた時のこと。野盗に襲われている魔物の番を救ったところ、彼等に懐かれた。これも何かの縁だろうと、一緒に過ごすことになる。

また、彼等が魔の森に生息している『シャドウクーガー』と『スライム』という魔物だとわかり、シャドウクーガーはクッキー。スライムにはビスケットという名前が付けられた。

神妙な面持ちで説明に耳を傾けるレイシス。メルは首を捻っていたけれど、察してくれたらしく、何も言わずにいてくれた。

一緒に過ごし始めて程なくすると、ビスケットには変身能力があることが発覚。それ故に、野盗達に襲われていたのだと説明。そして、その野盗を纏めていたのが『マレイン・コンドロイ』だったと伝えた。すると、レイシスがハッとする。

「後ろ暗い話が絶えず、突然と消息不明になったあの『マレイン・コンドロイ』か。確かに、奴の好きそうな話ではあるな……。しかし、私がティアと初めて会ったのはファラの部屋だぞ」

「そ、それは……」

言い淀むと、ファラが咳払いを行った。

「それについては、私からご説明致します。あの時、魔物のスライムである『ビスケット』が変身能力を持っている事を聞いて、私がどうしても見せてほしいとお願いしたのです。そうでしたよね、リッド様」

ファラはそう言うと、目を細めて僕に向かって目配せをする。どうやら、話を合わせてくれるつもりらしい。ハッとして、すぐに頷いた。

「は、はい。ファラ王女の仰る通りです。ただその時、私は所用でご一緒できませんでした。従いました、ディアナと一緒に訪問させたというわけです」

「なんと……」

レイシスは目を丸くして『ティア』の姿を凝視する。そして、間もなくハッとして首を横に振った。

「いや、やはりおかしい。ティアは私と間違いなく会話したはずだが、目の前にいる彼女はまだ一言も発していない。彼女が本当にティアであれば、会話ができるはずだ」

「そ、それは……」

痛いところを突かれた。会話の有無は流石に誤魔化しきれない。

ここまでしておいてなんだけど、僕が変装した姿が『ティア』だったと言うべきだろうか？　思い悩んだその時、やれやれと肩を竦めたビスケットが耳元にやってきて囁いた。

「ふふ、リッド様。ひとつ貸しですよ」

「へ……!?　君いまなんて……」

囁きに驚愕して耳を疑ったその時、ビスケットはわざとらしく咳払いをすると、レイシスを見つめた。

「改めてお久しぶりです、レイシス様」

突然、ティアことビスケットが声を発した。その声は、僕やメルに似ているようにも聞こえる。次いで、彼女は綺麗な所作で『カーテシー』を行った。その姿は、本丸御殿でメルが見せた挨拶を彷彿とさせるほど、綺麗な所作である。この場にいる皆が呆気に取られていると、レイシスが驚きの声を発した。

「ティ、ティアは、本当に君だったのか⁉」

「私でないなら誰だと仰るのでしょうか？　必要でしたらレイシス様が、二人だけの時に仰った事……この場でお伝えすることも可能でございます」

「い、いや、それは流石に……」

ビスケットがしっかりと受け答えをしたことで、彼は今までの話を信じてくれたらしい。そして、首を小さく横に振ったビスケットは、諭すように言った。

「折角、リッド様がレイシス様の面目が立つようにしておりましたのに……残念です」

「面目とは……どういうことだろうか」

なんとも言えない顔のレイシスだけど、ビスケットはそのまま話を続ける。

「えーっと、ほら……なんでしたっけ。人間同士で結婚している人の事を……き……き……」

「既婚者のこと？」

「そう、それです！」

疑問に答えると、ビスケットはパァっと明るい笑顔で頷いた。そして、彼に振り向きハッキリと告げた。

「私……ティアことビスケットは、そこにいる黒猫さん。クッキーの妻ですからね。レイシス様のお気持ちには応えられません」

「な……⁉　君はリッド殿を好いていたのではなかったのか？　あ、いやそれ以前、君は魔物だったな。そうか……私の面目とはそういうことか」

ビスケットの言葉に目を見張ったレイシスは、見初めた相手が魔物で、しかも既婚者であることに衝撃を受けたらしく意気消沈している。しかし、そんな彼に、追い打ちをかけるようにメルがすべてを察した様子で声を掛けた。

「えぇ、レイシスにいさまって、みためでひとをはんだんしちゃうの？」

「あ、いや、メルディ殿。べ、別に決して、そういう意味では……」

「じゃあ、どういういみなの？」

思わぬ問い掛けに、レイシスはあたふたと慌てている。そして、メルは話しを続けた。

「どんなあいてでも、レイシスにいさまがいだいたきもちは、ほんものでしょ？　それはたいせつなものだとおもいます」

「う、うむ。メルディ殿の言う通り、私が抱いた気持ちが様々な活動における原動力となったのは確か……だな」

レイシスはメルの言葉を聞くと、思案するように俯いた。程なくすると、彼は勢いよく膝を手で叩き「パン」という音を鳴らす。そして、顔を上げるとビスケットに熱い眼差しを向けた。

「ティア改めて、ビスケット殿。貴殿に恋焦がれたのは事実であり、良い夢を見させてもらった。クッキー殿と……幸せにな」

「ありがとうございます。レイシス様」

ビスケットはそう言うと、レイシスに向けて頭を下げて一礼する。クッキーも満更ではない様子だ。一連のやり取りが終わると、メルが可愛らしく目を細める。

「えへへ、れいしすにいさま、かっこいいよ」

「そ、そうか……ありがとう、メルディ殿」

それから暫くの間、レイシスを皆で励ます状況が続く。だけど、その一部始終を見ていたディアナ、アスナは肩を揺らしていた。そして、ファラはというと、レイシスと僕を交互に見つめ、何故か胸を撫で下ろすような仕草をしている。やがて、元気を取り戻したレイシスは、サッと立ち上がった。

「うむ、では私は先にお暇しよう。リッド殿とファラで話したいこともあるだろうからな」

そう言うと、彼は部屋のドアの前まで足を進める。見送りの為、僕も一緒にドア近くまで移動すると、レイシスは懐から『懐中時計』を取り出した。

「忘れるところだった。リッド殿、このような素晴らしいものを頂き感謝する」

「いえ、喜んでいただけて光栄です」

笑みを浮かべて会釈すると、彼はニコリと頷く。そして、スッと顔を寄せて耳元で囁いた。

「その、リッド殿の妹君。メルディ殿だが……まだ婚約などはしていないのだろうか」

「……しているわけがありません。私の妹なんですよ？　それに、私とファラ王女の婚姻が特例なのです。メルが今の年齢で婚約や婚姻をするわけないじゃないですか」

普通に答えたつもりなんだけれど、どうやら気付かない内に顔を顰めていたらしい。レイシスの顔が青くなり引きつった。

「リッド殿、何もそのような怖い顔をしなくても良いではないか。しかし、そうか……ならば、私にも……」

「……レイシス兄さん。良からぬことを考えているなら、また怒りますよ」

「す、すまん。では、これにて失礼する」

言葉の棘《とげ》を感じ取ったのか、彼は僕の後ろにいる誰かに向けて微笑むと、今度こそ部屋を後にする。そして、ゆっくりとドアを閉めると、ため息を吐いた。

「ティアの次は『メル』か。レイシス兄さんって惚れっぽいのかなぁ……それとも、僕やメルの顔が好みなのかな？　じゃあ、母上とかも……」

ふと、母上とレイシスが対面した状況を想像してみる。うん、きっと彼は母上に見惚れそうな気がするなぁ。だけど、鬼の形相を浮かべた父上の顔も同時に浮かんできて寒気を感じた僕は、想像を消し去るように勢いよく首を横に振った。

彼が退室して間もなく、部屋の中に静寂が訪れる。そして、彼女こと『ティア』に目をやった。

「さてと……ビスケット。君が話せるとは知らなかったよ」

「えへへ……驚きましたか。ここまで話せるようになったのは最近ですけどね」

ティア姿のビスケットは、可愛らしく「てへっ」として見せる。その時、彼女の傍にいたメルが、ドヤ顔で腰に両手を当て、その場に立ち上がる。

「ふふーん。ビスケットに『もじ』と『ことば』をおしえたのはわたしだもーん」

「はい。メルちゃんのおかげです」

ビスケットは目を細めて頷くが、意味がよくわからないので聞き返した。

「メルが教えたってどういうこと……？」

「ふふ……では、皆様にもわかるようにご説明しましょう」

そう言うと、彼女はメルと同じく自信満々にドヤ顔を浮かべ、腰に両手を当てる。なお、そんなビスケットの様子に子猫姿のクッキーは「やれやれ」と首を振っていた。

だけど、ビスケットはそんな事をよそに、流暢に喋りながら楽しそうである。彼女曰く、文字と言葉の練習を始めたのは、『ティア』の姿をメルに披露してからということだ。

クッキーとビスケットは、初めてレナルーテで出会った時から言葉を多少は理解していたらしい。不明な部分は、相手の表情や言葉に宿る感情を読み取ることで補完していたそうだ。

言葉の問題に契機が訪れたのは、メルと遊ぶようになり間もなくのこと。ある日、メルが勉強している内容に興味を示したビスケットとクッキー。そんな二匹に、メルが絵本の読み聞かせと合わせて文字を教えたそうだ。その結果、クッキーとビスケットは、短期間で言葉と文字を理解できるようになったという。

つまり、ビスケットが『ティア』に変身した姿を初めて僕に見せた時、既に言葉をある程度、理解できていたらしい。

メルは、二匹の学習能力の高さを目の当たりにすると、次いで『言葉』も話せるようになるのではないか？　と期待に胸を膨らませたそうだ。だけど、さすがのクッキーとビスケットでも、『言葉』は発音が難しくて苦戦する。

そんな時、「うーん。そのすがたでむずかしいなら、ひとのすがたならできるんじゃない？」とメルが提案すると、ビスケットは閃いたらしい。

「そう……それはまさに、メルちゃんのおかげで訪れた天啓でした。人と同じ声を出す為に、口、喉、お腹の動きを私が真似をすれば良いだけだったんです！」

「そ、そうなんだね」

ビスケットが天を仰いで祈るように、大袈裟に語る姿に呆れ顔を浮かべて相槌を打った。そして、彼女は説明を続ける。曰く天啓を得た後は、メルの発声を参考に様々なことを研究、試行をくり返したらしい。それから徐々に、『言葉』を発することができるようになったそうだ。

「……というわけで、私がメルちゃんとリッド様に声が似ている理由もそこに繋がるわけですね」

「なるほどね。メルの声を参考に『発声方法』を研究した結果ということだね」

「さすが、リッド様。理解が早くて助かります」

目を細めて頷くビスケットだけど、僕は額に手を添えて俯いていた。知らぬ間に、魔物であるスライムのビスケットが、変身能力だけではなく会話能力まで得ていたのだ。驚かない方がおかしいだろう。勿論、驚いたのは僕だけではない。メル以外、この場に居る皆は揃って目を丸くしている。

顔を上げた時、ふいに子猫姿のクッキーと目が合った。

「ところで、クッキーは会話できないのかい？」

「あ、黒猫さんは私みたいに体の作りを変えることはできないので、会話能力は得られませんでした。でも、皆さんの言葉を理解しているので、文字による会話はできると思います。あと、私を通せば、会話もできないことはないですね」

「へぇ……」

　ビスケットの答えに感心しながらクッキーを見つめると、彼は興味なさげにそっぽを向いた。どうやら、クッキーは会話することにそこまで興味はないらしい。だけど、バルディアで温泉を掘り当ててくれたことを思い出し、ビスケットに声をかけた。

「そう言えば、彼に聞きたいことがあったんだ。バルディアで温泉をなんで掘ってくれたのか、聞いてもらっても良いかな？　お礼は何度か伝えたと思うんだけど、折角だから聞きたいと思って」

「あは、わかりました。聞いてみますね」

　ビスケットは笑顔で頷くと、クッキーに近寄った。そして、二匹が互いに見つめ合うと、部屋に静寂が訪れる。それから程なくすると、ビスケットがはにかんだ。

「ええっと、ですね。『レナルーテで嫁を助けてくれたお礼』だそうです」

「あ……そういうことね」

　レナルーテで嫁を助けた……というのは、出会った当時、彼等を捕まえていたマレインを懲らしめたことだろう。クッキーは、義理堅い性格らしい。

「それからですね。黒猫さんは、『リッドは一緒にいると面白い。それに、メルディも嫁に似ていてほっとけないから、一緒に居てやる』だそうです……って、私とメルちゃんって似ているんですかね？」

　そう言うと、ビスケットはメルを見つめて小首を傾げた。クッキーは相変わらず、興味がなさそうだ。二人のやり取りに、思わず笑いが噴き出した。

「あはは、それはよくわからないけど、クッキーとビスケットがメルの側にいてくれるのはとても心強いよ」

「そ、そうですかね。えへへ……」

ビスケットは頬を掻き、くすぐったそうに笑う。でも、すぐにハッとして顔つきが真面目になる。

「あと黒猫さんは、『温泉は掘ったが、俺は風呂が嫌いだ』らしいです」

「……!? あははは、わかった。教えてくれてありがとう」

その時、クッキーが泥だらけになった時の姿が脳裏に蘇る。彼がメルとメイドの皆に洗われてションボリしていたことを思い出して、つい笑ってしまった。

◇

ビスケットが話せるようになった理由についての話が終わると、彼女は「じゃあ、子猫に戻りますね」と一言発して、この場にいる皆に向けて『カーテシー』を行う。それから間もなく、『ティア』の姿からクッキーと瓜二つの白い子猫姿に戻ると、二匹はメルの側に近寄り可愛らしく丸くなる。

その一連の動きを見ても、メルは目を細めて微笑むだけで特に驚いた様子はない。だけど、この場にいるファラとアスナは目を丸くしていた。その時、ディアナが呆れ顔を浮かべる。

「クッキーとビスケットにはとても驚かされましたが、メルディ様を『メルちゃん』と呼ぶのは少し気になりますね」

「そうかなぁ。でも、わたしがいいよっていったんだよ?」

メルはきょとんとして小首を傾げる。ディアナは、魔物とはいえビスケットのメルに対する口調が少し気になっているらしい。眉をピクリとさせ、「しかし……」と言葉を続けようとする彼女を宥めた。

「まぁまぁ、クッキーとビスケットは魔物なんだからさ。僕達の過ごす社会の決まりを強制する必要はないんじゃないかな？」

「リッド様。恐れながら、『郷に入っては郷に従え』という言葉もございます。クッキーとビスケットがバルディア家で過ごす上、我々との会話もできるとわかった以上、それは通用しないかと存じます」

二匹を横目で見ると、彼女は凛とした声で答えた。言わんとしていることは、わからなくはないけどね。今は良いかも知れないけれど、二匹がメルと一緒に人前に出る事も今後は考えられるだろう。その際、ビスケットの言葉遣いだと、色々支障が出るかもしれない。口元に手を当て思案すると、「わかった」と頷いた。

「じゃあ、ビスケットのことは僕から父上と母上にも話すよ。それで許可が貰えれば、ビスケットに社会で必要な『言葉遣い』や『礼儀作法』をメルの勉強と一緒に学んでもらおう。一応、クッキーもその場に同席して学んでもらえればいいかな」

「うわぁ、それおもしろそうだね！」

メルは言葉遣いや礼儀作法をクッキー達が学ぶと聞き、身を乗り出して目を輝かせた。だけど、すぐにハッとして、しょぼんとする。

「あ、でもそうなると、わたしとビスケットたちは、きがるにはなしちゃだめなの？」

その問い掛けに、僕は首を小さく横に振った。

「そんなことはないよ。あくまで、『言葉遣い』や『礼儀作法』は必要な場に応じて使うだけだからね。僕達だけしか居ない場所なら、今まで通りで問題ないよ」

「ほんとう⁉　えへへ。ふたりとも、わたしとあそぶときはいままでどおりでいいって、よかったね」

メルの言葉を聞くと、二匹は顔を見合せる。そして、クッキーは面倒くさそうに首を横に振った。ビスケットは丸まった状態からその場でちょこんと座り直すと、目を細めてニコリと笑う。

「承知しました。では、バルディア領に戻ったら、私もリッド様達が住んでいる世界の決まりを勉強させていただきます」

子猫姿のビスケットがいきなり声を発したことで、この場にいる皆は呆気に取られた。

「……⁉　ビ、ビスケットはその状態でも話せるんだね。少しびっくりしたよ」

「あはは。見た目が何であれ、発声できる喉の造りにすればいいだけですからね。一度やり方を覚えてしまえば。後は簡単ですよ」

白い子猫姿で人語を話すビスケットは、笑顔を浮かべて楽し気だ。こうして、ビスケットとクッキーがバルディアに戻り次第、メルと一緒に様々なことを学ぶことがそれとなく決まったのである。

ビスケットとクッキーとのやり取りが落ち着くと、視線をファラに移した。

「ごめんね、ファラ。色々と話が脱線してしまって……」

ファラが折角、部屋まで訪れて来たのに、レイシスやビスケット達の話ばかりになってしまった。

そう言って会釈すると、ファラは両手を前に出してワタワタと手を横に振った。

「いえいえ、私も楽しかったですから。それに、クッキーとビスケットが『ティア』に変身できて、会話もできるなんて本当に驚きました。ね、アスナ」

「はい。まさかあの時に出会った魔物が、こんな力を宿していたとは思いもしませんでした」

ファラとアスナは、子猫姿で仲睦まじく丸くなっている二匹を見て微笑んだ。その声は聞こえているみたいだけど、二匹は気にしていないみたい。

「そうだね。僕も変身できることは知っていたけど、まさか会話できるとは知らなかったんだ」

その後、クッキーとビスケットがバルディアに来てからの事を話題にして、ファラ達と談笑する。ちなみに、二匹の存在は手紙のやり取りで彼女には事前に伝えていた。だけど、ファラも疑問に思っていた部分もあったらしい。彼女の質問に答える流れで、会話は弾んでいった。

「……というわけで、バルディア領の温泉はクッキーが掘り当ててくれたんだよ」

「なるほど……それが先程の話に繋がっていくのですね。ふふ、私もクッキーが掘り当てた温泉に入るのが楽しみです」

ファラがそう言って頷くと、咳払いをして話頭を転じる。

「ところで、ファラ。何か困ったことでもあったのかな？」

「え……ど、どうしてですか」

困惑した表情を浮かべると、ファラは小首を傾げた。あれ、違ったのかな？　そう思いながら話を続ける。

「いや、何もないなら良いのだけど。急に訪ねてきたから、何か困りごとがあったのかなと……」

「あ……そ、それはですね。これのお礼を直接言いたくて……」

そう言うと、彼女は顔を少し赤らめる。そして、机の上に可愛らしく、品のある装飾が施された『懐中時計』を静かに置いた。それはまさしく、エリアス王との会談でファラに渡してほしいと伝えたものだ。

「その……本当に嬉しかったんです。それに、携帯できる時計なんてこんな素晴らしいものを用意してくれてありがとうございます」

彼女の言葉を聞き、照れ隠しのように「あはは」と頬を掻いた。

「そうだったんだ……気に入ってもらえたなら良かったよ。あ、そうそう、母上もね。ファラがバルディアに来るのを凄い楽しみにしてくれているよ」

「はい、私もナナリー様に会えるのを楽しみにしているんです。ふふ」

笑って頷くファラだったけど、何やら思い出したようにハッとする。

「そ、そうでした。リッド様、以前お手紙で頂いた内容。ナナリー様が私のことを『招福のファラ』と呼んでいる件について、今日は説明していただきますからね。絶対に、絶対にです！」

「あ……そうだったね。その事についても話しておかないといけないね。実は……」

そして、母上が彼女のことを『招福のファラ』と呼ぶようになった経緯、バルディアの屋敷で働く皆が『招福のファラ』を心待ちにしていることを説明した。

その話を聞いたファラは、顔を真っ赤にしながら「え……ぇぇええ⁉」と目を見張った。彼女の後ろに控えるアスナは、俯いて顔を隠しながら肩を震わせている。それから程なくすると、ファラは何かに気付いた様子で恐る恐ると僕を見つめた。

「そ、それじゃあ、リッド様も私の秘密をご存じということ……ですか」

「えー……と、耳の件が『ファラの秘密』ということなら、そういうことになるかな」

すると彼女は、目を大きく見開いた。そして、両耳を両手で隠すと、顔を赤らめたまま恥ずかしそうに俯いてしまう。

「だ、大丈夫だよ、ファラ。耳の秘密は、バルディア家でも一部の人しか知らなくて、『招福のファラ』という呼び名だけが広まっているだけなんだ。それに僕は、その耳の動きは可愛くて大好きだしね」

慌てたせいか、余計なことまで口走ってしまい「あ……」と顔の火照りを感じた。きっと、今の僕は耳まで真っ赤になっているだろう。

「え……そ、そうなんですか……?」

ファラは、ぽうっとした顔をゆっくり上げる。その時、彼女が隠していた両耳が露わになり、少しだけ上下していた。彼女の可愛らしい表情を見て、なんていうべきだろうか？　と一瞬、悩んだけれど率直な思いを告げる。

「えっと、うん。正直に言うとファラの耳の動きは……その、可愛くてとっても素敵だと思うよ」

「で、でも、本当に変じゃないですか？　他種族では有り得ない事ですから、人族の殿方には『気持ち悪い』と思われる。そう聞いていたんですけど……」

彼女の瞳には、期待と不安の色が満ちていた。耳の事を秘密にしていた理由を聞いた僕は、目を細めて優しく微笑み掛ける。

「確かに、人族で耳が感情で動くという話は聞かないね。だけど、僕はファラの事が……その、ほら『大好き』だからさ。耳の動きは関係ないかな。あ、でもさっき言った通り、耳の動きは可愛くて素敵だと思っているのも本当だよ」

「……!? あ、ありがとう……ございます」

ファラはそう答えると、はにかんで俯いてしまう。でも、今度は耳を隠していない。その為、彼女の耳が可愛らしく少しだけ上下しているのが目に入る。

「ふふ、やっぱりファラは可愛いね」

「あ、いえ……これはその……」

嬉し恥ずかしそうに頬を染め、耳を慌てて隠すファラ。一連のやり取りを見ていたディアナが、僕の後ろで「ごちそうさまです」と言った気がする。それとほぼ同時に、メルが怪しく目を細めて笑った。

「うわぁ。ひめねえさまとにいさまって、はうえとちちうえみたい。『らぶらぶ』なんだね」

その一言に、「な……!?」と顔が火照る。ふとファラを見ると、彼女は耳まで顔を真っ赤にして再び俯いてしまう。ちなみにこの時、クッキーは呆れ顔で「やれやれ」と首を横に振り、ビスケットは優し気に微笑んでいた。

◇

迎賓館で僕が過ごす部屋。そこにファラが訪れてから、それなりの時間が経過している。だけど、久しぶりの再会で会話にはずっと花が咲いていた。

ファラとはバルディアに戻ってからも、ずっと手紙のやりとりを行っていたけど、手紙だけでは伝えられる内容に限界がある。彼女も聞きたいことが多かったらしく、送った手紙の内容を確認するような流れで談笑は続いていた。

その時、ふとファラがメルを見つめる。その視線にメルが小首を傾げると、ファラは目を細めて微笑んだ。

「そういえば、リッド様はメルディ様のことを愛称で呼んでいるんですね」

「うん。メルディを母上がメルって呼んでいてね。その呼び方を、僕と父上にもメルが許してくれたんだよ」

メルに視線を向けると、彼女は「えへへ……」と口元を可愛らしく緩めた。そのやり取りを、ファラが優しく見つめていることに気付いたメルは、少し考えるように俯く。そして、顔を上げるなり、目を細めてファラを見据えた。

「ねぇ、ひめねえさま」

「はい、なんでしょうか」

ファラが答えると、メルがおずおずと言葉を続ける。

「その……わたしのこと、にいさまのように『メル』ってよんでもいいからね。ひめねえさまはわたしの『おねえちゃん』だから」

「……!? えっと、その、本当によろしいのでしょうか？」

とても嬉しそうに、だけど戸惑った表情を浮かべたファラ。彼女は視線を泳がせると、僕とメルを交互に見つめた。その様子に苦笑すると、優しく答える。

「メルが良いと言っているから問題ないよ。それに、ファラがメルの『お姉ちゃん』になるのは間違いないからね」

「うん。わたしも、ひめねえさまには『メルディ』じゃなくて、メルってよんでほしいな……だめかな」

メルはそう言うと、ファラのことを上目遣いで可愛らしく見据えた。その言動と眼差しに、ファラの瞳が嬉しそうに光る。次いで、彼女は意を決した様子で咳払いを行った。

「じゃあ、これからよろしくお願いします。メル……ちゃん」

言うが早いか、ファラはかぁっと顔を赤らめる。だけど、メルは満面の笑みを浮かべて頷いた。

「うん。ひめねえさまは、『メルちゃん』ってこれからもよんでいいからね」

「ありがとう。メルちゃん」

気恥ずかしそうに『メルちゃん』とファラが呼ぶと、メルは体をくすぐったそうに揺らす。そして、嬉しそうに「えへへ」とはにかんでいた。

◇

ファラとメルのやり取りが終わり、その後も談笑していると、部屋のドアがノックされる。僕が答えると、ドア越しにザックの声が返ってきた。

「リッド様。恐れながら、そろそろ良いお時間でございます。名残惜しいとは存じますが、続きは明日以降になされては如何でしょうか？」

「はい、わかりました」

彼に聞こえるよう、少し大きめの言葉で答える。そして、ファラとアスナに視線を移した。

「楽しい時間はあっという間だね」

「はい。本当に……」

ファラは少し感慨深げに頷く。すると、控えていたアスナが表情を崩した。

「ふふ、姫様はずっとこの日を楽しみにしておいででしたからね」

「……⁉　ア、アスナ。あまり茶化さないでください」

耳を少し上下させて抗議するファラに、メルが嬉しそうに話しかける。

「わたしも、ひめねえさまにあえるのたのしみにしていたからいっしょだね」

「はい、そうですね。私もメルちゃんに会えること、ずっと楽しみにしていました。でも、これからは、いつでも沢山話せますね」

「うん！」

メルが元気よく頷くと、ファラはスッと立ち上がる。そして、そのまま部屋を退室すると、迎賓館の玄関まで移動した。勿論、彼女達を見送る為、僕達も一緒に移動する。迎賓館の前でファラが馬車に乗ろうとした時、ふとこちらに振り向いた。

「リッド様。明日からは、『華燭の典』の準備でお忙しくなると思います。困りごとがあれば、すぐにご相談ください」

「うん、わかった。その時はすぐに相談するよ。ありがとう」

「はい。では、これにて失礼致します。また明日……」

ファラはそう言うと、綺麗な所作でお辞儀を行ってから馬車に乗り込んだ。次いで、アスナが馬車に乗り込み乗車口を丁寧に閉めると、馬車はゆっくりと本丸御殿に向かって動き出す。僕とメルは、馬車が見えなくなるまでその場で見送った。

◇

ファラ達を見送った後、迎賓館にて夕食を頂き、温泉で旅の疲れを癒すことになる。なお、温泉の入浴には今回も護衛は必要ということになったけど、ディアナはメルと一緒に女湯だ。その為、カペラと一緒に温泉を楽しむことになった。

ちなみに、今回のレナルーテ訪問には、ダイナスとルーベンスは来ていない。彼等は父上が留守の間、バルディアを守る役割があるからだ。一時的ではあるけれど、僕が居ない間は第二騎士団の皆も第一騎士団の指揮下に入っている。

そうして、久しぶりのレナルーテのお風呂に浸かると、自然と声が出た。

「ふぅ～、いい湯だねぇ」

「はい、いい湯です」

反応してくれたのは横にいるカペラだ。すると、彼の体つきが目に映った。カペラの体には、意外にもかなり傷跡がある。また、その体は無駄なく引き締まっており、父上の体つきに似ているかもしれない。こちらの視線に気付いたのか、カペラが首を傾げた。

「リッド様、どうかされましたか」

「え、あ、ごめん。カペラの体つきに目がいってね。鍛え込まれているというか、歴戦の強者って感じだね」

「そうですか？　そういえば、エレンもそんなことを言っていましたね。自分ではあまり気にしたことがありませんでした」

カペラはそう言うと、まじまじと自身の体の傷跡を眺めた。

「はは、彼を鍛えたのは私ですからな。もし、リッド様がカペラのような肉体を欲しているのであれば、私が指導いたしましょうか」

突然の声に驚き、急いで立ち上がって構えると、風呂場に激しい水音が鳴り響く。だけど、そこにいたのは、目を細めて湯に浸かっているザックだった。声の主が彼だとわかると、肩の力が抜けていく。

「いきなり声を掛けられたからびっくりしたよ……それにしても、どうしてザックもここに？」

「申し訳ありません。一度、リッド様とこうしてゆっくりと話してみたかったのです」

「頭目。リッド様に対してあまり悪ふざけはお止めください」

ふと気が付けば、僕の真横でカペラが身構えている。水音もほとんどしなかったのに、いつの間に隣に来たのだろうか。だけど、ザックは気にする様子もなく言葉を続けた。

「カペラ、そう硬いこと言うでない。それにしても、リッド様の型破りな快進撃は目を見張るものがありますな。私の正体、カペラとの関係もすでにご存じなのでしょう？」

「ザックが暗部組織のトップである事。そして、カペラが僕を監視する役目を与えられている件のこと……で、この場の答えは良いのかな」

するると、彼はさも楽しそうに目を細めた。

「その通りです。いやはや、リッド様は本当に年齢にそぐわぬ知力をお持ちですな。木炭車、懐中時計、自由貿易……『型破りな神童』とはよく言ったものです」

「お褒めに与り光栄だけど……話したい事って何かな」

「はは、これは手厳しい。いえね……私が管理する組織『忍衆』。そして、リッド様が組織した『辺境特務機関』の連携について、少しご相談したいのですよ」

ザックはそう答えると、底知れない笑みを浮かべ、試すように僕を見据える。これまた、難題そうな話だなぁ……そう思いつつ、首を軽く横に振った。

「それについては、僕も大いに興味はあるけど、この場でする話じゃないでしょ。僕の一存でも決められないしね。父上にも伝えておくから、ちゃんとした機会を作ろうよ」

「それもそうですな。では、恐れ入りますが、リッド様からライナー様にこの件をお伝え願えますかな？」

「わかった。話しておくよ」

そう言って頷くと、ザックは満足気に湯から立ち上がる。

「ありがとうございます、リッド様。では、私は先に失礼させていただきますぞ」

「え、う、うん」

案外簡単に引き下がるな。ザックが湯から上がり、脱衣所に向かう姿を見送ると、ハッとした。

ひょっとして彼は、この件を僕から父上に相談させること。それ自体が目的だったのではないだろうか？　ザックから父上に直接伝えると、交渉する前段階で色々と条件を付けられかねない。

だけど、相談の件を僕が父上に伝えることを了承した時点で、ザックの求める交渉の土台は用意されたも同然だろう。直接、父上に相談すれば諸条件が付けられる。でも、僕を通せば、諸条件を回避できる可能性が高いということだ。

「やられた……のかな」

隣にいるカペラに恐る恐る問い掛けると、彼は小さく頷きながら「おそらくは……」と呟いた。

その答えを聞いてため息を吐くと、「父上になんて言おうかなぁ……」と呟き湯船の中に、自ら沈んでいった。

◇

温泉から上がると、父上がいる部屋を訪れてザックとのやり取りを伝える。父上はため息を吐いた後、苦々し気に「ザックめ……またか」と漏らした。

「ですが、父上。僭越ながら話し合いには今後の事を考え、応じるべきかと存じます」

レナルーテとバルディア第二騎士団の暗部が必要に応じて情報共有をしておくことは、枠組み造りさえしっかりすればとても有意義なものになるはずだ。しかし、『枠組み』をまとめるのはかなり大変な作業になるだろうから、僕の一存ではまず承認できない。打診をしてきたザック自身、そのことは理解していたはずだ。

それでも話してきたのは、僕を経由して父上に話が伝わる方が『枠組み』が纏まりやすいと判断をしたのだろう。父上は口元に手を当て、暫し思案するとおもむろに頷いた。

「うむ。その件について、私からザック殿に確認しておこう。しかし、お前も私も明日、明後日は忙しくなるだろうからな。話し合いをするにしても、『華燭の典』が終わった後になるだろう。リッド、今日は明日に備えてしっかり休んでおけよ」

「承知しました。では、私はこれで失礼致します」

父上の部屋を退室すると、真っすぐ自室に戻る。そして、明かりを消してベッドの中に潜り込んだ。

「ふぅ……今日も忙しかったけど、明日も大変そうだなぁ。でも、頑張ろう」

自分自身を鼓舞するように呟くと、ゆっくり目を瞑る。意外と疲れていたのか、眠気はすぐにやってきた。しかしその時、部屋のドアがノックされる。

「リッド様、申し訳ありません。少しよろしいでしょうか？」

部屋の外からカペラの声が聞こえ、ベッドから体を起こして首を傾げた。

「こんな時間にどうしたの？」

するると、珍しく困惑したカペラの声が返ってきた。

「い、いいえ、お休み中に申し訳ありません。実は、メルディ様が……」

「……!? メルがどうしたの！」

メルに何かあったのか？　ベッドから飛び起きると、慌ててドアを開けた。だけどそこには、困り顔のカペラと、彼のズボンを握り締めて泣きそうなメル。そして、これまた困り顔のダナエとディアナが、メルの後ろに控えている。状況が飲み込めず、目を瞬いて首を捻った。

「ええっと……これは、どういう状況なのかな？」

問い掛けてみるが、皆は困り顔のままである。本当にどうしたのだろうか？　ますます困惑していると、メルがおずおずと一歩前に出た。

「にいさま、いっしょにねちゃだめ？」

「へ……？」

予想外のお願いで、僕は目を丸くした。

その後、立ち話をしてもしょうがないから、メル、ディアナ、ダナエを部屋の中に案内する。

「私は部屋の外で待機しておりますので、何かありましたらお申しつけください」

カペラはそう言って会釈すると、部屋の外で警備についてくれた。それから程なくすると、ディアナが部屋に備え付けられた容器でお茶を淹れ、僕とメルの前に置いてくれる。

「ありがとう、ディアナ」

「とんでもないことでございます」

彼女は丁寧に会釈を行うと、僕の後ろに控える。それから改めて、メルに優しく尋ねた。

「さて、話を聞かせてもらえるかな」

「むぅ……ちょっと…………だもん」

彼女は頬を膨らませると、少しいじけた様子で何かを呟いた。しかし、声が小さすぎて良く聞こえない。

「ごめん、よく聞こえなかった」

そう聞き返すと、メルは口を尖らせた。

「だから……ちょっとこわかったから、にいさまといっしょにねたいとおもっただけだもん……」

「あ……。ふふ、なるほどね」

その言葉で大体の事を察して、表情が綻んだ。すると、メルの後ろに控えていたダナエから、優しい笑みが溢れる。どうやら、バルディアから遠く離れた初めての場所で夜を過ごすのが怖かったらしい。わざとらしく咳払いをすると、メルに優しく微笑み掛ける。

「そうだよね、怖いよね。それなら、メルさえ良ければこの部屋で一緒のベッドで寝ようか」

「ほんとう……？　にいさま、ほんとうにいいの？」

可愛らしく小首を傾げるメルに、僕はニコリと頷いた。

「うん。勿論、構わないよ。それに、実は僕も心細かったんだ。メルがいてくれるなら嬉しいよ」

「そ、そうなんだ。えへへ……じゃあ、わたしがいっしょにいてあげるね」

僕も心細いと聞いて、メルの顔色がパァっと明るくなる。勿論、本当に心細いわけではないけどね。でも、誰に似たのか、メルは少し意地っ張りなところがあるから、会話を少し誘導した感じかな。そして、ディアナが淹れてくれたお茶を口にすると、ダナエに視線を移した。

「えっと、ダナエとディアナはどうする？　一緒にこの部屋で寝てもらってもいいけど、さすがにベッドがないからね。もし良ければ、メルの部屋を二人で使う？　僕から事情をザックさんに話せば問題もないと思うからさ」

そう提案すると、ダナエの顔がパァっと明るくなった。だけど、彼女はすぐにハッとして畏まる。

「それは嬉しいお話ではありますが、よろしいのでしょうか……？」

そんな彼女の答えに、メルが反応する。

「うん。ダナエとディアナにはいつもおせわになっているから、せっかくだしわたしのおへやつかっていいよ。わたしは、きょうはにいさまとねるもん」

「メルもこう言っているから、ダナエとディアナがメルの部屋を使うといいよ。いつも助けてもらっているからね。たまにはこういう役得があっても良いでしょ」

ディアナとダナエは、困惑した様子で顔を見合せた。次いで、ディアナが僕達を見つめながら、スッと会釈する。

「リッド様、お心遣い感謝致します。では、お言葉に甘えさせていただきます」

「……!?　ディアナさん、良いんですか」

ダナエが目を見張ると、ディアナは諭すように言葉を続ける。

「リッド様、メルディ様の意向に沿うだけです。それに、警護の観点から隣の部屋を使わせていただくことはとても助かります。私とダナエが交互に休憩しながら使えば問題ないでしょう」

二人のやり取りを確認すると、目を細めて頷いた。

「それじゃあ、決まりだね。後は、カペラを通じて連絡しておくから、二人はメルの部屋を使ってくれて構わないからね」

「承知しました」

ディアナとダナエは畏まると、綺麗な所作でペコリと頭を下げた。

その後、カペラに事情を説明する。諸事情により、メルの部屋はメイド達が使用。僕とメルは同じ部屋で過ごすと、屋敷の管理者であるザック。それに、父上にも伝えてもらうようお願いした。

やがて、お茶も飲み終えると、僕とメルは同じベッドに並んで横になる。すると、ディアナとダナエが部屋の明かりを消していく。部屋が真っ暗になる前に、ダナエが耳打ちをしてきた。

「リッド様。翌朝のメルディ様を見ても驚かないでくださいね」

「……？　う、うん。わかった」

一体何の事だろう？　気にはなったけど、ダナエ達はそのまますぐに退室してしまう。

ふと部屋のソファーに、ビスケットとクッキーが仲睦まじく丸まっていることに気が付いた。何時の間にと思いつつ、なんでベッドに来ないんだろう。そう疑問を抱くと、メルが僕を見て微笑んだ。

「えへへ……こうして、にいさまとねるのってはじめてだね」

「そうか……そうかもしれないね」

そう言って、メルの頭を優しく撫でる。すると彼女は、嬉し恥ずかしそうに小さく体を揺らし、布団の中に顔をうずめた。そうして、ベッドの中で色々と話す内、メルは眠りに落ちていく。メルが眠ったことを確認すると、僕もすぐに眠りに落ちていった。

こうして、メルと初めて同じベッドで寝ることになった。だけど、翌朝になり愕然とすることになる。

◇

「へ、へっくしょん!? うぅ、寒い。レナルーテの朝ってこんなに寒かったっけ……」

翌朝、ベッドの上で肌寒さに震えながら目を覚ますと、すぐに異変に気が付いた。

「あれ……掛け布団がない……」

また、隣で寝ていたメルがいない。咄嗟に周りを見渡しても見当たらず、「メル!?」と叫んだ。

「ふぁーい、にいさまぁ」

その時、ベッドの横。いや、正確にはベッド横の床から気の抜けた返事が聞こえてきた。まさか、と思いながらゆっくりと声のした場所を覗き見る。案の定、そこには掛け布団で簀《す》巻きになっており、何とも可愛らしい姿のメルがいた。まだ眠っているらしく、さっきの声は寝言だったらしい。

「これは一体……」

眉を顰めて首を傾げていると、部屋のドアが開かれて、ダナエとカペラが入室してきた。

「リッド様、いかがされましたか！」

声を発したカペラに、僕は決まりの悪い表情を浮かべた。

「あー……ごめん。メルがいないと思ったんだけど、ちゃんと居たから大丈夫だよ」

次いで、ダナエが心配そうにやってくる。そして、掛け布団で簀巻きになったメルを目の当たりにすると、額に手を当てた。

「すみません。メルディ様は……その、寝ている時に活発に動かれることが多くて……」

「あはは。みたいだね」

苦笑して頷くと、メルが眠ったまま、もぞもぞと動いた。

「えへへ……にいさまぁ」

可愛らしく寝言を呟くメル。妹の意外な一面と姿を知り、僕は顔を綻ばせるのであった。

式に向けた準備

「リッド様、次は『華燭の典』で身に着ける『正装』の確認があるそうです」

ディアナの凛とした声が響くと、予期せぬ今の状況に苦笑しながら答えた。

「あはは……いやぁ、思った以上にこれは大変だね」

僕はいま、彼女とカペラに手伝ってもらいつつ、『華燭の典』の準備と段取り確認の為、本丸御殿の中をあちこち移動していた。

迎賓館で朝食を済ませると、すぐにエリアス王とエルティア母様の使いがやってきたのだ。そして、『華燭の典』の開催準備に予定通り参加したわけなんだけど、エリアス王からもらった親書の内容では『関係者のみで行いたい』とあった。だから、てっきり形式的なものだと思っていたのだ。

しかし、実際に詳細を聞くと、レナルーテ国内で執り行う『華燭の典』としては、かなり厳格で大規模なものであることが判明。まさか、レナルーテの有力華族がほぼ集まるとは思いもしなかった。

「昨日、ファラが言っていた『困りごと』の意味がわかった気がするよ」

「ふふ。それだけ、リッド様が注目されているということでしょう」

次の場所に移動しながら呟くと、ディアナが嬉しそうに答えてくれる。

「ディアナさんの仰る通りです。リッド様は前回来国した際、その実力を御前試合で示しました。そして、レナルーテとバルディアの道路整備を短期間で成し遂げた手腕を発揮されています。注目されない方がおかしいでしょう」

カペラが補足するように言葉を続けると、僕は彼に振り向いた。

「道路整備か。でも、あれは僕じゃなくて、『第二騎士団』の皆が凄いんだよ。僕は指示をしただけさ」

レナルーテとバルディアの道路整備が短期間で終わったのは、土の属性魔法を使える獣人の子達と、作業を行う彼等を護衛する役目を帯びた第二騎士団の皆が頑張ってくれたおかげだ。

それを『僕の手柄』というのは、何か違う気がするんだよね。すると、カペラは首を横に振った。

「指示と仰いますが、そもそも第二騎士団を組織した手腕がお見事なのです。勿論、ライナー様のご判断も素晴らしいと存じますが、常識に囚われないリッド様のお考えがあってこそでございます。だからこそ、レナルーテの華族達も『華燭の典』を通じて、リッド様とファラ様のご縁にあやかりたいと思っているのでしょう」

「あはは、褒めてくれるのは嬉しいけどさ。レナルーテの華族達がこの機に応じて『あやかりたい』っていうのは、カペラの立場上だとちょっと言い過ぎじゃない？」

カペラは従者ではあるけど、元はレナルーテの暗部に所属していたダークエルフだ。そんな彼が、レナルーテの華族達を揶揄するような表現をしたことで、思わず噴き出してしまった。しかし、彼は目を細めて微笑んだ。

「いえいえ。私は今や愛する妻がバルディアに居ります故、骨をうずめる覚悟でございます」

骨をうずめる覚悟か。カペラって意外とエレンにベタ惚れしているのかな？　まぁ、エレンが幸せになってくれるならそれでいいけどね。彼との会話を続けようとした時、ディアナに制止される。

「お二人共、次の場所に着きましたよ。リッド様、こちらの部屋になるそうです」

「あ、うん。えっと、もう入っても大丈夫なのかな？」

彼女の言葉に答えると、部屋の前で待機していたダークエルフの兵士が反応して頷いた。

「はい。中にはすでにファラ様がお待ちでございます故、どうぞお入りください」

兵士はそう言うと、「リッド・バルディア様をご案内致します」と声を張り上げる。それから間もなく、襖が静かに開かれた。その部屋の中では、ファラとアスナに加え、ダークエルフの女性達が慌ただしく動き回っている。式に向けた事前の確認作業をしているのだろう。その時、ファラが僕達に気付いた。

「あ、リッド様。お待ちしておりました」

「……」

声を掛けられるも、ファラの姿に目を奪われて呆然としてしまう。というのも、彼女が『白無垢』を身に纏い、品のある可憐な姿をしていたからだ。

「リッド様、どうかされましたか？」

再び彼女に声を掛けられ、ハッとする。

「あ、いやごめん。その……凄く似合っていたから、つい見惚れちゃって……」

「え……!?」

ファラにとって予想外の反応だったのか、彼女の顔はみるみる赤く染まった。

「あ、いやごめん。で、でも、似合っているのも、見惚れちゃったのも本当で……その、なんて言ったらいいのか。えっと、ともかく素敵です、ファラ王女」

何か言わなければと思い、慌てて思ったことをそのまま告げた。でも、すぐに発した言葉が脳裏に蘇り、顔と体が熱くなる。きっと、今の僕の顔は真っ赤だろう。

「は、はい。えと、その……ありがとう……ございます」

彼女はそう言うと、はにかんで俯いてしまった。気恥ずかしさで一杯になっていると、着物姿のダークエルフの女性が、手を「パン」と叩いた。

「ふふ、ファラ王女様とリッド様のやり取りはとても素敵でございますね。ですが、準備が押しております故、作業を先に進めてもよろしいでしょうか」

「あ、はい。すみません。えーっと……」

叩かれた手の音に反応して答えようとするが、名前がわからずに言い淀んでしまう。すると、着物姿の女性は綺麗な所作で一礼する。

「申し遅れました。私は、リッド様とファラ王女様の着つけを担当致します『ダリア』と申します。以後、お見知りおきを」

「承知しました。ダリアさんですね。こちらこそ、よろしくお願いします」

そう答えると、改めてダリアの姿に目を向ける。彼女の姿勢はとても綺麗であり、着物を着こなして気品漂う感じのダークエルフだ。だけど、目元にはある種の鋭さもあり、只者ではなさそうな気配も感じる。視線に気付いたのか、ダリアはニコリと笑った。

「さて、それではリッド様にも式に向けた衣装を着ていただきたく存じます。もし手直しがあれば、すぐに致します故、お手数ですがご協力をお願い致します」

「わかりました。では、どの衣装を身に纏えば良いのでしょうか」

「ありがとうございます。あちらの衣装になります」

ダリアはそう言うと、部屋の中に掛けてあった『衣装』に振り向いた。彼女が視線を送る場所に掛けてあった衣装は……『黒い袴』だ。うん。ファラが『白無垢』だった時点で、何となくそうかなとは思ったけどね。

その後、『黒い袴』に身を包んだ僕と、『白無垢』を着たファラが部屋の中で並ぶことになる。ダリアは僕達が式で並んだ時に、何かおかしい部分がないかの事前確認をする為だと言っていた。だけどその結果、僕とファラは互いをより意識することになった。部屋の中には暫く甘酸っぱい空気が漂い、室温が一時的に上がった気がする。そんな僕達の様子に、周りの皆がニヤニヤと微笑んでいたのは言うまでもない。

◇

「……ここで、式を挙げるの？」

「はい。ここは、レナルーテで一番神聖と言われている場所なんですよ」

その呟きに、ファラがはにかみながら嬉しそうに答えてくれた。だけど、僕は目の前にある『場所』の造りに驚きのあまり絶句していた。それというのも、前世の記憶にある『神社』そのものだったからだ。

『華燭の典』に向けた段取り確認と事前準備を本丸御殿で行った後、ファラ達と一緒に式を執り行う場所に移動する。ちなみに、今着ている服装は普段着に戻っている。式で使う着物を汚すわけにいかないからね。それと、『袴』のサイズがぴったりで驚いたけど、事前に父上達がサイズをレナルーテ側に伝えていたらしい。まぁ、当然と言えば当然だけど。

神社の入口にある大きな鳥居を潜り境内に入ると、奥の本殿と思われる大きな建物が目に入った。また、境内は日本庭園の枯山水のような造りになっており、空気がとても澄んでいる。

「凄く綺麗で素敵なところだね」

「リッド様にも気に入ってもらえて良かったです。前に見える大きな建物は、本殿や拝殿を覆殿で囲っているんですよ」

ファラはそう言って、楽し気に教えてくれる。彼女との会話を楽しみながら境内の中を進み、神前式を行う場所に足を進めていく。カペラは無表情で僕の後ろに控え、ディアナはアスナと談笑しているようだ。

ふと境内を見渡すと、白と赤の巫女服を着ているダークエルフの女性達が綺麗な所作で歩いており、自然と目があちこちに泳いでしまう。その時、ファラが何やら少し不満げに呟いた。

「……リッド様は、『巫女』がお好きなのですか？」

「え⁉ あ、いや、そういうわけじゃないんだけど、バルディアじゃ見ない服装だから珍しくてね」

思わぬ指摘に、頬を掻きながら決まりの悪い顔を浮かべた。前世の記憶がある身としては、ダークエルフの綺麗な女性が『巫女服』を着ているのは衝撃的な姿であり、自然と目が追いかけてしまう。だけど、彼女は答えを聞くなり、頬を膨らませて少し見すぎですよ」

「むぅ……それはそうかも知れませんけど、少し見すぎですよ」

「あ、あはは。ごめんね、気を付けるよ」

苦笑して答えると、彼女は何やらハッとして何かを小声で呟いた。

「あ、そうです！ 私の分をこっそりと用意すれば……」

「えっと、ごめん。よく聞こえなかったんだけど……」

声が小さくて聞き取れず、確認するように尋ねると、彼女は小さく首を横に振る。

「あ、いえ、こちらの話ですから気にしないでください」

「そ、そう?」

耳を少し上下させながら、目を細めて微笑むファラ。その表情に、メルや母上が時折見せる悪戯心を思い出すのは気のせいだろうか? すると、アスナが呆れ顔で首を横に振った。

「はぁ、姫様……また良からぬことを」

「ふふ。リッド様は、とてもファラ王女に想われて幸せでございますね」

彼女の言葉に、ディアナが笑みを溢して頷いている。一連のやり取りを見聞きしているカペラも、言葉は発せずとも少しだけ頬を緩ませているようだ。その中、僕だけがファラの笑みの意図が分からず、首を傾げていた。

境内から神殿の中を先に進むと、そこには父上やメル。加えて、エリアス王を含めた王族の方達が揃っていた。

「おお、婿殿。待っていたぞ」

「エリアス陛下、お待たせして申し訳ございません。父上、それに皆様もこちらに来ておられたんですね」

この場に集まっている方達に向かって声を掛けると、代表するように父上が頷いた。

「うむ。『神前式』は私もさすがに初めてなのでな。バルディア家としては私とメルが参列する予定だ」

「えへへ、にいさま。わたしもちかくでみているからね」

嬉しそうに微笑むメルの頭を撫でると、目を細めて頷いた。

「うん、ちゃんと見て母上にも伝えてね」

「はーい」

メルが返事をすると、エリアス王が咳払いをして場の注目を集める。

「婿殿。そろそろ『神前式』の段取りを確認していこうと思うが、良いかな」

「承知しました、エリアス陛下」

その後、レナルーテの『神社』において、『神前式』の段取りを確認していく。本丸御殿と神社での段取りをまとめると、神社で神前式を行った後、本丸御殿で披露宴という流れのようだ。

神社で行う神前式は、レナルーテ側の参列者は王族に近い関係者。バルディア家の関係者は、父上の護衛としてやってきたクロス。メルや僕に近い者としてディアナ、カペラ、ダナエが護衛も兼ねて参列する予定だ。

ここまで大規模な式を挙げるとは思わなかったけど、その点については父上が説明をしてくれた。

今回の『華燭の典』は、バルディア家とレナルーテ王族の繋がりが強固であることを有力華族に見せる為、政《まつりごと》の意味合いが強いそうだ。父上はエリアス王にまた貸しができた、と少し意地の悪そうな笑みを浮かべた。そして、僕にだけ聞こえる小声で言った。

「政の件については、まだ深く考えなくて良い。それよりお前は、妻となるファラ王女に恥をかかせることの無いようにな」

父上はそう言うと、優しい眼差しをファラに向ける。それにつられるように、僕も彼女を見つめた。すると、ファラが僕の視線に気付いたらしく、はにかんだ。

そんな彼女と目が合い、ドキッと鼓動が高まるのを感じて深呼吸をする。そして、父上に視線を戻した。

「承知しました。ファラにとって、良い門出になるよう尽くします」

「うむ。その意気だ」

こうして、『華燭の典』で行う神前式と披露宴の段取り確認を粛々と行うのであった。

エリアス王の問い掛け、リッドの答え

レナルーテに来てからの二日間はとても忙しく、個人的にしたい事は何もできていない。

初日は午前中と午後を丸々使い、本丸御殿で行う披露宴と神社で行う神前式の段取り確認と打ち合わせ。

二日目は初日と同じ内容に加え、夕方にはレナルーテの有力華族と親睦会を兼ねた食事会が迎賓館で用意されていたのである。

華族との親睦会は披露宴で兼ねれば良いじゃないか。そう思ったけれど、色んな思惑が混ざった結果そういうわけにもいかなかったらしい。

明日はいよいよ式当日だけど、今は迎賓館で行われている食事会に父上やメルと参加している。だけどね、ファラと同い年ぐらいのダークエルフの女の子とか、少し年上の少女達がやたらと僕の周りに集結。挙句、大人の華族達から我先にと自身達の娘を紹介される対応にはちょっと困った。というか、ファラというレナルーテの王女と婚姻しているというのに、こんなあからさまなことをして問題ないのだろうか。

メルは父上の側にいるけど、二人の周りには大人の華族達と彼等の『息子』と思われる美少年のダークエルフ達が集結している。『メル狙い』と思われるあからさまな対応に、父上は笑顔ながら眉を時折ピクリとさせているから、良くは思っていないはずだ。

ダナエやディアナもメルの傍にいるし、父上の側には護衛で騎士のクロスもいる。万が一、何か起きても問題はないだろう。

ちなみに、僕の側に控えているのはカペラだ。彼はレナルーテの元暗部ということもあり、次々にやってくる華族達の顔と名前をフォローしてくれるのでとてもありがたい。

挨拶に来る華族とダークエルフの少女達の対応が落ち着くと、水が注がれたグラスを手に取って一気に飲み干した。

「ふぅ……ようやく一段落したかな。それにしても、ダークエルフの華族や女の子達は、こんなあからさまに来て大丈夫なのかな。まぁ、会場にはエリアス陛下もファラもいないけどさ」

その言葉を聞いたカペラは、眉を顰めて思案する。そして、すぐにハッとした。

「失礼ですが、リッド様はダークエルフの王族文化について詳しいでしょうか？」

「うーん、そこまでは詳しくないかな。まぁ、王妃は最初に『王』の子供を身ごもった女性がなる。それからダークエルフは出生率が低いから、王族は側室ありきということぐらいは聞いているけどね」

少し思い出すように考えてから答えた。レナルーテの文化は、以前ファラとの顔合わせをする際、ある程度学んでいる。その時、ダークエルフの出生率から側室についての考え方も教わった。

なお、マグノリア帝国でも、皇族や貴族の一夫多妻制は認められている。ただし、特定の貴族に権力が集中することを防ぐ為、貴族同士の婚姻は皇族からの厳しい審査を経た『認可』が必要となっているそうだ。権力を下手に拡大させない為、二人目の『妻』となればなおさら審査が厳しくなる。その意味で言えば、帝国貴族も余程のことがない限り、二人目を正式な妻となる側室として迎えることは難しいだろう。

平民と帝国貴族という身分違いである場合でも申請が必要になる為、わざわざ結婚という形はとらず『愛人として囲う』ことがほとんどらしい。

これは昔、平民と貴族が婚姻後、平民が実はある貴族の私生児だったことが判明。結果、貴族同士による婚姻が成立してしまったことがあるらしく、それを問題視した結果だそうだ。

それ以降、貴族と平民の婚姻であっても厳しく審査されるらしい。また、貴族と平民の間で子供が生まれ、かつ婚外子だった場合は『平民』として扱われ貴族との婚姻はまずできないそうだ。

「なるほど。しかし、レナルーテの側室については、少し説明不足かもしれませんね」

「え、そうなの？」

首を傾げると、彼は説明を始めた。帝国同様、華族の婚姻となれば審査はある。だけど、ダークエルフは出生率が低いため、側室は余程の問題がない限り認可されるそうだ。結果、レナルーテとマグノリアで側室に対する考え方の違いが生まれているらしい。それが、親睦会で女の子達が僕の元に集まる理由のようだ。

「なるほどねぇ。歴史、民族、文化が違えば、考え方が違うのも当然か」

そう呟いた時、エリアス王を筆頭にした王族の面々が会場に現れ、場の空気が少し変わる。エリアス王は僕の姿を見つけると、豪快な笑顔を浮かべてやってきた。

「婿殿、親睦会は楽しんでくれているかな」

「はい。このような場を作っていただき感謝しております」

エリアス王に会釈して答えると、彼の側に控えるファラをチラリと一瞥する。だけど、何故か彼女の表情が少し暗い気がする……どうしたんだろう。すると、エリアス王がニヤリと笑い、周辺にしか聞こえないよう小声を発する。

「ところで婿殿。この場において気に入った娘はいたかね」

「はい？」

言葉の意味が理解できずに首を傾げると、エリアス王は眉を顰めた。

「ふむ、その様子では気になる娘はおらんようだな」

「……!? いえいえ、僕はファラ王女と婚姻した身上です。失礼ながら王女以外に現《うつつ》を抜かすようなことは致しません」

意図を理解するなり、すぐに首を横に振った。そして、ファラ以外の妻を娶るつもりはないという意志表示を兼ね、強めの口調で断言する。その時、暗い表情をしていたファラの顔が少し赤く染まり、パァっと明るくなった気がした。

しかし、エリアス王の反応は悪い。なにやら合点がいかないらしく、顔を顰めている。その時、彼の傍に控えていたエルティア母様が会釈した。

「恐れながら申し上げます。エリアス陛下とリッド様のお考えが少しずれているかと」

「ふむ。エルティア。それはどういうことかな」

エリアス王は、興味深そうに相槌を打って彼女に振り向いた。エルティア母様は僕を見つめて少しだけ表情を崩すと、すぐに畏まってエリアス王に言葉を続ける。

「ダークエルフの王族では側室は必須ですが、帝国はそうではないと聞き及んでおります。余程のことが無ければ貴族で側室は難しいと聞いております故、ファラ以外の女性を妻とするお考えはないかと存じます」

「なるほどな。しかしだ、ダークエルフには出生率の問題はどうしても発生する。従って、婿殿の場合、『側室』の申請が通る可能性は高いのではないか」

二人の会話で、迎賓館で開かれたこの親睦会の意図をようやく理解した。つまり、レナルーテとバルディアが恒久的な繋がりを維持する為、僕とファラ。突き詰めれば、僕とダークエルフの間で是が非でも将来的に『子供』が欲しいという事だろう。

それ故、ダークエルフの女の子達をこの懇親会で、『側室候補者』としてあてがったのだ。その時、エリアス王に向けて少し棘のある重い声が掛けられた。

「その件については、今のところ考えてはおりませんよ。エリアス陛下」

声の主は言わずもがな父上だ。僕とエリアス王の会話を察したのか、父上は目を細めて微笑んでいるけど、何やら怖い雰囲気を醸し出している。

「おお、これはライナー殿、楽しんでいるかね」

「それはもう……我が娘にも沢山の挨拶を頂き、実に感謝しております」

「はは、そうであろう、そうであろうとも。貴殿とメルディ殿に挨拶をしたいという者は多かったからな。それで、婿殿の件を考えていないというのは、どういうことかな？」

エリアス王も破顔しているけど、目が笑っていない。

「お伝えした通りでございます、エリアス陛下。我が息子のリッドに、実は帝国貴族からも縁談の話はすでに何件かきておりますが、すべて断っております」

「ほう……」

えぇ！　初耳なんだけど!?　内心で驚愕するも、何とか平静を装い二人の会話に耳を傾けた。

「しかし、リッドとファラ王女の婚姻自体が特例なのですから、縁談の申し出は断るのは当然。それが筋でしょう。まぁ、それでも、リッド本人がどうしてもという相手がいるのであれば、検討の余地はあるかもしれませんがね」

父上はそう言うと、ニヤリと笑った。勿論、そんな相手もいないし、考えてもいない僕は「あはは……」と苦笑するしかない。そのやり取りに、エリアス王は残念そうに頷いた。

「ふむ。しかし、婿殿がどうしても気になる相手であれば、可能性はある……か」

「あはは……エリアス陛下。恐れ入りますが、この話はそろそろこの辺で……」

僕が話を切り上げようとしたその時、何かを思いついたらしいエリアス王はファラの隣に控えるアスナを一瞥した。

「ならばそこにいる『アスナ・ランマーク』はどうだ。婿殿を御前試合で負かすほどの実力を持っておる故、武術の才は申し分ない。バルディアの血筋とも合うだろう。どうかな、婿殿」

「な……⁉　ゴホゴホッ」

予想外の提案に、驚きのあまりむせて咳込んでしまった。

何を言い出すんだ、この人は⁉　ふとファラに視線を向けると、彼女は小声で何か呟いている。

「リッド様がどうしてもアスナを求めるのでしたら、私は……」

だけど、ここからでは何を言っているのかまでは聞き取れない。アスナに視線を移すと、彼女は軍帽で顔を隠して首を小さく横に振っている。エリアス王の発言により、僕、ファラ、アスナの間に何とも言えない空気が流れ始めた。しかし、彼は気にする様子もなく話を続ける。

「どうかな、婿殿。それに、今すぐにとは言わん。将来的にその気になれば……でも良いぞ」

その言葉に、僕の中で何かが切れそうな音が聞こえ始める。深呼吸をすると、あえて目を細めて微笑んだ。

「御父様、いい加減にしてください。僕は、ファラを迎えに来たのです。最初にお伝えした通り、彼女以外に現を抜かすつもりはありません。これ以上この話を続けるのであれば、たとえ御父上であろうと本気で怒りますよ」

そう言うと、魔力を全身に込め始める。その瞬間、無風のはずの迎賓館の中でそよ風が起きてあたりがざわついた。僕の雰囲気が変わり、異変に気付いたエリアス王は咳払いをする。

「すまんな、婿殿。少し悪ふざけが過ぎたようだ」

「いえ……私も失礼を致しまして申し訳ありません。しかし、私はファラ以外の妻を持つ考えはありません。ご承知頂ければ幸いです」

「う、うむ。あいわかった。しかし、これほど婿殿に想われるとは……我が娘は幸せ者だな」

エリアス王はそう言って、視線をファラに向けた。

「は、はい。私は……果報者です」

彼女は顔を真っ赤にしてはにかむと、耳を両手で隠して俯いてしまった。どうやら、耳の制御が難しいらしい。

その時、手を『パン』と叩く音が辺りに響く。音の聞こえた場所に振り返ると、その場に居たリーゼル王妃がニコリと微笑んだ。

「ふふ、リッド様やライナー様のお考えもわかりました。難しいお話はこの辺にして、後はこの場を楽しみましょう。エリアス陛下も、それでよろしいですね」

「そうだな、そうしよう。婿殿、ライナー殿、時間を取って申し訳なかったな。この後もどうか楽しんでくれ」

「とんでもないことでございます。ご配慮頂き、感謝致します」

父上がエリアス陛下に頭を下げると、僕も追うように一礼する。そして、エリアス王はリーゼル王妃やエルティア母様と共に、会場の奥に進んで行った。

ちなみにこの時、メルはレイシスと楽し気に会場の中を見て回っていたそうだ。彼がメルの側に居てくれれば、この場では確実に安全なんだろうけど。僕とエリアス王が問答している間に、メルのところにしれっと移動していたレイシスに少し呆れてしまう。すると、父上が僕の耳元で呟いた。

「リッド、エリアス陛下に中々良い啖呵《たんか》であったぞ。私はメルの側に戻る」

「承知しました。ありがとうございます」

父上は僕の返事を聞くと、ファラに会釈を行う。そして、メルがいる場所に真っすぐ進んで行った。ふと気付けば、この場に残されたのは僕とファラ。護衛のカペラとアスナだけだ。

少しの間を置いて咳払いをすると、顔を赤らめて俯いているファラに手を差し出した。

「じゃあ、一緒に見て回ろうか」

「は、はい」

彼女は頷くと、僕の手をおずおずと優しく握る。その後、二人で談笑しながら会場を楽しんだ。

こうして、迎賓館で開かれた華族との親睦会は無事（？）に終わった。

エピローグ　マルバスの報告

獣人国ズベーラ国内にある、狐人族の領地の首都フォルネウ。そこに聳え立つ豪華屋敷の一室で、部族長の長男エルバ・グランドークが深く腰掛けていた。エルバは弟のマルバス・グランドークから提出された書類に目を通しつつ、対面に座る彼の報告に耳を傾けている。

「……以上が、バルディア領の近況です」

「ふむ。バルディアの嫡男がレナルーテの王女と神前式を挙げるか……」

「はい。領主のライナー・バルディアを始め、主戦力は恐らくレナルーテに向かうはず。従いまして、かの領地は手薄になっていることでしょう。この機に攻めることもできなくはありませんが……如何しますか？」

エルバは、手に持っていた書類を無造作に机の上に投げ置いた。そして、首を横に振る。

「攻めるのは論外だ。まだ、大義名分や根回しも十分ではない。今動けば帝国、レナルーテ、国内の各部族長。下手すればバルストも敵となるだろう。さすがに四面楚歌となれば、我等の勝ち目はなくなる。まぁ、バルディアに攻めた時の『戦利品』が増えると考えておけば良かろう」

「畏まりました。しかし、戦利品……ですか？」

マルバスが首を傾げると、エルバは瞳に怪しい光を放ち口元を緩めた。

「そうだ。バルディアを攻めた時、レナルーテの王女を手中に出来れば帝国の信頼にも傷がつく。その上、レナルーテとの交渉や牽制にも使えるはずだ。ローブとかいう輩との約束には、王女は含まれていないからな。その時は、せいぜい利用させてもらうとしよう」

ローブとの約束。それは、エルバ達がバルディアを攻めた際に『ナナリー・バルディア』と『メルディ・バルディア』の捕縛。加えて、ライナー・バルディアとリッド・バルディアを抹殺することである。だが、確かにレナルーテの王女については何も言われてはいなかったのだ。

「なるほど。さすがは兄上です。ですがそう考えると、王女を手中に収めておき将来的に子を産ませるというのも良いかもしれませんな。我が一族からレナルーテの王族の血……つまり、王位継承権を持つ子を産ませれば、ダークエルフの国を占領する大義名分が我らにできましょう」

「その通りだ。それに年端もいかない王女であれば、洗脳も容易かろう。時間が掛かる搦め手にはなるが、俺が獣王となった後にかかる調整の時間を考えれば、意外と丁度良いかもしれん」

エルバは不敵に笑い出すと、机の上にあるグラスを手に取って呷《あお》った。

「それにしても、バルディアにこうまで価値ある物が集まってくるとはな」

「えぇ、その点については私も驚いております。その上、バルディア領の活気はいずれ帝国一になるのでは？　と商人達の間では囁かれているようです」

「ふふ、良いではないか。その活気ごといずれ飲み込み、我等の礎になってもらおう」

「そうですね。兄上であれば、間違いなく可能でしょう」

マルバスが頷くと、エルバはグラスに残っていた酒を飲み干して目を細める。そして、バルディアとレナルーテの方角にある窓から外を眺めた。

「政治とはいえ、年端もいかない子供同士で執り行う神前式か……笑える茶番だな。だが、せいぜいその茶番を楽しんでおくが良いさ。おままごとを楽しんでいられるのは、今の内だけだろうからな」

エルバはそう言うと、肩を小刻みに震わせる。それから間もなく、彼の笑い声が屋敷内に轟くのであった。

四方山話

とある施設のお試し

「リッド。何故、私がここに呼ばれたのだ」

「あはは……今更ですね、父上。えっと、新しく開発した施設を体験していただいて感想を聞かせてほしいと思いまして……」

呆れた表情で首を横に振っている父上に、苦笑いをしながら答えた。

今、僕達は新屋敷の温泉に訪れている。ちなみに、僕も父上も前は隠しているけどお互いに裸だ。

ふと父上の体に目をやると細いけど筋肉がしっかりと付いており、引き締められた体という印象を受ける。

「うん？　どうした、リッド」

「あ、いえ。父上の体つきが立派だな、と思いまして……」

意外だったのか父上は「そうか……」と呟き、満更でもない雰囲気を醸し出している。その時、背後から豪快な声が掛かった。

「ライナー様、リッド様。本日は新しい施設の体験ということで伺いましたが、何をするのですかな？」

「あ、ダイナス団長。来てくれてありがとう」

振り返ると、そこには全身が厚い筋肉で覆われた豪快でタフガイな騎士団長。ダイナスが生まれたままの姿で立っていた。さらに、彼の後ろからはクロス、ルーベンス、ネルス、アレックスもやって来る。

「リッド様。本日は、私共までお呼びいただきありがとうございます。しかし、この面々で何をするのでしょうか」

「ふふ、それはもうすぐわかるよ。アレックスは知っているけどね」

クロスの問い掛けに答えると、皆の視線がアレックスに集まる。彼も裸だけど、さすがに前は隠している。アレックスは「あはは……」と照れた様子で頰を掻いた。

「騎士の皆さんがいるところに俺は場違いだと思うんですけどね。でも、仕組みは姉さんからも聞いていますし、俺も設計には加わったので今日はご一緒する次第です」

「なるほど。アレックスが来たのはわかった。しかし、リッド。何故、ダイナス達まで呼んでいるのだ」

父上がそう言ってこちらに目をやると、皆の注目が僕に集まった。その中、ニコリと笑う。

「それは……父上と騎士の皆が好きそうな施設だと思ったからです。まぁ、とりあえずやってみましょう。アレックス、お願いできるかな」

「畏まりました。俺も裸なので、もう一人の助手がすでに施設の準備をしてくれています。早速行きましょう」

やれやれと肩を竦める父上と、期待して楽しそうにするダイナス団長とクロス達。彼等を先導するように、アレックスと僕は目的地の施設に案内する。ちなみに、新しく開発した施設……それは『サウナ』だ。いつも迷惑をかけている自覚がある中、何か父上に良いものはないかな？　と考えを巡らせた時、ふと思い出したのが前世の記憶にある『サウナ』だった。

幸いにもストーブの熱源確保は木炭で持続的に可能な上、サウナストーンになる『石』はクリスを通じて入手できた。後は、仕組みをエレンに説明することで施設は案外簡単に建造することが出来たというわけだ。

施設の構造は案外簡単で、木炭によるストーブでサウナストーンを熱する。そして、熱せられたサウナストーンに『水』をかけて部屋の温度と湿度を上げるというやり方だ。当然、施設の外には『水風呂』も用意されている。

水風呂には、僕が氷の属性魔法で作った氷を入れて温度調整もしているから、かなり前世の記憶に近い『サウナ体験』ができるのではないだろうか。

程なくして施設の前に辿り着くと、そこには防塵ゴーグルが目印である狐人族のトナージが待っていた。彼は僕達に気付くと、スッと姿勢を正してペコリと会釈する。

「ライナー様、リッド様、騎士団の皆様、お待ちしておりました。こちらが、新しい施設の『サウナ』でございます。どうぞ、お寛《くつろ》ぎください」

「ふむ、サウナか。初めて聞くがどのような施設なのだ？」

父上はトナージの言葉に相槌を打つと、こちらに目をやった。それに答えるように咳払いを行うと、『サウナ』についての説明を始める。

暑い部屋で汗を掻き、水風呂でその汗を流す。そして、火照った体を外気浴で冷まし楽しむ。それにより、日頃の疲れや疲労が取れ気分転換になるという話を聞き、皆は懐疑的な表情で首を捻っている。

しかし、百聞は一見に如かず。まずは体験してほしいと、トナージを除いた皆の背中を押して施設の中に入った。

「……暑いな」

「はい。それがサウナですからね。あと、この『石』に水をかけてより施設内を熱くするんです」

父上の呟きにそう答えると、僕は水を柄杓でサウナストーンに掛ける。すると、水の蒸発する音と一緒に蒸気が部屋の中に漂い、施設内の気温がグッと上がった。でも、施設内がより暑くなったことに、父上達は相変わらず怪訝な表情を浮かべ首を捻っている。

それから程なくすると、良い感じで各々から汗が噴き出してきた。それと合わせて、皆の表情が緩んでいく。やがて、父上が呟いた。

「ふむ。思ったより良いな」

「ええ、これは体の芯から温まる感じがします。温泉に浸かるのとは、また違いますな」

そう答えたのは、父上の隣に座っていたダイナスだ。二人共、良い感じに汗を掻いている。だけど、子供の僕にはそろそろ限界だ。

「……もう限界なので、施設を出て水に浸かりますね。大人の皆さんはもう少し楽しんでください」

一人で施設を出ると『水風呂』に浸かろうとした。だけど、知覚過敏かと言いたくなるほど冷たさを感じてしまい、桶にいれた常温の水で体を流すのが精一杯である。止む無く、体の汗を流すに留めて、外気浴を楽しむための椅子に腰かけた。

「ふぅ……子供の僕にはまだサウナは少し早かったかもなぁ」

外気浴で体を休めていると施設内からクロス、ルーベンス、ネルス、アレックスの四名が出てきて、すぐ横にある『水風呂』に次々と浸かっていった。彼等は、各々で「あぁ〜」と唸るような声を出している。程なくして、体が冷えて落ち着いたのか椅子のところにやってきた。

傍で見ると、皆の表情は清々しく気持ちよさそうである。とりあえずは成功かな？　そう思いながら微笑み掛ける。

「ふふ、初めての『サウナ』はどうだった」

「いやはや、最初はどうかと思いましたが、これは良いですね」

「はい、私もクロス副団長と同意見です。よくこんな発想を生まれましたね」

クロスとルーベンスはそう言うと、椅子にゆっくりと腰かけた。すると、二人に続くようにアレックスとネルスも椅子に腰かけつつ感想を口にする。

「俺も、姉さんに聞いた時は何事かと思いましたけど、入ってみるもんですね。温泉とサウナのセットは素晴らしいと思いますよ」

「私も同意見です。それに、この施設は女性にも受けそうですね」

「一応、女湯にも用意はしているんだけどね。まずは男性陣の意見を聞こうと思ってさ」

ネルスの言葉に答えると、僕は女湯の温泉施設がある方向を眺めた。尤も、壁があるので男湯からは当然見えないんだけどね。その時、父上とダイナスの二人がまだ出てこないことに気付き、クロスに尋ねた。

「父上とダイナス団長は？　長時間のサウナはあまり良くないんだけど……」

「そうなのですか？　それでしたら、声を掛けてきますね。ライナー様とダイナス団長は、お互いに負けず嫌いですから」

クロスはそう言って苦笑すると、椅子から立ち上がりサウナに向かった。彼が呼びかけると、ダイナス団長と父上はサウナを出てそのまま『水風呂』に浸かったようだ。水音と共に二人の唸り声がここまで響いてくる。やがて、二人はご満悦な表情を浮かべてこちらにやってきた。

「ふふ。父上、『サウナ』はお気に召しましたか？」

「うむ……これは思った以上に良いな。リッド、本屋敷にもすぐに建設するぞ」

父上の言葉に驚くと同時に、つい笑ってしまった。

「あはは、承知しました。では、すぐに手配しますね」

こうして、新屋敷に建設した『サウナ』は大好評に終わった。そして、『サウナ』を体験したルーベンス達の話を聞いたディアナを筆頭に、女性陣からも『サウナ』を体験したいという意見が出たのは言うまでもない。

その後、ディアナ、エレン、クリス、ダナエを含むメイドの皆にも『サウナ』を体験してもらい、概ね大好評に終わる。その中でも、クリスが興奮気味に感動していたのが印象的だった。

「温泉は源泉が要りますが、『サウナ』は石、水、木炭があれば建設できる。なるほど……これは新しい商売の予感がします。リッド様、この施設も売っていきましょう」

「う、うん。わかった」

彼女の勢いに押され、『サウナ』の施設販売も手掛けるようになった。その後、クリスティ商会とサフロン商会を通じて、バルディア領発祥として『サウナ』なるものが世に広がっていくことになるのだけど、それはまた別のお話だね。

書き下ろし番外編

帝都の貴族達

マグノリア帝国には、建国時より皇族に仕える由緒正しい貴族が複数存在している。

バルディア辺境伯家、ケルヴィン辺境伯家、ジャンポール侯爵家、ラヴレス公爵家、エラセニーゼ公爵家が有名処だ。勿論、帝国の長い歴史の中で没落してしまったロナミス伯爵家のような家柄も多数あるが、現存する貴族は今尚、重鎮《じゅうちん》として帝国を支えていた。

また、帝国には大きく分けて三つの政治派閥がある。

一つ目は、帝国内の内政に力を入れるべきという保守派。

二つ目は、国力と軍備を拡大、大陸を帝国が統治すべきという『帝国統一主義』を訴える、革新派。

三つ目は、そのどちらにも属さず、状況に応じた政治判断を行う中立派。

『保守派』、『革新派』、『中立派』。この三つの政治派閥が様々な帝国内の政治や外交問題を話し合い、最終的に皇帝が判断を下すというのが帝国の主な政治体制である。

そして、この日も帝国では皇帝の『アーウィン・マグノリア』を前に貴族達が集まり御前会議が開かれていた。

「昨今、西側の教国トーガと隣接する帝国のケルヴィン領。こちらの小競り合いが続いております。また、ドワーフ国のガルドランドで何やら国内の技術を集結させる動きもある模様。今すぐに何かあるとは思いませんが、未来を見据えれば『軍備』の予算を増やすべきでしょう」

ベルルッティ侯爵がそう言うと、革新派から「その通りだ」「うむ」など同意する声が上がった。

すると、金髪で清潔感のある深く青い瞳をした男性がスッと手を上げる。

「陛下、私からもよろしいでしょうか？」

「うむ。許そう、バーンズ公爵」

バーンズは皇帝の許可を得ると咳払いをして、ベルルッティ侯爵とその派閥を見据える。

「確かに、かの国々の動きを考えれば、軍備拡大も一定の理解はできます。しかし、帝国が軍備に力を入れる程、周辺国は帝国を恐れてより軍備増強に走るでしょう。これでは、きりがありません。予算にも限度がありますが故、軍備の予算は現状維持。その分、将来的な税収を増やせるよう、今は『内政』に力を入れるべきでしょう」

彼の主張が会場に響くと、保守派の貴族達から、「軍備増強は争いの火種となるぞ」「そうだ。周辺国を刺激するべきではない」という声が聞こえ始める。そして、皇帝は「ふむ……」と頬杖を突くと、『中立派』に属する辺境伯のライナーとグレイドに目をやった。

「して、帝国の国境で軍事を構える貴殿達はどう思う？」

唐突な問い掛けで、御前会議に参加している貴族達の視線が二人に注がれる。しかし、彼等は臆《おく》することなく毅然《きぜん》と会釈した。そして、ライナーが「恐れながら、申し上げます」と口火を切る。

「我がバルディア領は、幸いにも軍備は現状の予算で事足りております。しかし、万が一の有事に備え、軍事予算を削減することは受け入れ難いかと」

「なるほどな。貴殿はどうだ？」

皇帝は相槌を打つと、次いでグレイド辺境伯に目をやった。

「我がケルヴィン領は、先のベルルッティ侯爵殿の発言にあった通り、トーガとの小競り合いが続いております。従いまして、軍事予算増加は必須な処置かと存じます」

「うむ……。やはり、そうなるか」

そう言って皇帝は頷くと、貴族達を見据えた。

「軍事予算は、ケルヴィン領をはじめとする『隣国との小競り合い』が認められている領地に限定して行う。他の予算は内政に充て、各人は『富国強兵』に努めよ」

まさに鶴《つる》の一声である。その言葉に貴族達が一様に一礼すると、今回の御前会議で最重要の議題は終了した。

その後も様々な議題について、貴族達の議論がなされ、必要に応じて皇帝が決断するという流れが続く。そして、朝から開かれた御前会議が終わりを告げたのは、日が暮れ始めた時であった。

「ふぅ。ようやく全ての議題が終わったな」

貴族達が席を立ち始める中、バーンズが首を動かして一息ついていると「今日もお疲れだったな」と声を掛けられる。振り返ると、細いが目力のある青い瞳と少し色褪せた金髪をオールバックにした壮年の男性が立っていた。バーンズは肩を竦め、少し怨《うら》めしそうに彼を見据える。

「アウグスト公爵。保守派の筆頭に戻っていただけませんかね？」

「ふふ、そう言うな。私も若くないのだ。それに、ベルルッティ侯爵とのやり取りは素晴らしかったぞ。自信を持て」

「はぁ……」とバーンズはため息を吐く。

彼の本名はアウグスト・ラヴレス公爵である。ラヴレス公爵家は帝国の建国時から皇族に仕える、由緒ある貴族だ。また、保守派と称される派閥においてエラセニーゼ公爵家と並ぶ発言力と影響力を持っている。

だが、アウグストは既に齢五十を超えていた。その為、彼は保守派の後進を育てる意味で、矢面にはバーンズを立たせており自身は補佐する立場を取っているのだ。

「まぁ、そう心配するな。いざという時は、私が前に出る。それに、貴殿は『エラセニーゼ公爵家』も背負っておるのだ。遅かれ早かれ、保守派を率いる立場になっていた。ならば、私が補佐できる内に経験を重ねておくのが良かろう」

「勿論、その事は承知しております。しかし、気苦労が絶えませんので、代わっていただけるならそれに越したことはありません。まだ、頭髪は大事にしたいですからね」

バーンズは首を軽く振ると、わざとらしく自身の髪の毛を触った。

「はは、案ずるな。私も長年その立場に居たが、髪はこの通り無事だ。あまり気負うな」

アウグストはそう言うと、「ところで……」と話頭を転じた。

「貴殿は、辺境伯のライナー・バルディアと懇意《こんい》であったな」

「えぇ。彼が帝都に来ている時は、必ず会うようにはしております。しかし、それがどうかされましたか？」

バーンズが首を傾げると、アウグストは言葉を続けた。

「いやなに、レナルーテの王族とバルディアの嫡男が婚姻する件でな。どうも、レナルーテで神前式……ようは結婚式を執り行うそうだ」

「あぁ。そういえば、ライナーがそのような事を言っていましたね」

相槌を打つと、バーンズは思い出すように口元に手を当てた。

今回のような会議が行われる際、ライナーは遅くとも数日前の段階で帝都入りする。その後、帝都に在中する保守派、革新派、中立派と会議前に情報交換を必ず行っているのだ。そして、ライナーが保守派として頼るのが『バーンズ・エラセニーゼ公爵』なのである。

アウグストは「うむ。ならば話がはやい」と頷いた。「他国の王族と帝国貴族の式となれば、使者は皇帝の名代となる。その人選の相談を秘密裏に受けておってな。私としては、貴殿を推すつもりだ」

「なるほど、承知しました。名代の件、お話があった際は謹んで拝命いたします」

バーンズは、云《い》わんとしている事を察して頷いた。皇帝の名代となれば、選ばれた人選もある種のメッセージとなる。保守派を名代とすれば、帝国の政治体制は内政重視であると、先方は理解するだろう。逆に、革新派を名代とすれば大陸に覇《は》を唱える用意があると受け取られかねないからだ。

「すまんな。では、その時はよろしく頼むぞ。決定次第、また連絡しよう」

「畏まりました」

バーンズが首を縦に振ると、アウグストは安堵した様子で「では、またな」と言ってその場を立ち去った。皇帝に提案する前の根回しだったのだろう。

「ライナーの息子がもう結婚か。しかし、あいつの息子は私の娘と確か同い年だったはず……。やれやれ、政治の世界はいつも驚くことばかりだな」

彼は肩を竦めると御前会議の会場を後にして帰途に就くのであった。

◇

御前会議から数日後。バーンズは皇帝のアーウィンに呼び出されて登城すると、応接間に案内された。そして、レナルーテで行われる神前式に皇帝の名代として参加するよう指示が下される。

「貴殿は、ライナーとも親交が深い。それに、レナルーテ側を刺激することもないだろう。よろしく頼むぞ」

「畏まりました。名代の件、謹んで拝命いたします」

「うむ。では、名代としてやってもらうことについてだが……」

皇帝は神前式で行う事をあらかた説明すると、『祝い状』と先方の国王向けの『親書』をバーンズに渡した。

「まぁ、やることはそんなものだが、今回の婚姻は国同士の繋がりもあるのでな。貴族達からの祝い状も多いはずだろう。式で読み上げる祝い状は、角が立たぬよう私だけにするようにな」

「承知しました。では、そのように」

その後、皇帝との話し合いが終わり、応接間を後にしたバーンズは「ふぅ……」と息を吐いた。

「皇帝の名代として、レナルーテか。旅支度は早めにしておいた方が良さそうだな」

彼はそう呟くと、屋敷に帰るべく城内を進み始めた。それから程なくすると、前方から良く見知った人物がやって来たことに気付き、バーンズは眉をピクリとさせる。しかし、その人物は、彼を見るなり目尻を下げた。

「これはこれは、バーンズ公爵殿。御前会議以来ですかな？」

「えぇ、ベルルッティ侯爵殿。その節は有意義な議論ができたこと、感謝しております」

「いやいや、それはこちらの台詞だよ。それよりも、今度レナルーテで行われる式の件だが……君がここにいる以上、名代は決まったようだね」

ベルルッティ侯爵はそう言うと、バーンズを嘗《な》めるように見つめる。

「はい。先程、陛下より拝命いたしました」

「そうか。君なら適任だろう。一応、私も立候補したのだがね。やはり、『公爵』ではないと名代は務まらんな」

物言いは優しく丁寧だが、『公爵でないと務まらない』というベルルッティ侯爵の言葉には、棘を感じる。しかし、それを面に出すような真似はしない。彼は小さく首を横に振る。

「いえ、そのようなことはありません。ベルルッティ侯爵殿のご活躍を帝国で知らぬものはいないでしょう」

「はは、君にそう言われると嬉しいものだ。では、私は用事があるのでこれで失礼する。呼び止めてすまなかったな」

「お気になさらず。私も話せて良かったです」

「うむ。では、また話そうぞ」

ベルルッティ侯爵は目を細めて頷くと、バーンズの横を通り過ぎていった。彼の背中を見送ると、バーンズはやれやれと肩を竦める。そして、誰にも聞こえない小声で呟いた。

「化け狸《だぬき》め……」

◇

バーンズが帝城から屋敷に辿り着くと、長く波打った金髪を靡かせた女の子が「お父様！」と笑顔で出迎えた。

彼女の目つきは少し鋭いが、深く青い瞳、白い肌、綺麗に輝く金髪が相まって、まるで可愛らしいお人形のようである。

女の子は彼の前で立ち止まると、はにかんでスカートの両端を軽く持ち上げる。次いで、片足を後ろに引き膝を曲げると、美しい所作で『カーテシー』を行った。その姿はとても可憐であり、見る者は目を奪われることだろう。現にバーンズは、目尻が下がっている。

「おかえりなさいませ。今日はお早いお帰りなんですね」

「ただいま、ヴァレリ。実は、近い内にレナルーテに行くことになったんだ。その準備も兼ねて今日は早く帰ってきたんだよ」

「レナルーテ……ですか？」

そう呟くと、彼女はきょとんとして首を傾げる。

「あぁ。バルディア領の長男、リッド・バルディアとレナルーテの王女、ファラ・レナルーテが神前式を挙げることになってね。私もそれに参加することになったんだ」

「バルディア……レナルーテ……。お父様、その話もっと詳しく聞かせてくれないかしら？」

「うん？　それは構わんが、どうしてだい？」

バーンズの問い掛けに、ヴァレリは頬を少し赤く染めはにかんだ。

「だって、神前式って結婚式と一緒なんでしょ？　だから、とっても興味があるの」

「そうか、わかった。じゃあ、立ち話もなんだから部屋で話そうか」

「はい、お父様！」

彼女が可愛らしく頷くと、バーンズは嬉しそうに目を細めて歩き出す。そんな彼の後ろを追いかけるように歩くヴァレリは、ひっそりとほくそ笑む。

「ふふ……。まさか、気になっていた情報がこんな形で飛び込んでくるなんてね。待ってなさい、バルディアにいる『転生者』。貴方の尻尾、私が必ず掴んであげるわ」

「……？　ヴァレリ、何か言ったかい」

首を傾げたバーンズが足を止め振り返ると、ヴァレリは小さく首を横に振った。

「いいえ、お父様。それより、早くお部屋でお話の続きを聞かせてくださいな」

「はは。わかった、わかった」

彼はヴァレリの言葉に目尻を下げて頷くと、再び歩き始めた。この時、彼女はバーンズの影に隠れて怪しい光を瞳に宿すと、人知れず不敵に笑い出す。しかし、その様子に気付く者は誰もいなかった。

紙書籍限定
書き下ろし番外編

クロスとティンクの出会い

バルディア騎士団に所属する副団長のクロスは、『超』が付く愛妻家である。そのことを騎士団員で知らぬ者はいない。また、副団長という立場の彼が家族を優先する姿は、他の騎士団員の家族に対する姿勢にも良い影響を与えているという評価を受けていた。

そんな彼の妻、ティンク。彼女のお腹に新しい命が宿っていることも、騎士団では知らぬ者はいなかった。クロスが妻子の自慢に合わせて、第二子についても語っていたからである。

彼は、上司である騎士団長のダイナス。そして、バルディア領を治める辺境伯のライナー・バルディアにもその事を伝え、出来る限り妻の傍にいたいと、領内を回る業務からの異動を打診していた。結果、クロスは領主の嫡男リッド・バルディアに武術を教える教育係になったのである。


そして、ティンクが無事に男の子を出産してから少しの時が経過したある日。二人の子供が見たいと、リッドと彼の妹メルディ・バルディアが、護衛のディアナと共にクロスの自宅を訪れていた。

ちなみに、クロスとティンクの間に生まれた男の子は『クロード』という名前で、親の二人が『リッド様のような子になってほしい』という願いを込めて名付けたそうだ。

クロスとティンクの間には六歳になる『ティス』という女の子もおり、訪れたリッド達と一緒にクロードを囲んで談笑していた。その時、ふいにリッドが「そう言えば……」と呟《つぶや》く。

「クロスって、バルディア騎士団に入団する前は冒険者だったんだよね。その時に、ティンクと出会ったと聞いたけど、どんな風に知り合ったの？」

「えっと、そうですね。まぁ、成り行きという感じなんですけど……」

思いがけない質問だったのか、クロスが少し戸惑った様子を見せる。しかし、メルディやティスも身を乗り出してきた。

「わたしもききたい！」

「わ、私もパパとママの出会いに興味があります」

二人の反応を見ると、ティンクが「あらあら。皆、興味津々ね」と笑みを溢してクロスに目をやった。

「あなた、折角だから聞かせてあげなさいよ」

「そ、そうか……じゃあ、少しだけ」

彼は頬《ほほ》を掻《か》くと、照れくさそうに語り始めるのであった。

◇

クロスは帝国内のとある領地で生まれ育ち、元冒険者の父親から剣を習っていた。そして、成人すると共に、『世界をあちこち見てみたい』と家族に伝えて家を飛び出したそうだ。

それから数年を掛け、彼はダークエルフが治めるレナルーテから始まり、商業国家バルスト。獣人国ズベーラ。教国トーガ。エルフが治める国アストリア。ドワーフの国、ガルドランド。冒険者として大陸を実際にあちこち回ったという。

冒険者とは、簡単に言えば『何でも屋』である。各国にある冒険者ギルドに登録をすれば、簡単な薬草採取や家仕事の手伝いに始まり、剣術の実力が認められれば傭兵《ようへい》として商会の馬車を守る仕事を斡旋《あっせん》してもらえるようになる。中には、指名手配犯を捕まえることで得られる賞金を稼ぐことを生業にしている冒険者もいた。

危険は伴うが、各国に出現する『ダンジョン』を踏破すれば冒険者として名を挙げることもできる。なお、ダンジョンとは各国で突然と現れる『迷路』だ。

一見すると入り口は洞窟のようだが、奥に進むとダンジョンを形成する魔力によって生み出された魔物達が蔓延《はびこ》っており、知識や武術を持たない一般人が入ると大変危険な場所となっている。

しかし、『雷光石《らいこうせき》』や『水明石《すいめいせき》』などの様々な魔石が魔物達を倒すことで得られる。これらは、発掘以外で手に入れる唯一の方法であり、各地に出現するダンジョンを攻略ならぬ採取によって生計を立てる冒険者もいるほどだ。

最奥には『ダンジョンコア』と呼ばれる核があり、これを破壊すればダンジョンは消滅してしまう。だが、コアに傷をつける程度で済ませば成長を止めることが可能だ。

ダンジョンは地中で生まれる魔力を少しずつ蓄《たくわ》え、自身の迷路を大きくしていく。これを放っておくと、内部に蔓延る魔物が地上にまで現れ、周辺を縄張り化してしまう。その結果、多大な被害を及ぼす可能性がある。

従って、ダンジョンはその存在を確認され次第、コアを破壊されることがほとんどだ。魔石採取による利点より、放置した際の危険性が大きいというのが一般的な判断である。

以上のように、傭兵、賞金稼ぎ、ダンジョン踏破など様々な実績で冒険者の名が売れていくと、貴族から士官の誘いがくることがある。また、士官する時には職務経歴として提示できるというわけだ。

クロスが家を飛び出して数年が経過した頃。彼は自前の剣術に加え、運と仲間にも恵まれ、各国を旅する内に冒険者として名を馳《は》せるほどになっていた。

そんなある日、帝国の最西に位置するケルヴィン領の道を馬に乗って東に進む二人の男の姿があった。一人は軽装で腰に帯刀をした気さくそうな青年……クロスである。もう一人は、長い髪を後ろで流すように纏めた青年であり、黒い服に身を包み腰には短剣を差している。やがて、黒い服に身を包んだ青年が「なぁ、クロス」と声を掛けた。

「トーガでは大分稼いだが、次は何処にいくつもりだ？」

「うーん、そうだなぁ。次は帝国のバルディア領にでも行ってみるか、デラート」

クロスにデラートと呼ばれた青年は、眉間《みけん》に皺《しわ》を寄せて首を捻《ひね》った。

「バルディア領って言えば、帝国の剣と呼ばれるバルディア家が治めているところだろう？　治安が良いなら、あんまり冒険者としては金が稼げそうに無いな」

「いや、そんなことはないって聞いているぞ。バルディア領はレナルーテ、バルスト、ズベーラと隣国に囲まれている辺境だからな。傭兵の仕事は尽きないって、冒険者ギルドからの情報だ」

「へぇ……。それなら、暫《しばら》く食《く》い扶持《ぶち》には困らなさそうだな」

安堵したデラートの様子を見ると、クロスは不敵に笑い出した。

「それと、実力が認められたら『バルディア騎士団』にも士官できるかもしれないってよ」

「士官？　ははは、俺は騎士ってガラじゃねぇ。騎士団に所属するなんて御免蒙《ごめんこうむ》るよ」

やれやれとデラートが肩を竦《すく》めたその時、彼等の後ろから激しい蹄音《つまおと》と馬車の音が轟《とどろ》いてくる。

二人が馬の脚を止めて後ろを振り向くと、土煙を勢いよく上げて馬車がクロス達の横を颯爽《さっそう》と駆け抜けて行く。

「ごめんなさい！」

馬車の馭者《ぎょしゃ》の女性は茶色でくせ毛の長髪を靡《なび》かせながらそう叫ぶと、そのまま去って行った。

「なんだ、ありゃ？」

デラートは首を傾げるが、クロスは頬を染めて馬車を見つめていた。すると間もなく、すぐにその馬車を馬に乗って追いかける数名の男達が二人の横を荒々しく駆け抜ける。その勢いに、二人が乗っていた馬が驚き前脚を上げて嘶《いなな》いた。

「どうどう！　次から次になんだってんだ」

慌てて馬を落ち着かせるデラートが苛立《いらだ》ちを吐き捨てるが、クロスはニヤリと笑った。

「デラート、いくぞ！」

クロスはそう言うと、勢いよく馬を走らせて馬車と男達を追いかけた。

「お、おい！」と慌ててデラートも馬を走らせる。間もなく、クロスの馬と並んだ彼は楽し気に問い掛けた。

「お前、どっちに付くつもりだ」

「馬車！」

「だろうな！」

心地の良い返答にデラートが頷いて間もなく、馬車を追いかける男達の背中が見えてきた。

「デラート、『火弾』で脅《おど》せ」

「おう！」

勢いよく返事をしたデラートは、右手の人差し指と中指を男達の背中に向け、親指を立てて狙いを定めると指先に小さい火弾を生み出して放った。間もなく、男達に着弾して爆発と黒い煙が立ち上がる。だが、クロスは顔を顰《しか》めた。

「魔障壁で防ぎやがった」

「あいつら、只《ただ》の野盗《やとう》じゃねぇぞ」

デラートが驚愕していると、魔障壁を展開していた男達が馬上で火球を連続で発動した。

「おわ⁉」

馬を巧《たく》みに操り、必死に避けるが数発目で火球がクロス達に命中して爆炎が巻き起こる。すると程なく、二人が爆炎の中から馬と共に現れた。魔障壁を馬の前に張って直撃は避けていたのだ。しかし、二人の服は黒く焦げている。

「あっちぃいい⁉　あいつら、殺すつもりで火球を打ってきやがった」

焼けた服をクロスがはたいていると、デラートが口元を緩めた。

「はは！　面白くなってきたな」

「あぁ、次は俺が行く」

腰の剣を抜くと、クロスは馬を更に走らせる。当然、先にいる男達からは火球が飛んでくるが、彼は剣で切り払いながら強引に進んでいった。

「魔弾を防ぐ方法は魔障壁だけじゃない。こういうやり方もあるんだよ！」

「な、なんだ、お前は⁉」

魔法が通じないとわかると、男達は剣を抜いて彼に襲い掛かる。だが、クロスは男達を次々と切って捨てていく。

「あの火球に加えて剣を抜いた以上、返り討ちになっても文句はねぇだろ」

「き、貴様⁉　ぐぁあああああ！」

最後の一人を切って捨てたクロスは、先頭を走る馬車の横に並んだ。

「おーい。あんた、大丈夫か」

しかし、返事がない。訝《いぶか》しんだクロスが、馭者の様子を見てギョッとする。先程の男達の仕業だろう、彼女は頭から血を流して気を失っていたのだ。

「デラート、馬を頼む！」

「は⁉　お、おい！」

そう言うが否や、クロスは馬車に飛び乗った。そして、気を失っている馭者の女性から手綱を取ると急いで綱を引くと馬が嘶き、前脚を上げて止まる。目の前には木々が並び立っており、彼が止めなければ馬車は激突して大破していただろう。間一髪だったことを実感してか、クロスは「ふぅ……」と息を吐いた。

「ギリギリだったな。それにしても……」

額の汗を拭い、クロスは横で気を失っている女性を見つめる。

「やっぱり、凄い美人だなぁ」

そう呟いた時、彼女がゆっくりと目を開けていく。

「お、気が付いたかい？」

白い歯を見せて微笑み、クロスは安心させるように声を掛ける。しかし、彼女は目を瞬《またた》くと「きゃああああああああ!?」と悲鳴を上げて、彼の頬を思いっきり叩いた。

「いったぁあああああ！」

彼女の力は思いのほか強く、クロスは馬車から吹き飛んで転げ落ちてしまう。その様子を遠巻きに見ていたデラートは、「あいつ、何やってんだ……」と肩を竦めて呆れ顔を浮かべていた。

落ち着きを取り戻した彼女は手当を受けつつ、「本当にごめんなさい」と謝り、自身の名が「ティンク」であること。そして、襲ってきた相手は馬車に乗っていた商人達と荷物を狙い、教国トーガから追って来た盗賊であったことを告げた。

「帝国に入れば、もう大丈夫と安心していたんだけどね。まさか、ケルヴィン領内でも襲って来るなんて思わなかったわ」

「そうか。それは大変だったな。俺はクロスだ」

「デラートだ。よろしく頼む」

これが、クロス達とティンクの出会いであった。

◇

「……とまぁ、出会いはそんな感じでしたね」

クロスが語り終えると、ティンクが「ふふ」と笑みを溢した。

「その後、私が故郷のバルディア領で騎士になるってことを話したら、あなたがついて来たのよね。それで、結婚してくれって言うんだもの、あの時は本当に驚いたわ」

「なるほどねぇ」と頷くリッドだったが、「あれ、でも……」とすぐに首を傾げた。

「クロスと一緒だったという『デラート』って人はどうなったの？」

「あぁ、彼はバルディア領までは一緒だったんですけどね。騎士はガラじゃないから冒険者を続ける……そう言って旅に出てしまいました」

クロスの答えを聞くと、リッドとメルディは揃って少しシュンとした。

「そっか。会ってみたかったけど、残念だな」

「わたしも会ってみたかったなぁ」

二人の言葉を聞いたクロスは、嬉しそうに目を細めた。

「リッド様の事を伝えたら、デラートも同じ事を言うでしょう。機会があれば、いつか彼をご紹介しますよ」

「じゃあ、その時を楽しみにしているよ」

「うん、わたしも」

「わ、私も、私もデラートさんに会えるの楽しみにしています」

嬉しそうに頷くリッド。そして、はしゃいでいるメルディとティスの姿に、クロスとティンクは顔を綻《ほころ》ばす。そして、クロスは窓の外を懐かしそうに見つめるのであった。

あとがき

読者の皆様。いつもお世話になっております、作者のＭＩＺＵＮＡです。

この度は、『やり込んだ乙女ゲームの悪役モブですが、断罪は嫌なので真っ当に生きます６』を手に取って下さり本当にありがとうございます。また、この場をお借りして作品に関わって下さった皆様へ御礼申し上げます。支えてくれた家族、ＴＯブックス様、担当のＨ様、素敵な絵を描いて下さったイラストレーターのＲｕｋｉ様、コミカライズを進めてくださっている漫画家の戸張ちょも様。他ネットにて応援して下さっている沢山の方々。そして、本書を手に取ってくれた皆様、本当にありがとうございました。

さて、書籍６巻の物語に触れると、書籍３巻ぶりにファラが本編に登場しましたね。彼女は、少し思い込みが強かったり、意志が強く意外と頑固な部分もあります。その辺りが、リッドと物語にどんな影響を与えていくのか？　書いている私も楽しみにしている部分です。

他にも木炭車、懐中時計、通信魔法、第二騎士団設立、レナルーテとの貿易協定、華燭の典……と色々と盛り沢山でした。その中でも、現代で特に身近な存在は『貿易協定』でしょうね。普段の生活を過ごす上では、『身近』とはあまり感じません。しかし、スーパーなどにある家計に優しい海外産の低価格で提供される食料品。ファストフードで提供されている低価格の食料品。

これらの商品価格には、様々な国と結ばれている『貿易協定』が大きく絡んでいます。わかりやすい事例が、２００３年に起きたアメリカ産牛肉の輸入停止処置でしょう。牛丼を提供していたとあるお店は、輸入停止処置により目玉商品の品質（美味しさや価格）が維持できないと判断。牛丼が提供できず窮地に陥り、世間を賑わせました。勿論、牛丼だけではなく、アメリカ産牛肉を扱っていた当時の様々なお店の食料品は軒並み値上がりしていましたね。輸入が駄目なら、国内産を食べれば良いじゃない！　と考えたりもしますが、日本の牛肉における国内自給率は35％程度。需要に対して供給が追いつきません。さらに言うなら、牛肉となってくれる『牛』を育てるのに必要な飼料（餌）の国内自給率は９％程度。何にしても、貿易で輸入をしないと日本の食卓事情は大変なことになるということですね。ちなみに、『卵』に目をやると国内自給率は96％ですが、『鶏』を育てるのに必要な飼料の国内自給率は12％程度。そして、２０２３年９月頃は１ドルに対して１４８円と円安。飼料が仮に１キロ＝１ドルと計算した場合、円の価値が１００円であれば、３キロ分の飼料を買うのに３００円で済みます。しかし、現状の１４８円では同じ３００円を出しても２キロ分の飼料しか買えません。卵の価格は他にも様々な原因が考えられますが、これも価格高騰の要因ではあるのでしょう。円安と円高はそれぞれに利点欠点がありますから、一概にどちらが良いとは言えませんけれどね。とまぁ、貿易協定というのは普段の生活で意識することはあまりなくても、一番身近な食料品。食卓事情に意外と大きく関わっているということです。

そして、レナルーテと貿易協定をまとめたリッド君。今後、バルディア領がどう発展していくのか。彼の成長と共に楽しみにして頂ければ幸いです。最後になりますが、皆様のおかげで書籍７巻の刊行も決定しました。本当に応援ありがとうございます。では、また次巻でお会いできることを楽しみにしております。最後までご愛読いただき、ありがとうございました！

コミカライズ
第1話

試し読み

漫画：戸張ちょも
原作：MIZUNA
キャラクター原案：Ruki

不治の病の母
冷酷な父
グレた妹
崩壊寸前の
家族のゆく先は…
断罪
BAD END

転生した僕
リッド・バルディアは
真っ当に生き
家族を救うことで
にーちゃま
すごい…

未来を変えていく!!

第1話
のび〜っ
やっと休憩…
神田《かんだ》先輩！
この前
お勧めした
ゲーム
どうでしたか？
数日前
絶っっ対これ
先輩好きなので
やってください!!!
そこまで
言うなら…
ああ
あの
乙女ゲーム
だよね…

すっごくおもしろかったよ!
ガタッ
ときめくシンデレラ!
略してときレラ!
思った以上にやり込み要素があってハマっちゃった
特にフリーモードのキャラ育成が実に俺好みだった…!!
隠しボスも強かったな〜
気に入ってもらえてよかったです!
って
そこまで詳しいってことはもしかしてもう…
全クリしちゃった
どやっ
げっそり…
クマすごいですよ!?
さすが先輩…!!!
神田一《はじめ》 33歳
ゲームやアニメが好きなごくごく普通のサラリーマンだ
会社は残業代が出るし有休もとれる
かわり映えのない毎日だけど満足していた
しかし
営業職の宿命か取引先との度重なる飲み会が続き
さらに徹夜でゲームまでしたもんだから…

自分でも
気が付かないうちに
ドクンッ
俺の身体は
限界を迎えていたらしい
ドサッ
朦朧《もうろう》とする意識の中
最後に思い出したのは
数年前に亡くした
母の姿だった——…

ぱち
ん…
見慣れない天井…
ここは…?
確か…
信号待ち中に倒れて
それから……

手足が小さい!?
ばっっ
ちょ…ちょっと待って…!
わぁあぁあ
誰コイツ!?
バタバタ…
リッド様! 目を覚まされたのですか!?
すぐに皆様にお知らせしてきます…!
!?
メイド??
リッド様???

ふむ
体に異常はないみたいですね
…ここの人たちはいったい…
わら
わら
リッド様～！ご無事で何よりです
突然庭で倒れられたので何事かと…
ええと…
執事のガルンです
ガルンさん 皆さんご心配とご迷惑をお掛けしました
すみません

しーん…
…?
まずいこと言ったかな…?
リッド様…お気遣い感謝いたします
しかし
我々には恐れ多いお言葉です
いつものように私のことはガルンとお呼びくださいませ
あ…ありがとうガルン……?
何かありましたらこちらの呼び鈴を
何がどうなって…
っぐ…!
ズキン

頭が痛い！
誰かの記憶が
流れてくる…
俺は商社で働く神田一
のはず…だけど……
ハア…ハア…
ズキ
ズキン
そうだ
リッド…！
俺…じゃない
僕は……
リッド・バルディアだ
もしかして…

僕がプレイした乙女ゲーム「ときレラ！」にはメインヒロインの邪魔をする悪役令嬢が登場するのだけど
その取り巻きモブの中に「リッド・バルディア」という名前のキャラクターがいた
僕は乙女ゲームの世界
それも悪役モブに転生してしまったのか…！

チリーン
ひとまず現状確認をっ…！
パッ
さっそく鳴らしてごめんなさい〜！
ガチャ
…失礼します
どうされましたか…？
そんなに身構えないで…！少し確認したいだけなんだ
念のため！
えっと
僕は今年で７歳…だったよね？
いえ…先月６歳になられたばかりです
ミスった
そ そうだったね…
だら
だら

それと…
この国と
僕の家について
教えてほしいんだ!
この地は
マグノリア帝国
ココ!
そしてここは
獣人族
ダークエルフ族
などの隣国と接した
領地を治めている
マグノリア帝国
辺境伯バルディア家
貴族には中立・保守・革新派がいて
バルディア家は基本的に中立
僕は
父ライナー・バルディア
母ナナリー
妹メルディと
一緒に暮らしており
父は時折帝都にて行政に
携《たずさ》わっているらしいと
教えてくれた
やっぱり
ときレラ!の世界で
間違いなさそうだな…
ふむ…
あぁの…
リッド様
やはり
お体の調子が
よくないのでは…

ううん！
心配させてごめんねありがとう…！
ビクッ
はっはい…！
ん…？
なんだろう？怯えられてるような…？
ズキッ
う…！
リッド様!?
ザザ
ザザ
…ッド様
リッド様！
はっ

そっか… 以前の僕は 荒《すさ》んでいて みんなを 怯えさせて しまって いたんだ…
でも どうして…？
大丈夫だよ それと… 今までつらく 当たって ごめんね
いえ そんなことは……！
名前を 教えてもらっても いいかな？
…ダナエと 申します
ダナエ いい名前だね
これから よろしくね
かわいい……
かわ…
はっ
しっ失礼 いたしましたっ!! こちらこそ よろしくお願い いたしますっ……！

リッド様
朝ですよ～
おはようございます！
ぱち…
がばっ
っ…!?
どうされましたか？
いやなんでもない…
メイド姿に見惚れてたなんて言えない…
かあぁ…
お着替えお手伝いいたしますよ！
いっいいよ！自分でできるからっ

これが貴族の暮らし…！
キラ
キラ
キラ
でも
こんなに広い食卓なのに
僕だけしかいないなんて…
ほかのみんなは？
ライナー様は
帝都へ
ナナリー様は
体調がすぐれず
部屋で休んで
おられます
メルディは…？
ふーん…
あとで様子を
見に行こうかな
それは…
喜ばれると
思います

母上
ナナリー・バルディア
ゲーム中では名前も出てこないキャラクターだったけれど…
はてさて どんな人物かな？
こちらです
ズン…
っ…

リッド様…
あまり顔色が
よくありません
日を
改めますか？
ビクッ
えっあ…
いや
なんだか
久しぶりに
会うみたいな
感じがしてさ…
なんだろう…
まるで…
決して入っては
いけないと
体と心が拒否
しているような――…
ナナリー様が
体調を
崩されてから
リッド様は
お会いになるのを
避けておられました
そう…
だっけ？
最近はまったく
訪れて
いなかったかと…
母上とリッドの間に
何かあったのかな…？
コン
コン
…どうぞ

来てくれて嬉しいですリッド

消えないで
どうして
さみしい
苦しい
悔しい
洪水《こうずい》みたいに感情が流れ込んでくるっ……！
今のは……？
つっ…

リッド！大丈夫っ…
ゴホッ
母上！
リッド…ありがとう
はい 問題ありません
母上の お顔を見れて よかったです
ガルンから あなたが 庭で倒れたと 聞きました
本当に体は 大丈夫ですか？
そう… 安心したわ
あなたたちに つらい思いをさせて ごめんなさいね…
フル フル

大丈夫です
僕は辺境伯である父上と母上の子供ですから！
ぎゅっ
ふ
また来ます
…ガルンなら…

ナナリー様の病名を知りたい と…
ガルンなら何か知ってるんじゃない？
お教えするわけにはいきません
教えてくれるまで絶対にあきらめない！
僕は本気だよ！
リッド様…どうかここだけの秘密でお願いいたします
ナナリー様の病名は…

魔力枯《こ》渇《かつ》症

本来
お教えするつもりは
ありませんでした
何せ
この病は…
この世界の住人が
みんな少なからず
持っている
生命エネルギー
魔力
通常であれば
枯渇したとしても
自然回復
していくものだが
魔力枯渇症を
発症すると
この自然回復力が
極端に落ちてしまう
その結果
徐々に衰弱し
やがては
死に至るという…
治療法が確立されていない〝死病〟と呼ばれるものだった
ガルンの言う
病名と症状には
心当たりがあった
たしか ときレラ!には
「魔力枯渇」という
状態異常が存在していて
少しずつMPが減っていき
0になると次はHPが
減り始めるものだったはず
自室に置いてある
本だけじゃ
情報が足りないな
一度書斎に
行って…
ギイ…

この子は…妹のメルディ？
にーちゃま何してるの？
少し調べものをね一緒にするかい？
にーちゃま
おず…
一緒にいてもおこらない…？
怒らないよこっちにおいで絵本読んであげようか？

ほんと!?
はっ
うそじゃないよ
先にドアを
閉めてきてね
わっ
たたっ
は～いっ！
そうしてお姫様が
フクロウに尋ねると
彼はこう言ったのです
あの谷の向こうの
黄金のりんごを
取ってこれたら
考えてやるよ
と…
わく
わく

リッドの記憶が蘇《よみがえ》ってくる
メルディが生まれた時リッドはとっても嬉しくて胸をときめかせながら可愛がっていたんだ
でも母上が病床《びょうしょう》に伏してからは…
子供なりに自分の心を守ろうとしていたのかもしれない
やり場のない不安を周りに振りまいて
怒鳴ったり暴力を振るいそうになったり…
その矛先《ほこさき》がメルディにも向けられてしまっていた

ふたりの心の距離は
離れてしまって
食事の時間すら一緒に
過ごせなくなって
しまったんだ
…メルディ
ごめんね
なにが〜？
あっ にーちゃま
お庭でねんねしたら
だめだよ！
うん？
メルディも
知ってたのか
真似しちゃだめだよ
わたし
そんなこと
しないもん〜
そうだね〜
メルディは
賢いものね
うん！
わたし
かしこいもん
エッヘン！
そうだ
にーちゃま

にーちゃまも　わたしのこと　メルって　呼んでいいよ！
！　…いいのかい？
ははうえがいつも　メルって　言ってくれるの　だから　にーちゃまも　いいよ～
とくべつ　だからね
わかった　特別だね　ありがとう
えへへ～

寝ちゃった…
はい！
くー…
しー…
メルディ様とご一緒だったのですか？

うん
メルが寝るまで絵本を読んであげたんだ
それはようございました
これからもメルディ様をよろしくお願いいたします
ふふっ
当然だよ僕の妹だからね

…リッド様は庭で倒れられてから少し人が変わったようですね
え!?
ギクッ
どきどきどきどき
そっそうかな？
あんまり変わらないと思うけどっ…
あわわ…
差し出がましいことを申しました
いやいや大丈夫だよ！
ふう…びっくりした
今までの僕と比較したらそう思われてもしょうがないのかな…？
あせった…

母上 妹
みんなと
接したことで
これから僕が
するべきことが
わかってきた
ときレラ！での
リッドは
悪役令嬢の
共犯者として
断罪され
裁かれ
追放され
あるいは戦死・処刑…と
散々な目に遭うのである
それだけは
避けたい
この断罪・追放を
防ぐためにまずは…

ゲームの登場人物と
仲良くなって
断罪 死亡 追放
巻き込まれルートを
回避する
自分で書き出しておいてなんだけど無理そう…
これはナシ!!
ゲームの主人公たちは帝都や他国に登場するので
辺境伯の領地にいる僕が彼らと接点を作ることは難しい
さすがモブ…
自分の力でなんとかするしかない…!
だったら
ひとりでも生きていける力を磨く
そのためにお金を稼ぐ!
それと 一番優先すべきことが…

母上ナナリーの治療

母上を見た時に流れてきたものはリッドの感情だったのかな…
だいすき
さみしい
甘えたい
どうして
悔しい
いかないで
ずっと一緒に
大好きな母上が少しずつ弱っていくのに何もできない
心が切り裂かれるほどつらい気持ちを抱え込んでいたんだろうな
心優しい子じゃないか
リッドが荒んで家族関係が崩壊してしまった原因は母上の病にあると思う
家族仲を取り戻すことで断罪を回避して真っ当に生きるための糸口が見つかるかもしれない——…

母上
…お母さん
ごめんね—…
っ……
ヒック
ごめんね……
あの時の後悔を繰り返したくはない
ぐっ

バンッ
よし！
治療の手立てになりそうな情報を集めていこう
絶対に母上を救ってみせる！
続きは CORONA EX コロナEX TObooks にてお楽しみ下さい！

バルディア領を率いる
〝型破りな腹黒神童〟、
6歳にして神前式へ！
コミックス
1巻
好評発売中
!!!!
やり込んだ乙女ゲームの悪役モブですが、断罪は嫌なので真っ当に生きます
@comic
MIZUNA
Ruki
I

僕と（政略）結婚してください
やっと、リッド様と……
やり込んだ乙女ゲームの悪役モブですが、断罪は嫌なので真っ当に生きます 7
2024年発売予定!!
著 MIZUNA ill. Ruki

広がる
コミックス 第四部
貴族院の図書館を
救いたい! Ⅶ
漫画:勝木光
好評
発売中!
新刊、続々発売決定!
2023年
12/15
発売!
コミックス 第二部
本のためなら
巫女になる! Ⅹ
漫画:鈴華

「本好きの下剋上」世界！

Welcome to the world of “Honzuki”

アニメ	コミカライズ	原作小説
第1期 1～14話 好評配信中！ BD&DVD 好評発売中！ 	第一部 本がないなら作ればいい！ 漫画：鈴華 ①～⑦巻 好評発売中！ 	第一部 兵士の娘 Ⅰ～Ⅲ
第2期 15～26話 好評配信中！ BD&DVD 好評発売中！  ©香月美夜・TOブックス／本好きの下剋上製作委員会	第二部 本のためなら巫女になる！ 漫画：鈴華 ①～⑨巻 好評発売中！  原作「第二部Ⅲ」をコミカライズ連載中！	第二部 神殿の巫女見習い Ⅰ～Ⅵ
 第3期 27～36話 好評配信中!! BD&DVD 好評発売中!! 続きは原作「第三部」へ 詳しくはアニメ公式HPへ＞booklove-anime.jp ©香月美夜・TOブックス／本好きの下剋上製作委員会2020	第三部 領地に本を広げよう！ 漫画：波野涼 ①～⑦巻 好評発売中！  原作「第三部Ⅱ」をコミカライズ連載中！	第三部 領主の養女 Ⅰ～Ⅴ
	第四部 貴族院の図書館を救いたい！ 漫画：勝木光 ①～⑦巻 好評発売中！  原作「第四部Ⅰ」をコミカライズ連載中！	第四部 貴族院の 自称図書委員 Ⅰ～Ⅸ

原作小説

第五部 女神の化身

Ⅰ～Ⅺ 好評発売中！

Ⅻ 2023年12月9日発売！

著：香月美夜 イラスト：椎名優

貴族院外伝 一年生

短編集Ⅰ～Ⅱ

CORONA EX
TObooks

本好きのコミカライズ最新話がどこよりも早く読める！

https://to-corona-ex.com/

シリーズ累計
170万部
突破！
（紙＋電子）
小説
第15巻
2023年
12月20日
発売！
TOKYO MX・MBS・BS11にて
絶賛放送中!!!
帝国物語
餅月 望――著
Gilse――イラスト
式HPへ！
原作HP
TVアニメHP

ティアムーン帝国物語
コミックス
第8巻
2024年
発売予定!
漫画：杜乃ミズ
TVアニメ
ティアムーン
断頭台から始まる、
姫の転生逆転ストーリー
詳しくは公

リーズ累計120万部突破!（紙＋電子）

TO JUNIOR-BUNKO

※第4巻書影

イラスト：kaworu

TOジュニア文庫第5巻
2024年発売!

NOVELS

※第25巻書影

イラスト：珠梨やすゆき

原作小説第26巻
2024年発売予定!

COMICS

※第10巻書影

漫画：飯田せりこ

コミックス第11巻
2024年春発売予定!

SPIN-OFF

漫画：桐井

スピンオフ漫画第1巻
「おかしな転生～リコリス・ダイアリー～」
好評発売中!

世界を正しい姿に
戻すため
ですよ、
出来損ないと呼ばれた
元英雄は、
実家から
追放されたので
好き勝手に
生きる
ことにした
紅月シン
Shin Kouduki
イラスト：ちょこ庵

アレン君。
新教皇に仕える
聖女リーズの思惑とは——
望まぬヒロイック・サーガ
第7巻！
Next Story 2024年春発売！

漫画配信サイト
CORONA EX
コロナEX
TObooks
OPEN!!
詳しくはこちら!
https://to-corona-ex.com/

TOブックス
コミカライズ
連載最新話が
読める!
月額400円(税込)で
全作品が読み放題!

やり込んだ乙女ゲームの悪役モブですが、断罪は嫌なので真っ当に生きます6

2023年12月1日　第1刷発行

著　者　MIZUNA

発行者　本田武市

発行所　TOブックス
〒150-0002
東京都渋谷区渋谷三丁目1番1号　PMO渋谷Ⅱ　11階
TEL 0120-933-772(営業フリーダイヤル)
FAX 050-3156-0508

印刷・製本　中央精版印刷株式会社

ISBN978-4-86794-019-8